버닝 피스트 1

박우진 판타지 장편 소설

초판 1쇄 찍은 날 § 2004년 4월 10일
초판 1쇄 펴낸 날 § 2004년 4월 20일

지은이 § 박우진
펴낸이 § 서경석

편집장 § 문혜영
편집 책임 § 권민정
마케팅 § 정필 · 강양원 · 이선구 · 김규진 · 홍현경

펴낸곳 § 도서출판 청어람
등록번호 § 제1081-1-89호
등록일자 § 1999. 5. 31
어람번호 § 제1-0482호

주소 § 경기도 부천시 원미구 심곡1동 350-1 남성B/D 3F (우) 420-011
전화 § 032-656-4452 팩스 § 032-656-4453
http://www.chungeoram.com
E-mail § eoram99@chollian.net

FANTASY FRONTIER SPIRIT

버닝 피스트

Burning Fist

1

박우진 판타지 장편소설

다시 만난 두 사람의 권(券)

도서출판 청어람

CONTENTS

헤어지고 싶지 않아요
설사 여기에서 저 일본인들에게 죽임을 당한다 하더라도
당신 곁에 있겠어요. 알겠나요?

수리검이 귀를 스치고 지나갔다. 남자는 전방에 나타난 닌자를 향해 예리한 칼을 휘둘렀다. 동시에 두 번째 닌자가 나무 위에서 뛰어내려 그의 등에 칼을 박았다. 피가 튀었다.

하지만 그는 멈추지 않았다. 칼을 휘두른 반동 그대로를 걸어 앞으로 뛰어나갔다. 두 번째 닌자가 가볍게 땅을 치고 다시 뛰어올라 표창을 던졌다. 남자가 몸을 돌리며 칼로 표창을 막아냈다. 두 사람의 움직임이 멎었다.

잠시간의 대치. 그리고 동시에 움직였다.

남자의 칼이 허공을 찢고 닌자는 분신으로 그의 뒤로 돌아간다. 세 명으로 늘어난 분신을 해치우고 마지막 하나를 치기 위해서 몸을 돌린 남자의 가슴팍으로 닌자의 단도가 쇄도해 들어갔다.

필사의 찰나, 천 분의 일 초.

두 개의 칼이 서로의 목을 뚫으려는 그 순간,

"안 돼!"

숲에서 뛰쳐나온 그림자 하나가 닌자를 습격했다. 그림자에게 걷어 차인 닌자가 허공에서 자세를 바꿔 나무에 안착한 뒤 곧바로 다시 공격해 들어왔다. 난입자에게 소리칠 겨를도 없이 남자는 기를 끌어 모아 칼을 내려쳤다. 검은 기류, 번쩍이는 광채와 함께 닌자의 몸이 이등분되며 피분수를 뿌렸다.

"왜 온 거야! 도망치라고 했잖아!"

남자는 그제야 소리쳤다. 수풀에서 뛰어나와 그를 구한 난입자는 빽 소리를 지르며 맞섰다.

"절대 그럴 수는 없어요!"

그녀는 똑바로 남자를 바라보았다. 한 치의 굽힘도 없는 그 눈빛을 보는 순간 남자의 기억은 과거로 역행했다. 20여 년 전, 버드나무 밑에서의 그 첫 만남으로.

"잘 부탁해요."

그 말 한마디에서부터 그들의 인연은 시작됐다. 만나고 헤어지고, 그리고 다시 재회하는 운명의 얽힘. 또다시 헤어지고 싶지 않은 것은 그도 마찬가지였다.

하지만 이제부터 그가 저지를 일은 그녀가 곁에 있어서는 결코 실행할 수 없는 일이었다.

"돌아가!"

남자는 뛰었다. 등에서 흘러내리는 피가 나뭇잎 위로 떨어졌다. 하지만 그는 개의치 않았다. 칼의 힘을 끌어올리면 그의 신체는 인간의 한계를 뛰어넘을 수 있다. 그는 그것만을 믿고 저 닌자들을 유인한 것이다. 모두, 모두 그녀를 살리기 위해서였다. 그녀는 여기에 있어서는 안 될 사람이었다.

하지만 그것은 그녀를 너무 만만하게 본 것이다.

"…내가 언제 당신 말을 곧이곧대로 들은 적이 있었던가요?"

그는 정지할 수밖에 없었다. 뒤를 돌아보았다. 그녀의 검은 눈동자가 똑바로 자신을 보고 있었다.

"헤어지고 싶지 않아요. 설사 여기에서 저 일본인들에게 죽임을 당한다 하더라도 당신 곁에 있겠어요. 알겠나요?"

그녀는 한 자 한 자 정성을 다해 고백했다.

"난 당신을 사랑해요."

"……."

바람이 불었다. 약간은 피비린내가 배인 바람이 불어왔다. 그는 생각했다. 이곳까지 오면서 그녀를 살리기 위해 벤 닌자들의 수를. 아직도 이 숲에는 수많은 닌자들이 깔려 있다. 칼에 잠재된 사령에게 잠식당하여 상대한다고 하더라도 모두 쓸어버릴 수 있을지 미지수다.

하지만 그 희박한 가능성에 그는 남아 있는 모든 생명을 걸었다. 오직 한 여자를 구하기 위해서. 그녀가 도망칠 시간 정도만 벌 수 있다면 자신의 목숨 따위는 얼마든지 내놓을 수 있었다.

그렇게 소중한 그녀가 지금 그를 바라보고 있었다. 흔들리지 않는 눈망울로, 모든 것을 결심한 어조로 그에게 다가서고 있었다. 그의 답변은 하나였다.

"…바보 같군."

"헤, 원래부터 머리는 안 좋았잖아요."

그녀는 웃었다. 그 미소는 지금까지 그가 보아온 그 어떤 미소보다 아름다웠다.

그는 칼을 들어 그녀를 지켰다. 또 다른 닌자들이 습격해 왔다. 어디선가 총성까지 울렸다. 그의 폐부로 깊숙이 고통이 스며들었다. 입으로 피를 토했다. 머리 속이 공허하게 비어버린 상태로 그는 달렸다. 그녀의 손을 잡고 달렸다. 앞에서 공격하는 닌자를 단숨에 베고 사방에서 날아드는 표창들은 칼을 휘둘러 막아냈다.

여자는 남자의 뒤를 따르며 절제된 동작으로 닌자를 격파했다. 꾸역꾸역 닌자들은 잘도 등장했다. 지겨움을 느낄 새도 없었다. 그녀는 권을 날리고 각을 찍었다. 그동안 수련해 온 동작들이 자연스럽게 배어나왔다. 그녀의 권과 각에서 기가 소용돌이쳤다. 공격당한 닌자들의 뼈마디가 요란한 소리와 함께 파괴됐다.

사방에서 몰려드는 공격을 피하고 막으며 그들은 달렸다. 숲의 끝으로, 그곳에 있을 절벽을 향하여.

타다다다닥!

쓰러진 나무를 뛰어넘자 빛이 보였다. 그들은 그곳에서 멈췄다. 눈앞에 하늘이 펼쳐져 있었다. 더 이상 숲은 보이지 않았다.

"ぞせんじん! ここまでだ!"

그들로서는 전혀 알 리 없는 일본어를 외치며 닌자들의 우두머리인 듯한 자가 나타났다. 그의 뒤로 소리없이 수십의 닌자들이 정렬했다. 고요한 가운데 마침내 우두머리가 일본도를 꺼내 들었다. 유려한 곡선을 이루는 칼날에 햇빛이 반사됐다.

남자는 알 수 없는 미소를 입가에 떠올렸다.

"死ね!"

닌자가 날아올랐다. 부상당하고 다친 남자는 입을 열었다.

"사랑한다."

두 남녀, 그들은 망설임없이 절벽 아래로 뛰어내렸다.

|하나| 두 사람의 장(章)

Burning fist

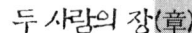

두 사람의 장(章)

내용을 부탁드립니다
내용? 여기서?
네!

"빗속에서 홀로 걷는 이 밤에 그대는 어디에 계신가요~"

익숙한 유행가 가사를 읊조리며 한 소녀가 어두운 골목길을 걷고 있다. 어둡다고는 해도 사실 노란 가로등 불빛 정도는 있으니 소녀는 아무런 어려움없이 집으로 향하고 있었다.

소녀의 이름은 서효진. 17세의 고등학교 1학년생이다.

근처 슈퍼마켓에라도 다녀왔는지 한 손에 검은 봉지를 든 그녀의 발걸음은 날아갈 듯 가볍기만 하다.

"작은 우산 속에서 속삭이~"

소녀적인 목소리가 가사의 다음 구절로 옮겨가고 있을 무렵 그녀는 걸음을 멈추었다. 조금 큰 눈망울이 의아함을 담고 골목길 귀퉁이를 응시한다. 어느 골목길에나 있기 마련인, 가로등의 빛이 잘 닿지 않는 사각지대의 그늘 속에서 무언가가 꿈틀대고 있었다.

사람인 듯하다. 대여섯 명 정도의 사람이었다.

순간 효진은 무언가 눈치를 챈 듯 조심스러우면서도 빠른 걸음으로 근처로 다가갔다.

전봇대 뒤에 숨어 어둠 속으로 시력을 돋우었다. 장면이 더욱 확실히 보였다.

가장 먼저 보인 것은 한 명의 남자였다. 왜냐하면 상황에 비해서 다섯 사람의 관계가 매우 기이했기 때문이다.

"……해."

그 남자의 말소리가 희미하게 들렸다. 그녀는 전봇대에 더욱 밀착해 그들의 대화를 들으려 애썼다.

"당장 말하지 않으면 베어버리겠다."

조금 전보다 더욱 커진 목소리. 그 목소리에는 무겁고 강한 울림이 있었다.

말과 동시에 손에 든 목도를 앞의 네 명에게 겨누었다. 네 명이 눈에 띄게 움찔하며 뒤로 주춤주춤 물러나기 시작했다. 한 명의 남자가 네 명의 남자를 압도하고 있는 것이다.

"모, 모른다고 했잖아!"

네 명 중 한 명이 꽤 용기있게 소리쳤다. 그렇지만 그 진심은 목도를 든 남자에게는 닿질 못했다.

"거짓말하지 마. 너희들도 운반책 중 하나잖아?"

남자는 소녀조차 느낄 정도로 진한 악의를 담고 미소를 그렸다.

"말하지 않으면 정말 죽는다."

"씨, 씨발! 죽이려면 죽여봐, 새꺄! 아무리 그래도 모르는 건 모르는 거라고!"

"그래?"

남자는 목도를 고쳐 잡고 선언하듯 말했다.

"그럼 어디 한 번 죽어봐."

그 말이 떨어지자마자 네 명은 즉시 뒤로 돌아 도망치기 시작했다. 동시에 남자의 목도가 행동을 개시, 제일 늦게 출발한 남자 한 명의 목덜미를 후려쳐 땅바닥에 뒹굴게 만들었다.

참고로 그 네 명의 뒤쪽에 효진이 숨어 있는 전봇대가 있었다.

"으엣?"

갑자기 남자들이 우르르 뛰어오기 시작하자 그녀는 흠칫 놀라며 소리를 내고 말았다.

그것이 살아남은 세 명의 남자들 중 한 명에게 발견되고, 당연하다는 듯이 그 남자는 그녀의 몸을 낚아챘다.

"멈춰, 새꺄!"

효진이 들고 있던 검은 봉지가 허공을 날아 바닥에 떨어지는 순간, 목도를 든 남자의 움직임이 멈춘 순간, 그리고 그녀를 붙잡은 남자가 주머니에서 칼을 꺼내 그녀의 목에 겨눈 것은 동시에 일어난 일이었다.

"헤, 헹! 한 발이라도 움직이면 그어버리겠어!"

남자의 칼이 그녀의 목덜미 깊숙이 묻혔다. 그녀가 경직된 얼굴로 숨을 멈췄다. 남자가 동료에게 턱짓으로 쓰러진 동료를 챙기길 지시하고는 비열하게 웃어댔다.

"킥킥! 전세가 역전됐군. 안 그래, 검사 양반?"

그 얼굴에는 이겼다는 자만심이 가득했다. 원래 삼류악당들일수록 속단이 매우 빠른 법이다.

"글쎄."

목도를 든 남자는 조용한 눈빛으로 입을 열었다.

"무슨 근거로 전세가 역전됐다는 거지?"

"앙? 네 녀석 바보냐?"

삼류악당 A는 한껏 인상을 구겼다. 동료 B와 C 또한 키득대면서 남자의 발언을 비웃었다.

"모르겠으면 한 발자국 정도 움직여 보지? 이 여자가 어떻게 될까나?"

그리고 한껏 또 폭소를 터뜨린다. 그 행태를 보면서 남자는 아무렇지 않게 방금 눈앞에 떨어져 내린 검은 봉지를 목도로 들어 올렸다.

"챙겼어."

무심하게 내뱉는 한마디. 삼류악당 A, B, C가 '잉?' 하는 반응을 하기도 전에 효진의 작은 몸이 재빠르게 움직였다.

먼저 왼손을 올려 칼을 잡은 남자의 손을 움켜쥐고 발을 차올렸다. 두툼한 운동화가 면전에 찍히고 남자는 기묘한 비명을 지르며 고개를 뒤로 젖혔다. 그와 동시에 잡은 손을 축으로 몸을 한 바퀴 빙글 돌려 관절을 사정없이 비튼 다음 비명조차 지르지 못하는 남자의 몸을 붙잡고 뒤로 뛰어넘어 B에게 가차없이 날아차기를 먹였다. B에게 내리꽂은 발로 비틀어 쓰러지는 그의 어깨를 밟은 채 그녀의 몸이 공중에서 또 한 번 회전했다. 이어서 사정 거리에 들어온 마지막 C의 면상에 소녀의 발차기가 적중했다. 두 남자가 요란하게 벽에 부딪쳐 나뒹군 건 거의 동시였다.

한순간에 세 명의 남자가 땅바닥에 뒹구는 신세가 되어버렸다.

"…용서가 없군."

사뿐히 땅에 발을 디딘 효진에게 목도를 든 남자가 다가왔다. 그녀는 신경질적으로 구겨진 코트를 털며 억울하다는 듯이 그를 쳐다보았다.

"아무 관련도 없는 사람을 붙잡고 목에 칼을 들이미는 사람에게 해줄 용서 같은 건 모른다구요. 애초에 누구예요, 이 사람들은? 승욱 씨 친구?"

"그럴 리가."

승욱은 얻어맞은 얼굴과 꺾인 팔 관절, 둘 중 어느 것을 부여잡고 고통스러워해야 할지 모르고 있는(쉽게 말해서 땅바닥을 구르며 오두방정을 떨고 있는) 남자에게 다가가 그의 가슴을 지그시 밟았다.

"자아— 말해 주실까?"

그러나 답은 돌아오지 않았다. 푸들푸들 떨던 남자가 어느새 기절해 버린 것이다. 승욱은 낭패라는 듯 눈썹을 찌푸리곤 다른 세 명을 둘러보았다. 세 명 다 뻗은 채 미동도 하지 않고 있었다. 승욱은 대충 짐작할 수 있었지만 귀찮은 듯 목도를 등 뒤로 집어넣었다.

"어차피 모르는 게 뻔하긴 하지……."

승욱과 효진은 그들 네 명을 내버려 두고 그곳을 벗어났다. 승욱의 짐작대로 기절한 척하고 있던 남은 세 명이 '그럼 왜 그리 쫓아와서 패고 지랄이야!' 라고 속으로 소리친 건 당연히 모르고.

적당히 밝은 곳으로 나오자 효진은 승욱과 나란히 걸으면서 그에게 물었다.

"대체 무슨 아르바이트를 하는 거예요?"

"뭐… 간단한 일."

무성의한 그의 대답에 효진은 금방 불만스런 얼굴이 되었다. 처음부터 이랬다, 이 남자는. 대화에 대해서는 그다지 협조적이지 못하고 중요한 얘기는 아무것도 해주지 않는 것이다. 효진은 '흥!' 하고 앞서서

뚜벅뚜벅 걸어나가 버렸다. 그 뒤를 따라 승욱이 전혀 개의치 않으며 묵묵히 그녀를 따라갔다.

이윽고 집 앞.

"또 나갈 거예요?"

"아니."

"그럼 들어와서 씻고 기다려요. 금방 밥 할 테니까."

효진의 말을 듣고서야 승욱은 시장기를 느꼈다. 육중한 철문을 닫고 작은 마당을 걸어 집으로 들어선다. 왠지 잘사는 듯이 보이는 큰 주택, 이곳이 그와 효진이 단둘이서 살고 있는 집이다.

오해를 하면 안 되는 것이, 같은 집에 살고 있다고 그들이 사귀는 사이라든가 이미 결혼을 한 사이라는 것은 아니다. 참고로 승욱 또한 17세의 고등학교 1학년. 우리나라의 풍속상 학생의 결혼이 그렇게 쉽게 일어날 리 없다 게다가 사귀는 사이로 동거를 하는 것 또한 쉽게 받아들여지는 일이 아니다.

쉽게 설명하자면, 그들은 집주인과 하숙생의 관계라고 할 수 있다.

이 주택은 원래 효진의 집으로 주인인 부모는 현재 외국에 나가 있어서 사실상의 주인은 효진이다. 부모가 나가면서 비어 있는 방은 세를 주어 방세를 벌라는 말을 남겼기에 효진은 그 말을 따랐고, 그래서 맨 처음 들어온 것이 승욱이었다. 하지만 자취를 해야 하는 것이 당연했을 그는 집안일 같은 건 전혀 할 줄 몰라서 덕분에 그 일체를 효진이 도맡아 하게 됐다. 그랬기 때문에 그는 하숙생인 것이다.

결국 애정 문제라든가 하는 것이 아닌, 아주 경제적이며 이해 타산적인 관계랄까.

"밥 다 됐어요."

앞치마를 벗으며 효진이 거실로 소리쳤다. 씻고 나서 TV를 하릴없이 보고 있던 승욱이 리모컨을 내려놓고 식탁에 앉았다.

그가 의자에 앉는 모습을 보다가 효진이 말했다.

"3일 동안 줄곧 말하고 싶었는데, 그 목도 불편하지 않아요?"

"별로."

"흐응—"

별다른 반응 없는 그의 모습에 효진은 재미없다는 듯 젓가락만 놀렸다.

잠시 침묵이 흐른 식탁. 이런 분위기를 그다지 좋아하지 않는 효진이 다시 이야깃거리를 꺼내들었다.

"내일이면 드디어 입학식이네요."

"……."

묵묵히 식사만 계속하는 승욱. 하지만 그녀 또한 지지 않는다.

"같은 반이 될 수 있을까요? 되면 아는 사람이 있어서 조금 안심이 될 것도 같은데."

"……."

"담임 선생님도 좋은 분이셔야 할 텐데. 저, 중학교 때 담임이 무도라면 치를 떠는 사람이어서 엄청 시달렸거든요. 뭐, 이 학교는 절대 그런 선생님이 없겠지만요."

"……."

저 혼자 떠들던 효진도 금세 힘 빠진 얼굴이 되어 승욱을 노려보았다. 밥을 먹으며 혼자 수다를 떠는 덴 취미도 없을 뿐더러 칼로리 소비 말고는 어떠한 효과도 거둘 수 없는 것이다.

"저기 있잖아요, 승욱 씨."

"······."

그래도 귀찮기는 했는지 승욱이 조용한 눈으로 드디어 그녀를 바라보았다. 일단 반응을 얻어내는 것에는 성공.

"그래요, 사람이 이렇게 열심히 말을 걸고 하면 정성을 봐서라도 그런 반응이라도 보여봐요. 건드리면 놀란다. 그게 인간 관계를 이루어나가는 첫 번째예요."

뭔가 약간 빗나간 논리를 교사조의 어투로 이야기하며 젓가락을 이리저리 휘젓는다. 승욱은 무뚝뚝한 시선으로 그 모습을 바라보다가 별다른 말도 하지 않고 식사에 다시 전념했다. 그쯤 되자 효진은 입꼬리를 살짝 말아 올린 채 씰룩대고 있었고, 이날의 식사는 아무런 소득도 없이 끝나고 말았다.

그리고 다음날, 3월 2일.

참새가 짹짹대는 평온한 아침.

"아우······!"

묘한 소리와 함께 기지개를 켜며 효진이 방에서 걸어나왔다. 아직 창밖은 어두운 봄의 새벽, 아니, 아침이라고 해야 할 시간. 거실에 걸린 큰 시계를 힐끔 쳐다보고 그녀는 세면실로 들어갔다. 축축이 젖은 긴 머리를 수건으로 닦으며 그녀가 다시 거실로 걸어나온 것은 그로부터 십오 분 정도 후. 그녀는 다시 시계를 확인하고 부엌으로 향하던 발길을 돌렸다.

거실을 지나 커다란 베란다로 나선다. 지난 3일을 통해 어느 정도 눈에 익은 모습이 어두운 마당에서 확인됐다.

"언제 일어나 있었어요?"

마당으로 말을 던진다.

가만히 허공을 향해 목도를 겨누고 있던 승욱이 힐끔 눈길을 보내고 말했다.

"몇 시지?"

"7시예요. 씻고 준비해요. 오늘 입학식이라는 거 잊은 건 아니죠?"

"안 잊어."

조금은 심술궂은 말투로 톡 쏘아주고 베란다에서 발을 돌렸다. 방에 들어가 머리를 말리고 감색의 교복으로 갈아입고 나오자 승욱이 샤워를 마치고 거실로 나와 있었다.

효진은 문득 궁금해졌다.

"샤워할 때도 그 목도를 메고 하는 거예요?"

효진이 며칠간 본 바로는 그에게서 저 목도가 떨어져 있는 것을 본 기억이 없다. 밥을 먹든 밖으로 나가든 저 목도는 언제나 저 남자의 등 뒤에 매달려 있었다.

승욱은 등에 걸린 목도를 슬쩍 돌아보았다.

"응."

"으에, 불편하지 않아요?"

목도를 등에 메고 온몸에 비누칠을 하는 남자(뇌 세포에 해로운) 상상을 접으며 효진이 눈썹을 살짝 찌푸렸다. 승욱은 수건을 목에 걸치며 어깨를 으쓱했다.

"그다지. 익숙해졌으니까."

간단히 대답을 하고 방으로 들어가 버리는 그의 등 뒤에 대고 효진은 아침 준비할 테니까 빨리 나오라고 소리쳤다. 흔치 않게도 '알았어' 하는 응답이 돌아와 그녀는 부엌 앞에서 발걸음을 멈추고 돌아서기까지 했다.

"웬일이야."

그러고 보니 오늘 아침은 평소와 달리 대답하는 양이 많다. 효진은 귀여운 노란색 앞치마를 입으며 고개를 갸웃거렸다.

재단법인 백두 고등학교.

이 학교의 교훈은 '武를 통한 道의 실현'. 두 개의 한자로 줄여 버리면 곧 '무도(武道)'라는 뜻이 된다.

그렇다. 이 학교는 특수 목적 고등학교로 분류되는, 이른 바 '무도인(武道人) 양성 전문 학교'인 것이다.

그러한 이유로 이 학교를 다니는 학생들은 대부분—어디까지나 대부분—이 무예가들의 자제들로, 모두 각자의 무도를 이루기 위하여 찾아온 이들이다.

물론 효진과 승욱 또한 비슷한 경우다.

시끌벅적한 강당. 체육관도 겸하는 그곳이 사람들의 물결로 가득 찼다. 오늘은 3월 2일로 백두 고등학교의 입학식이 있는 날이었다. 그렇기 때문에 신입생과 재학생, 교사와 학교 관계자, 그리고 학부형들까지 이 강당에 모두 모여 있었다.

그들 중에 승욱은 이미 강당에 있었고, 효진은 입구에 밀집해 있는 사람들 사이를 비집고 들어오고 있었다.

"먼저 가버리는 게 어딨어요."

효진은 강당에 준비된 의자에 앉으며 옆자리에 앉은 승욱을 흘겨보았다. 승욱은 앞을 바라보는 시선을 흩뜨리지 않은 채 무심하게 대답했다.

"굳이 같이 갈 필요는 없잖아."

'와아, 대답했다'라고 속으로만 감탄하면서 효진은 등받이에 등을 편하게 기댔다.

"그래도요. 아는 사람이라고는 승욱 씨밖에 없는데 같이 가주면 어디가 덧나요? 혼자 왔다구요."

"고작 교실부터 강당까진데."

효진이 재차 그를 흘겼다.

"방금 전의 일만 얘기하는 게 아니에요. 아까 학교 올 때도 그랬잖아요. 잠시 기다리라고 하니까 혼자서 먼저 가버리고."

승욱이 고개를 돌리고 말했다.

"길 몰라?"

"길은 알아요."

"근데 왜."

효진은 그제야 눈치 챘다.

"혹시… 사람이 없는 곳에서 살았다거나 한 적 있어요?"

"그런 건 왜 묻지?"

"아무튼요. 있어요, 없어요?"

승욱은 조금 생각하는 듯하더니 답했다.

"있는데. 최근 몇 년."

"어쩐지……. 그럴 줄 알았어요. 미안해요, 내가 이해할게요."

뭔가 혼자서 납득하고 넘어가 버리는 느낌이라 승욱은 영 껄끄러웠다.

"뭘 이해한다는 거지?"

효진은 진지하게 팔짱을 꼈다.

"최근 몇 년이나 되는 시간 동안 사람들과 부딪히지 않고 산 연유는 조금 있다 듣기로 하고요, 아무튼 그런 일이 있었으니 서투를 수밖에 없다고, 그러니까 이해한다는 거예요."

그리고는 말투를 바꿔서,

"인간 관계라는 것은 말이에요, 단순히 사람과 사람이 만나는 걸로는 형성되지 않아요. 사람이 사람을 만나서 그 사람과 어떤 이야기를 하고 어떤 일을 하느냐에 따라서 달라지는 거라구요. 그리고 그것에서 가장 중요한 게 서로에 대한 존중과 배려예요. 무슨 말인지 알겠어요?"

잠시 쳐다본 그의 얼굴은 '전혀 모르겠는데'라고 말하고 있었다. 효진은 한숨을 꾹 참고 이야기를 이었다.

"승욱 씨는 그 배려가 부족하다는 거예요. 내가 큰 걸 바랐어요? 단지 일단은 아는 사이니까 같이 다녀주기를 바라는 것뿐이라구요. 게다가 집에서 학교, 교실에서 강당, 그 정도잖아요? 물론 더 친해진다면 좀 더한 걸 바랄 수도 있겠지만 지금은 그 정도뿐이라구요."

이젠 이해했을까 하고 다시 확인한 그의 얼굴에는 그나마 이해 비슷한 기색이 돌았다.

"아는 것 같아 다행이네요. 아주 백치는 아니었나 봐요, 그래도?"

"실례야."

"누구부터 실례했는데 그래요. 참아요, 그 정도는."

장난기가 일부 섞인 목소리로 효진이 살짝 웃었다.

"이젠 나도 이해할 테니까 승욱 씨도 좀 더 노력하도록 해요. 우리, 같은 집에 사는 사이잖아요? 친해질 환경은 완벽하다구요."

밝게 미소 지으며 효진이 말하자 승욱은 가볍게 고개를 끄덕이며 고개를 돌렸다. 오늘까지 4일. 그녀의 집에 우연히 세 들어 살게 되면서, 그리고 함께 생활하게 되면서 느낀 점이 있다면 이 소녀에게 '부정적'이라는 것은 아예 없다는 것이다. 천성이 밝은 건지 웃기도 잘 웃고 뒤

끝이 없다. 그녀가 말한 대로 남을 배려할 줄도 알고 사람 사귀는 것에 능숙하다. 그가 본 그녀의 모습은 빙산의 일각에 불과할지도 모르겠지만 아직까지 나쁜 점은 보이지 않는다.

'아마… 지금까지 나쁜 일 같은 건 당해본 적도 없을 테지.'

그렇게 생각하며 승욱은 조금 자조적으로 웃었다. 겉으로 드러나지 않을 만큼으로.

"아… 저어……."

그렇게 각자의 생각에 빠져 있는 두 사람에게 말을 걸어오는 목소리가 있었다. 두 사람의 뒤쪽이었기에 효진―승욱은 무시―만 고개를 돌려보았다.

"왜요?"

라고 대답하자마자 효진은 두 눈을 동그랗게 만들 수밖에 없었다. 그녀는 속으로 이렇게 소리쳤다.

'왜 초등학생이 여기에?!'

"일부러 엿들은 건 아니지만요……."

뭔가 자신없는 투로 얼굴을 붉히며 말하면서 커다랗고 동그란 안경을 한차례 치켜 올린다. 약간 텁수룩한 머리카락이 눈을 살짝 가리고, 반짝이는 눈망울이 너무나 앙증맞았다. 전체적으로 둥그런 얼굴형에 양쪽 볼에 아직 젖살이 빠지지 않은 듯한 모습의 소년. 이런 모습을 어디선가 한 단어로 정의한 게 있었는데… 그게 뭐더라?

"역시 그런 건 안 된다고 생각합니다!"

소년의 얼굴을 본 순간 다른 세계로 가 있던 효진의 정신이 소년의 작은 외침으로 돌아왔다.

"에, 예? 뭐가요?"

소년은 얼굴을 잔뜩 붉힌 채,

"두, 두 분이서 같이 사신다고요……?"

방금 전의 얘기를 들은 모양이다. 효진은 아무렇지 않게 고개를 끄덕였다.

"네, 그런데요?"

"그, 그런 건 안 된다고 생각해요! 고, 고등학생인 남녀 두 명이 같은 집에서 산다니! 다른 사람이 알면 이상하게 생각할 거예요!"

소년은 자신없어 보이던 태도를 털고 단호하게 소리쳤다. 그 소리에 주변 사람들의 관심이 이쪽으로 쏠리기 시작했다. '앗, 곤란해'라고 효진이 생각한 찰나에,

"니가 상관할 바가 아냐."

승욱의 무뚝뚝한 목소리가 그 모든 관심을 단번에 막았다. 묵직하게 무게가 실린 그 목소리에 소년이 겁을 먹은 듯 어깨를 움츠렸다.

승욱은 여전히 앞을 본 자세로 이야기했다.

"나름대로 사정이 있는 거다. 멋대로 지껄이지 마."

"예, 예… 죄송합니다……."

금방 울어버릴 것 같은 기분을 겨우겨우 참는다는 듯이 소년의 어깨가 살짝 떨린다. 효진은 눈썰미 좋게 그것을 발견하고 그만 감동해 버리고 말았다. 이 소년, 몇 살인지 모르겠지만 정말 귀엽다!

"아아, 괜찮아요, 괜찮아요. 이 남자, 원래 말하는 게 좀 무뚝뚝하니까."

"아니에요… 제가 맘대로 참견해 버려서……. 죄송합니다……."

완전히 풀이 죽은 모양이다. 효진은 가볍게 승욱을 흘겨주고는 소년에게 밝게 미소를 지어주었다.

"같은 반이죠? 이름이 뭔지 물어봐도 돼요?"

"윤대희라고 합니다. 태권도(跆拳道)를 하고 있어요."

"와아, 태권도요? 난 서효진이라고 해요. 무형류(無形流)죠. 아, 말놔도 돼요."

"무형류요?!"

소년(대희)의 목소리가 또다시 커졌다. 효진은 빙긋이 웃었다.

"말 놔도 된다니까요."

"아아… 으, 응. 그렇게. 너도 말 놔."

"난 이 편이 편해요. 버릇이니까 신경 쓰지 말아요."

대희는 떨떠름하게 고개를 끄덕였다. 그러다가 잠시 잊은 사실을 깨달았다.

"무형류라구?"

"네. 알고 있어요?"

"알다마다! 누님께 귀가 따갑도록 들었는걸!"

"누님?"

요즘 세상에 '누님' 이라는 호칭을 아무렇지 않게 쓰는 청소년이 있을 줄이야……. 효진은 이 소년의 출신을 잠시 의심해 보았다.

그런 그녀의 반응 같은 건 전혀 모른 채 말하는 대희의 얼굴은 완전히 상기되어 있었다.

"응! 우리 누님도 이곳 학생이야! 학생회에 있으셔!"

게다가 존대. 효진은 뭔가 대단한 것을 발견한 기분으로 한창 준비 중인 강당의 무대 쪽을 가리켰다.

"그럼 나중에 인사하러 나오시겠네요?"

"응, 아마 그럴 거야."

대희의 큰 눈망울 더욱더 초롱초롱 빛나고 있었다. 아무래도 이 소년은 누님에 대해서 굉장한 애정(?)을 품고 있는 모양이다. 효진은 조금 감탄하며 순순히 납득했다. 그런 모습조차 귀여운 것이다, 이 대희라는 소년은.

「아― 그럼 지금부터 입학식을 시작하도록 하겠습니다. 서 있으신 분들은 자리에 앉아주시길 바랍니다.」

사회를 맡은 교사의 말이 스피커를 통해 강당 구석구석으로 전해졌다. 효진은 대희에게 손짓을 보내고 자세를 고쳐 앉았다. 강당 이곳저곳에서 분주히 움직이던 교사, 관계자들도 모두 배치된 자리에 앉았다. 그 모습을 지켜보던 사회자는 장내가 조용해지고 정리가 된 듯하자 천천히 식을 시작했다.

식은 순조롭게 진행됐다. 국기에 대한 경례와 애국가 제창을 지나서 한국 무도인 협회, 백두회의 회장이자 현 교장인 나이 지긋하신 할아버지의 축하사가 간단히 끝났다. 그리고 각종 단체에서 나온 대표자들의 축하사가 있고 나자 드디어 학생들이 진정으로 바라던 순서가 시작됐다.

사회자가 교체됐다. 교사들과 재학생들 사이로 수군거리는 소리가 퍼졌다. 그 반응 하나로 신입생들은 새로운 사회자의 정체를 짐작할 수 있었다.

「아아, 흠, 크흠. 죄송합니다. 감기 기운이 있는지 목이 안 좋군요.」

그렇게 말하는 것치고는 꽤 말끔한 목소리다. 너무 낮지도, 너무 높지도 않은 적당한 높이와 울림을 가진 남자다운 목소리. 단정히 빗어 넘긴 머리칼과 수려한 이목구비, 깔끔한 복장까지 한데 어우러져 멋진 그림을 그리고 있는 이 새로운 남자는 마이크를 들고 무대 앞쪽으로 걸어나왔다. 그리고 미소와 함께 말했다.

「신입생들께 인사드리겠습니다. 백두 학생회 현 회장을 맡고 있는 3학년 이승건이라고 합니다.」

정중히 허리를 숙여 인사한다. 신입생들의 눈길이 모두 그에게로 고정됐다. 회장(승건)은 익숙하게 말을 이어 나갔다.

「아시다시피 우리 백두 고등학교는 일제 강점기 시절 억압받던 민중의 해방을 위하여 이 땅의 무도인들이 뭉쳐 조직한 백두회(白頭會)에 기반을 둔 고등학교입니다. 현재는 이미 일제 또한 물러갔으며 우리나라도 발전에 발전을 거듭하고 있기에, 우리 학교는 본래의 취지를 바꿔 올바른 혼(魂)을 가진 무도인의 육성을 도모하고 있습니다. 여기서 말하는 올바른 '혼' 이란, 우리 선조들이 일제에 대항했던 그때처럼 어느 상황에서도 정의를 잃지 않는 마음을 의미합니다. 이번 해 우리 학교에 입학을 하신 여러분의 가슴에는 그 정의가 남아 있으십니까?」

효진은 교복 가슴 부분을 꾹 쥐었다. 승욱이 그 모습을 슬쩍 훔쳐보고 금방 시선을 돌렸다. 그도 다른 이들과 마찬가지로 줄곧 승건을 눈으로 좇고 있었다.

「이 학교에 있는 3년 동안 그 정의를 단련하여 올바른 혼을 가진 무도인으로 성장하시기를 진심으로 바랍니다. 그것을 인도하는 것도 우리 백두 학생회의 임무이니까요.」

승건은 매력적인 미소와 함께 다시 한 번 정중히 고개를 숙였다.

「그럼 저희 학생회를 한 명씩 소개하겠습니다.」

그의 막힘없는 진행으로 학생회 소개 또한 무사히 종료되고 입학식은 금방 막을 내렸다.

강당 안에서 수많은 사람들이 우르르 빠져나왔다. 학생들과 학부모, 관계자 등등의 사람들이 무질서하게 강당에서 학교 건물로 이동한다.

그 사이에 효진과 승욱, 대희도 섞여 있었다.

"아까 그 과학부장을 맡고 있는 분이 누님이셨죠?"

"응! 맞아!"

효진은 학생회 소개 때 맨 마지막으로 나왔던 작은 소녀를 떠올렸다. 분명히 3학년이라고 소개받기는 했지만 겉 보기 나이는 옆의 이 소년과 별다를 바 없었다. 지나치게 작은 키에 동생과 똑같은 커다랗고 동그란 안경, 교복은 가장 작은 사이즈도 큰 모양인지 헐렁했다. 그리고 시종일관 얼굴을 붉힌 채 인사를 할 때는 제대로 입도 떼지 못했다. 어딜 보나 소심하고 부끄럼 많은 모습에 효진은 아까부터 떠오르지 않았던 단어들을 떠올릴 수 있었다.

'누나는 로리타, 동생은 쇼타로, 완벽한 남매잖아.'

그녀가 인사를 하자 학생회라는 것을 잊어버리고 '귀엽다' 등등의 종류로 학생들이 수군댔다. 학생회는 그 학년도에 가장 강한 열 명이 맡는 거라고 하더니, 그녀만큼은 아무도 '손 대지' 못해서 뽑힌 게 아닐까.

그런 생각 때문에 효진은 대희의 말을 제대로 듣지 못했다.

"응? 뭐라구요?"

"난 누님 만나러 가봐야 하니까 먼저 교실로 돌아가 있어줄래?"

뭐랄까, 또다시 수줍은 말투였다. 친구가 된 지 얼마 안 되어서 익숙해지지 않은 모양이다. 효진은 싱긋 웃었다.

"그럴게요."

"응! 나중에 봐!"

손을 흔들며 대희가 사람들 속으로 사라졌다. 그 뒷모습을 웃는 얼굴로 손을 흔들며 배웅한 그녀는 대희의 모습이 사라지자마자 정색을 하고 승욱을 쳐다보았다

"한마디 정도는 좀 해요."

승욱은 '나?' 하는 듯한 표정을 만들었다.

"3월 2일, 기념비적인 백두 고등학교 입학식 날 처음으로 사귄 친구라구요. 친절한 미소로 다가갑시다~ 까지는 아니더라도 말 한마디 해 줄 수는 있잖아요?"

그는 잠시 생각하는 얼굴이 되었다.

"할 말이 없었어."

결국 대답은 그 정도. 효진은 진이 빠진 얼굴로 어깨를 축 늘어뜨렸다. 아직도 갈 길은 멀고도 멀다.

"그나저나 학생회장은 어느 정도의 실력일까요?"

백두 학생회의 선발 방식은 간단하다.

무도인 양성 전문 학교에 걸맞게 이 학교에는 '대무(對武)'라는 방식이 있다. 이는 교내라면 어느 곳이든 상대를 정해 서로의 실력을 겨룰 수 있게 하는 것이다. 어떤 이유로, 어떤 핑계를 대고서 싸움을 했다고 하더라도 그것이 '대무'로써 인정되면 그 싸움은 아무 문제도 되지 않는다.

그렇다면 남는 것은 승패. 어느 쪽이 이겼고, 어느 쪽이 졌는가 하는 사실이다.

이 승패는 결판이 나는 즉시 소문으로든 보고로든 모두 학생회로 들어간다. 학생회에서는 그러한 대무들의 결과를 집계하여 그 연도의 가장 승수를 많이 올린 열 명을 뽑는다. 그들이 다음 연도의 학생회를 이끌어갈 이들이 되는 것이다.

그중에서도 '학생회장'의 자리는 더욱 특별하다. 뽑힌 열 명이 각각의 대무를 통하여 또다시 결판을 내고, 그중에서 제일 강한 자가 곧

'회장'이 된다. 즉, 학생회장은 백두고에서 '가장 강한' 사람이라는 말과 동일하다.

"간단해서 좋지만 말이에요… 이 학교는 뭔가 고등학교의 기본을 무시하고 있다구요."

학교에서 나누어 준 '교칙서'를 한 손에 들고 효진이 인상을 찌푸렸다. 중학교까지 평범한 기본 교육을 받은 대다수의 신입생들도 그녀와 같은 의견임이 분명하다. 하지만 그녀 옆에서 같이 걷고 있는 남자는 사정이 달랐다.

"이 학교는 모든 것을 학생의 자율에 맡겨."

"자율?"

"'무(武)의 기본은 정신적으로, 육체적으로 강해지는 데 있다'라는 것에 아무도 반박은 하지 않아. 그 강해질 수 있는 환경을 최대한 배려하는 거야. 자율적인 환경 속에서 스스로의 실력을 발휘할 수 있도록. 학생회는 강해지는 것에 뒤따르는 것일 뿐이야."

냉철하게 말을 끊는다.

효진은 무언가 감동한 얼굴로 소리쳤다.

"굉장해요!"

승욱이 '뭐가?'라는 표정으로 되묻는다. 효진은 '엄청 감동!'이라는 얼굴을 한껏 만들었다.

"지금까지의 말 중에서 가장 길었어요!"

"……."

승욱은 순간 할 말을 잃고 말았다. 애써 길게 한 말들이 모두 먼지로 돌아가 버린 듯 허망한 기분마저 느꼈다. 이 소녀는 대체 무슨 생각을 가지고 사는 걸까. 나오려는 한숨을 애써 지운 후 그는 그녀를 무시하고 한 걸음 내디뎠다.

"오랜만이구나."

익숙한, 잊을 수 없는 목소리가 그의 발길을 멈추게 했다. 그는 천천히 고개를 들었다. 그와 효진이 가려고 하는 방향으로 사람들이 빈 공간을 만들고 있었다. 어쩔 수 없었다. 그들이 비워놓은 그곳에는 두 명의 사람이 서 있었다.

그중 한 명에게로 승욱은 고요한 시선을 던졌다.

"오랜만인데 인사도 하지 않는 거냐?"

"…오랜만입니다, 형님."

"오냐."

효진의 놀람은 한 박자가 느렸다.

"에? 형님?!"

승욱과 승건을 번갈아 본다. 효진은 자신의 눈과 귀가 더 이상 제구실을 하지 못한다고 의심하지 않았다. 저 앞에 수려한 용모와 분위기를 흘리고 있는 남자는 분명히 조금 전 강당에서 본 학생회장이 맞았고, 더구나 그 뒤편에서 보좌하듯이 서 있는 짧은 커트 머리의 미녀도 부학생회장이 분명했다. 게다가 승욱이 스스로 '형님'이라고 부르는 것을 똑똑히 들었다.

사건은 명백했다.

"승욱 씨, 학생회장의 동생이었어요?!"

비명을 지르듯 외친다. 그 소리에 조심히 그들을 살피며 지나가던 사람들의 움직임조차 멎었다.

그 속에서 마이 페이스를 유지하고 있던 승건이 웃음기를 머금고 다가왔다.

"네가 집을 나간 지 5년 만인가? 그동안 많이 컸구나, 정말. 몰라보게 달라졌는걸."

가볍게 걸어와 승욱의 어깨를 툭툭 치면서 기분 좋은 미소를 짓는다. 동생이 돌아온 것을 진심으로 좋아하고 있는 형의 모습이었다.

"어떠냐. 실력은 좀 늘었느냐?"

"…형님만큼은 아닙니다."

"후후, 여전히 겸손하기는. 자취를 한다고 했었지? 나중에 시간 내서 집으로 인사하러 오거라. 부모님들도 모두 보고 싶어하시니까."

"네."

"그래, 그럼 다시 보자꾸나."

키가 비슷한 동생의 어깨에 올린 손을 내리고 승건은 돌아섰다.

"저, 저기! 회장님!"

효진이 다급히 그를 불렀다.

"무슨 일이지?"

"1학년 신입생인 서효진이라고 해요! 부탁이 하나 있는데 괜찮을까요?"

"말해 봐."

그는 거절하지 않고 선뜻 대답했다. 학생회장으로서 당연한 것이라고 그는 생각하고 있었다.

효진은 기쁘게 부탁했다.

"대무를 부탁드립니다!"

"대무? 여기서?"

"네!"

밝은 대답. 승건은 속으로 '건강한 소녀구나' 하고 웃었다. 그에게

직접 대무를 신청하는 건 흔치 않은 일이었다. 거기다 2년 전 회장의
자리에 오르고 나서는 거의 없다시피 한 일이었기에 그는 생각할 것도
없이 결정했다.

"좋아."

미소와 함께 승낙한다.

"회장님!"

뒤쪽에 서 있던 미녀가 서둘러 그에게로 다가왔다.

"10분 뒤면 회의가 있습니다. 여기서 허비할 시간이 없습니다."

사무적인 어조로 결정 철회를 요구하는 부학생회장에게 승건은 손
을 내저었다.

"혜란, 조금 정도는 괜찮잖아? 늦지 않게 끝낼 테니까."

어차피 오래 끌 거라고는 생각되지 않으니까. 승건은 은근한 웃음과
함께 적당히 효진과의 거리를 벌린 다음 뒤돌아섰다.

"자, 들었지? 난 또 일이 있으니까 낭비할 시간이 없어. 최선을 다해
덤벼봐."

"감사합니다!"

효진이 주머니에서 검은 장갑을 꺼내 양손에 꼈다. 단단하게 끈을
조여 고정시키고 나서 가볍게 스트레칭을 시작한다. 그 모습을 보면서
승욱은 뒤로 물러났다. 혜란 또한 본격적인 대무 준비에 더 이상 할 말
이 없었는지 승건의 뒤편으로 물러났다. 구경꾼으로 돌변한 주변의 관
중들도 둥글게 대무장(對武場)을 만들었다.

완전히 준비가 끝나자 효진은 양손을 가슴께로 들어 올리고, 왼발을
내밀고 몸을 돌려 섰다. 단단히 주먹을 쥔 상태에서 적당히 근육을 긴
장시킨다. 가장 기본적인 파이팅 포즈였다.

그에 반해 승건은 오른손을 주머니에 넣은 채 여유있게 서 있었다.

효진은 긴장을 늦추지 않았다. 허점을 내놓은 듯해 보이지만 저 남자의 정체는 백두고에서 최강이라고도 할 수 있는 학생회장. 절대 만만치 않을 게 분명하니까.

"난 백두고 3학년 학생회장, 당학류(當虐流) 해검도(解劍道)의 이승건. 그쪽은?"

"백두고 1학년, 무형류의 서효진. 잘 부탁드립니다!"

말이 끝나자마자 효진이 발을 굴렀다. 동시에 그녀의 몸이 낮게 깔린 채 승건의 바로 앞까지 당도했다. 그 상태로 오른발로 바닥을 차며 어깨를 밀어 쳤다. 타격감은 일어나지 않았다. 이 정도는 예상했지! 그녀는 어깨를 물리지 않고 그 상태로 한 바퀴 돌았다.

슈욱―!

날카로운 발차기가 승건의 목덜미를 노렸다. 회전력을 실은 채 허공을 가르고 날아드는 발차기를 승건은 가볍게 목을 숙여 피해냈다. 그러나―

"하앗!"

왼발이 차마 바닥에 닿기도 전에 오른발이 그 뒤를 이어 승건을 노렸다. 왼발의 회전력까지 더하여 오른발이 승건을 위협했다.

하지만 마치 알고 있었다는 듯이 승건은 한 발 물러서며 효진의 공격을 무산시켰다.

그녀는 바닥에 발을 디디자마자 퉁기듯이 뒤로 물러나 다시 자세를 잡았다. 역시 보통 상대가 아냐!

"……!"

들리지 않는 기합과 함께 효진의 몸이 다시 폭발하듯 전진했다. 이번엔 주먹을 휘둘러 그의 급소를 노렸다. 명치를 향해 정권을 날리자 교복 겉에만 닿는 느낌과 함께 승건이 눈앞에서 사라졌다. 당황한 효진의 감각이 서둘러 적을 찾자마자 그녀의 본능이 연이어 옆으로 발차기를 날렸다.

'호오.'

내심 감탄하며 승건이 효진의 발차기를 슬쩍 피해냈다. 단숨에 기척을 찾아내 공격을 하다니, 보통은 아닌데?

효진의 공격이 쏟아졌다. 적당한 힘을 실은 주먹이 좌우로 날아들었지만 승건은 가벼운 움직임으로 모두 피했다. 거기에 주저하지 않고 허공을 가르며 발차기 공격이 시작됐다. 물론 그것 또한 손쉽게 피해내면서 승건은 여유만만하게 생각했다.

'낯익은 이름이더니, 역시 그랬나.'

무형류라는 무술은 처음이 아니었다. 2년 전 분명히 경험해 본 무술이었던 것이다. 그때와는 사뭇 다른 스타일이긴 하지만 한 가지만큼은 분명했다.

승건의 입가에 미소가 맺혔다.

그때부터 그의 움직임이 달라졌다. 그것은 효진이 가장 먼저 감지했다.

탁.

효진이 내지른 주먹이 승건의 왼팔에 의해 막혔다. '앗?' 하고 놀랄 새도 없이 승건의 팔이 그녀의 품속으로 파고들었다. 그녀가 서둘러 뒤로 물러서며 몸을 틀어 그의 팔을 손바닥으로 밀어냈다.

그와 동시에 승건이 한 걸음 내디뎠다. 그녀의 오른쪽 어깨가 완전히 비었다!

그의 팔꿈치가 그녀의 어깨에 내리꽂히려는 찰나,

"자, 대무는 여기서 끝."

승건이 거기서 팔을 멈췄다. 효진은 꼼짝도 못하고 그 자리에서 얼어붙었다.

웃는 얼굴의 승건이 굳어 있는 그녀의 머리를 툭툭 치면서 다정하게 말했다.

"즐거운 대무였어."

씨익 미소를 짓고 승건은 돌아섰다. 기다리고 있던 혜란이 살짝 고개를 숙이며 '수고하셨습니다' 라는 인사를 던졌고, 둘은 관중들 사이로 유유히 사라졌다.

그때서야 효진은 다리에 힘이 풀려 바닥에 주저앉았다. 승욱이 서둘러 그녀에게로 뛰어왔다.

"괜찮아?"

황급히 묻는다. 고개를 푹 숙이고 숨을 몰아쉬고 있던 그녀가 이윽고 고개를 들면서 겨우 한마디를 내뱉었다.

"…완전히 졌어요."

그 얼굴에는 의외로 밝은 미소가 걸려 있었다.

"하아… 시원하다."

효진은 대희에게 받은 음료수의 뚜껑을 단숨에 들이켰다. 효진의 앞자리에 앉게 된 대희는 자기 몫의 음료수를 열면서 말했다.

"어떻게 회장한테 도전할 생각을 한 거야?"

"헤에."

그녀는 적당히 때우는 듯한 웃음을 짓곤 나머지 음료수를 비웠다.

시원한 감각이 목을 타고 넘어가 대무 때문에 달아오른 몸을 차갑게 식혀주는 기분이 들었다.

"이 학교에 들어올 때부터 목표였어요. 현 회장을 꺾는 것."

"그, 그거……."

"알아요. 굉장히, 굉장히 힘들 거라는 건. 하지만 그래도 난 꼭 회장을 꺾을 거예요."

그녀의 표정은 그 어느 때보다 단호했다.

"오늘은 그 목표를 위한 준비 과정이었어요. 회장과 나의 실력은 대체 얼마나 차이가 나는 걸까 하고요. 결과는 참담했지만."

그렇게 말하는 것치고는 꽤 홀가분한 얼굴이었다. 대회는 음료수를 홀짝 마시면서 고개를 갸웃댔다. 이 소녀의 정체는 무엇일까.

"1년 안에 할 수 있을까."

갑자기 들려오는 목소리는 효진의 뒤쪽이었다. 둘은 나란히 뒤를 돌아보았다. 효진의 뒷자리를 차지하고 앉은(엎드려 있던) 승욱이 슬쩍 고개를 들었다.

"회장은 3학년이야. 1년이 지나면 더 이상 학교에 없어."

"1년 안에 강해지면 되죠 뭐."

"쉽게 말하는군."

그는 완전히 몸을 일으켰다.

"회장의 실력은 백두회의 간부들도 인정하고 있어. 앞으로 몇십 년 동안은 회장의 수준을 넘을 학생은 나오지 않을 거라고 장담할 정도로. 그런 회장을 1년 안에?"

비웃는 분위기까지 느껴진다. 효진은 발끈하여 소리쳤다.

"할 거예요! 형이라고 편드는 거예요?"

"펀드는 게 아냐. 형이기 때문에 어릴 적부터 봐온 내가 더 잘 알아."

그리고 말한다.

"회장을 꺾는 건 나다. 나밖에 없어."

효진은 그를 노려보았다. 승욱은 무심하게 그녀를 바라보았다. 하지만 대희는 그 둘 사이의 시선에서 특별한 적의 같은 것은 느끼지 못했다. 오히려 같은 목표를 가진 사람들끼리의 공감 비슷한 것이 느껴졌을 뿐이다. 때문에 그는 조용히 방관하면서 남은 음료수를 비워냈다.

의문점 보강. 이 두 사람의 정체는 무엇일까.

입학 첫날은 금방 끝이 났다. 입학식과 담임 교사의 간단한 설명으로 모든 순서는 종료되고 학생들은 일찌감치 하교할 수 있었다.

대희는 누님과 같이 간다고 학교에 남았고 효진과 승욱은 교문 밖으로 걸어나왔다.

"아르바이트 있어요?"

승욱은 고개만 끄덕였다.

"알았어요. 저녁 시간은 지켜요."

"알았어."

"그럼 저녁에 봐요~"

효진은 손을 흔들며 그에게서 멀어졌다. 승욱은 잠시 그녀의 뒷모습을 보다가 그녀와 반대 방향으로 걷기 시작했다.

|둘| 싸우는 두 사람의 장(章)

Burning fist

싸우는 두 사람의 장(章)

아무 일이라면 있잖죠
방금 전에 어떤 남자들이 갑자기 습격해 왔다구요
아앗, 설마 그 사람들!

큰 슈퍼마켓.

"오늘 저녁은 뭘 해볼까~"

주부 같은 대사를 뱉으며 효진은 채소 코너를 돌아다니고 있었다. 부모님과 같이 살 때도 가끔씩 식사를 도맡아 준비하고는 했으니 요리하는 것엔 자신이 있었지만 여전히 자신 외의 다른 사람과 같이할 식사를 준비하는 것은 어려웠다. 그것도 가족이 아닌, 며칠 전까지는 존재도 몰랐던 타인이라면 더 더욱.

"순두부 찌개를 좋아하는 건 알지만……."

중얼거리며 노란 호박을 들었다가 다시 내려놓는다. 그리곤 계속 다른 채소들을 눈으로 훑으며 걸었다.

우연히 그녀와 승욱은 좋아하는 음식이 같았다. 그래서 승욱이 이사를 온 첫날은 같이 시내로 나가서 순두부 찌개를 먹기도 했다. 하지만 그렇다고 어제도 먹은 순두부 찌개를 또 만들 수도 없고……. 그래서 효진은 머리 속으로 메뉴를 떠올리다가 적당히 결정하기로 했다. 승욱도 가리는 음식은 없다고 했으니 뭘 해도 괜찮겠지.

상자에 한가득 들어 있는 감자를 이리저리 살펴보면서 하나씩 골라 손에 든 바구니에 넣고 있을 때, 옆에서 같이 감자를 고르는 듯하던 사람이 선뜻 말을 걸었다.

"저기, 혹시 니 가 아이가?"

웬 사투리? 효진은 뜻하지 않은 말투에 고개를 돌렸다. 그을려서 건강해 보이는 피부의 여자가 명랑하게 서 있었다. 가죽 소재의 옷에 칼머리, 뭔가 불량스러운 분위기가 풍겨서 효진은 약간 경계하는 태도를 비췄다.

"누구세요?"

상대는 그런 그녀의 반응을 감지했는지 한 발 물러서며 사과했다.

"미안타, 놀랐나? 그럴 생각은 아니었는데."

"아니에요, 괜찮아요. 조금 놀랐을 뿐이에요."

솔직한 사과에 효진은 태도를 누그러뜨렸다. 나쁜 사람 같아 보이지는 않았다.

"그런데 절 아시나요?"

얘기를 돌려 묻는다.

"참! 니 가 맞제? 아침에 회장하고 대무했던 가."

여자는 전혀 어색함없이 사투리를 쓰고 있었다. 효진은 사투리를 쓰는 사람은 처음이었지만 알아듣지 못할 만큼은 아니었다.

"네… 저 맞는데, 혹시 백두고 학생이세요?"

"호오! 여기서 만날 줄은 생각도 못했다! 낸 2학년 하정인이라고 한다! 니는 1학년에 서효진 맞제? 오늘 아침에 들었다, 그건. 니도 내 안

봤나?"

기쁨 때문인지 목소리가 곤란스럽게 크다. 효진은 난처하게 웃으면서 대답했다.

"오늘 만났던가요……?"

"옷이 이래서 못 알아보려나?"

정인은 자신의 옷을 내려다보며 혼잣말했다. 하지만 효진에게도 다 들릴 정도의 크기였다. 그녀의 옷차림은 타이트하게 몸에 붙는 가죽 자켓과 가죽 바지였다. 몸의 굴곡이 훤히 다 비치는 도발적인 옷차림이어서 효진이 먼저 눈길을 딴 쪽으로 돌렸다. 이런 옷을 입고도 상대는 아무렇지도 않은 모양이었다.

"뭐, 몰라도 상관없다! 만나서 인사한 것도 아니니까. 이제부터 알면 되는 거 아이가."

털털하게 웃어버리는 정인. 효진은 '네에…' 대답을 하면서 그녀에 대해 호감을 가지기 시작했다. 아직 누군지는 모르지만 상대방이 먼저 호감을 가지고 다가와 주는 데 마다할 만한 성격이 아닌 것이다. 하지만 한편으로는 알아보지 못하는 것에 대한 미안함도 느꼈다. 그녀의 말이 사실이라면 최소한 내 쪽에서 봤다는 이야긴데…….

"아!"

무심코 입 밖으로 소리가 새어 나왔다. 감자를 바구니에 담고 있던 정인이 '와?' 하고 반응했다.

"혹시 학생회 아니세요?"

"이야, 기억해 낸 기가?"

그녀의 맞았다. 정인은 오늘 아침 입학식에서 소개받은 그 학생회 중 한 명이었던 것이다.

"오늘 아침에 봤었제? 학생회에서 학예부장을 하고 있다. 뭐, 이름만 학예부장이지, 이 학교에서 공부 같은 건 못해도 상관없으니까. 성적은 묻지 말아도."

히죽 웃으면서 말하는 그녀를 효진은 경외감 비슷한 감정으로 올려다보았다. 학생회라는 건 학교에서 가장 강한 십 인 중 한 명이라는 말이다. 겉으로 조금 마른 듯이 보이는 이 체형에 대체 어느 정도의 실력을 숨기고 있는 걸까. 효진은 가슴마저 뛰었다.

"그럼 어느 무술을……?"

"알란가 모르겠는데, 절권도(截拳道)라고."

"알고 있어요. 이소룡이라는 사람이 만든 무술이죠?"

고개를 끄덕이며 효진이 대답했다.

"어렸을 때부터 많이 들었어요. 무형류와 가장 비슷한 형식을 가진 무술이라고요."

"그래?"

정인은 잠시 생각하는 표정을 지으며 끙끙대다가 이내 손가락을 척 치켜들었다.

"실전을 위주로 하는 점?"

'무형류'의 유래는 '형식이 없는 무술'이란 것에서 찾을 수 있다. 어떤 식이든지 형식—가령 품세—이라는 것이 만들어지면 수련자는 그것을 수련하게 되고 그것에 얽매이게 된다는 것이 무형류의 이론이다. 그렇게 되면 돌발적인 실전에 대한 대비가 약해지기 때문에 애초에 그러한 형식을 만들지 않음을 강조하는 것이다. 그러한 무형류의 정신처럼 '절권도'도 그 무술에 일정한 형식이란 것이 존재하지 않는다. 철저히 실전을 위주로 하기 때문이다.

"네, 맞아요. 둘 다 형식보다는 실전을 중요시하는 실전 위주의 무술이라고, 그렇게 배워왔어요."

여기서 그 절권도의 수련자를 만나게 되다니, 효진은 뜻하지 않은 인연이라고 생각했다.

"나중에 학교에서 대무해 주시겠어요?"

그녀가 불쑥 부탁했다. 정인은 망설임없이 엄지손가락을 척 치켜 올렸다.

"당연하지!"

시원시원한 모습에 효진은 밝게 웃었다.

둘은 남은 재료들을 사기 위해 매장 안을 돌아다녔다. 슈퍼마켓이라고 하기에 어색할 만큼 지나치게 넓은 부지의 슈퍼는 돌아다니는 거리만도 상당했기 때문에 그사이 둘 사이에는 갖가지 정보가 오고 가고 있었다.

"언니, 자취하세요?"

효진은 막 정인에게서 장을 보는 이유에 대한 물음의 답으로 '입학식 때문에 집에서 어머니가 올라왔거든' 이라는 대답을 들은 참이었다. 덤으로 어느새 호칭도 교체.

"응, 원래 집은 부산이거든. 사투리 들으니까 모르겠나?"

"사투리는 알겠지만요… 자취하는 건 안 들었잖아요."

"뭐, 도장은 부산에 있는데 내 혼자 여기 다닌다고 가족 전체가 이사할 수는 없다 아이가. 그래서 내 혼자 요기 근처에서 자취하고 있는 기다."

"아아, 그렇군요……."

자신과는 또 다른 사정에서의 자취다. 효진은 '이왕에 발걸음하셨으니 밥 정도는 내가 해드려야지' 하고 답해주는 정인에게 진지하게 고개를 끄덕여 보였다.

"그라고 보이 니는 와 장보는데?"

이번에는 정인의 물음이었다.

"아, 전 집에 저 혼자뿐이거든요. 아버지와 어머니는 외국으로 나가셔서."

"어, 그렇나?"

정인은 몇 차례 고개를 끄덕이다가 스윽 눈을 돌렸다.

"그라믄 우리 집에 와서 같이 묵자. 집에 가봤자 혼자 묵을 거 아이가."

그녀의 제안에 효진은 정중하게 거절했다.

"아니에요. 오랜만에 어머니도 올라오셨는데 방해할 수는 없죠. 전 괜찮아요."

"어머니라면 괜찮다. 사람 많은 걸 좋아하시니까 니가 오면 더 좋아하실 텐데?"

"예의가 아니죠, 그건. 괜찮아요."

집으로 돌아가도 혼자 밥 먹는 건 아니니까. 효진은 그런 말까지는 하지 않고 나중에 기회되면 다시 초대해 달라는 말까지 싹싹하게 끝마쳤다.

"난 이쪽인데."

계산을 모두 마치고 마켓 바깥으로 나오자 정인이 오른쪽을 가리켰다. 효진은 반대 편을 가리켰다.

"전 이쪽이에요."

"여기서 헤어져야겠네. 내일 학교에서 보자 그럼."

"네, 잘 가세요~"

둘은 손을 흔들면서 헤어졌다.

'좋은 분이셨어.'

차들이 지나다니는 도로 가를 걸어가며 효진은 정인을 생각했다. 같은 학교의 선배를 거기서 만나 인사까지 하게 될 줄은 몰랐다. 게다가 첫인상과는 다르게 털털하고 좋은 사람이기까지 했다. 대회를 비롯해서 오늘은 정말 사람 만나는 운이 좋은 것 같아 그녀는 절로 기분이 좋아졌다.

문득 정인과 했던 이야기들을 떠올리다가 현재 식탁을 같이 쓰고 있는 한 남자에게까지 생각이 이르렀다.

'그러고 보니 정말 혼자 밥 먹은 적이 없었구나……'

부모님이 시간을 잘 잡아 외국으로 나갔기 때문인지 출국 날 오후에 승욱이 이사를 왔다. 같이 식탁에 앉는 멤버가 달라졌을 뿐 그녀 혼자의 식사는 이루어지지 않은 것이다.

그런 생각을 하게 되자 효진은 묘한 기분이 들었다. 왠지 승욱이 고마워졌다고 할까. 부모님이 외국으로 가버리면 혼자 집에 있어야 하니 쓸쓸할 거라고 생각했는데 승욱의 존재가 그러한 불안을 순식간에 잠식한 것이나 마찬가지니 말이다.

그녀는 바구니에 담긴 저녁 재료들을 보면서 작게 미소를 지었다. 더욱 기합을 넣어서 저녁을 만들어도 아깝지 않을 듯한 기분이었다. 그녀의 발걸음이 조금 빨라져 어둑해져 가는 도시를 가로질렀다.

같은 시각.

시내의 커다란 오락실 뒤편의 어두운 골목. 어디에나 있을 법한 그런 곳에 한 남자가 쓰러진 채 숨을 헐떡이고 있었다.

"컥… 큭……."

쓰레기 더미 같은 곳에 파묻힌 채 입가에는 진득한 피가 묻어 있다. 꼴을 보아하니 이미 무진장 얻어터진 후인 듯하다.

그런 남자의 앞에 한 남자가 서 있었다. 등 뒤의 가로등 불빛이 비춰 남자의 얼굴은 보이지 않는다. 그가 쓰러진 남자를 향해 목도를 겨누고 말했다.

"어딜 가면 만날 수 있지?"

"모, 모른다고… 큭, 했잖……."

남자의 목소리는 금방이라도 끊어질 듯이 위태했다. 그러나 목도를 든 남자는 가차없었다.

"난 그다지 참을성이 많지 않아. 어디지?"

"큭……."

더 이상의 대답은 없었다. 목도의 남자는 몇 번 남자를 건드려 보다가 돌아섰다. 아예 정신을 놓고 완전히 기절해 있었다. 좀 있으면 동료들이 들이닥칠 게 뻔하니 그전에 이 자리를 뜨는 편이 나았다.

어두운 골목을 나와 시내로 빠져나왔다. 목도의 남자, 그는 당연히 승욱이었다.

승욱은 현재 아르바이트 중이었다. 집을 나오면서 원조를 일절 끊었기 때문에 생활비를 스스로 벌어야 했다. 그래서 선택한 것이 이 일이었다. 이 일을 알고 있는 것은 현재로선 그와 그의 여동생뿐. 그의 집안과 아직 연락이 되는 것은 여동생 덕분이었다. 그리고 이 일을 할 수 있었던 것도 여동생 덕택이다.

그녀가 가져오는 일은 하나같이 이상한 일뿐이었지만, 어쨌든 승욱의 신세는 의뢰받은 일을 확실히 해결해야 한다. 해결사 비슷한 일이라고 할까.

때문에 방금 전에도 한 녀석을 쥐어 팼던 것이다. 결국 아무것도 건진 건 없지만.

'의외로 똘마니들의 방비가 잘되어 있는걸.'

원래 저런 잔챙이들은 몇 번 두들기면 술술 불기 마련이다. 하지만 며칠 동안 돌아다니며 잡히는 대로 두들겨도 한마디 불지 않았다. 이대로라면 일도 끝내지 못하고 여러 모로 곤란해진다.

'그러고 보니 어제는 내가 해치운 게 아니었지.'

어제저녁, 도망치던 녀석들을 쫓아 주택가의 골목까지 갔을 때 거기서 우연찮게 효진을 만났다. 그녀의 무술 실력은 잘 알고 있었다. 처음 만난 날 둘 다 호승심 때문인지 마당에서 한 번 싸웠으니까. 그녀의 실력은 최소한 나와 동급이다. 내가 '힘' 을 쓰지 않는 이상 쉽게 그녀를 이기지는 못한다. 그렇기 때문에 그놈들의 처리를 그녀에게 맡겼고, 그녀는 세 명이나 되는 남자를 단번에 쓰러뜨렸었다.

아무튼 이래저래 엄청난 여자를 만났다는 기분이 들었다.

'저녁 시간인가.'

해가 지고 저녁이 다되어가는 시간으로 시내에 사람이 점점 많아졌다. 손목시계를 힐끔 들여다보고 그는 약속을 떠올렸다. 저녁 시간에 늦지 말라고 한 효진의 말이 생각났다. 그는 '인간 관계라는 것은 말이에요―' 로 시작해서 입학식 때 들은 그녀의 설교를 기억해 내고 집으로 향했다.

한 걸음 내딛고, 그리고 두 번째 걸음.

한 발 한 발 걸어가면서 승욱은 묘하게 변한 주위의 시선을 느꼈다. 아니, 주위라고 하기보다는 어느 특정 몇몇이 자신을 주시하고 있는 듯한 느낌이었다.

저녁 시간에 늦겠군. 속 편한 걱정을 하면서 그는 걸음을 멈추었다. 주변을 스윽 둘러본다. 사람들 사이사이에 섞여—덕분에 더 명확하게—달갑지 않은 적의가 느껴진다. 이렇게 대놓고 노리는 걸 보니 큰 건 잡기는 그른 것 같다.

승욱은 다시 걷기 시작했다. 그쪽에서의 반응은 호프집과 노래방이 밀집되어 있는 사거리를 지나치기 전에 나타났다.

"좀 기다려 보시지 그래."

개성적인 대사는 아니다. 승욱은 가볍게 시선을 왼쪽으로 돌렸다. 짧은 머리를 노랗게 염색한 양아치 녀석이 비릿한 웃음을 짓고 있었다. 저렇게 웃는다고 그다지 매력적으로 보일 것 같지는 않다. 그 뒤로 호위하듯 모범 양아치적인 녀석이 둘, 그리고 사방으로 대여섯 명 정도가 그를 둘러쌌다.

순식간에 사람들이 그곳을 빠져나가고 모두 관조적인 입장을 주장했다. 확실히 근처를 돌아다니던 양아치들이 목도를 등에 멘 한 남자를 포위하는 이런 정경에 끼고 싶은 사람은 별로 없을 것이다.

승욱은 감정이 실려 있지 않은 눈빛으로 방금 자신을 불러 세운 양아치를 쳐다보았다. 양아치의 리더쯤인 노랑머리는 그 눈빛을 '무슨 용무냐?' 쯤으로 해석했다.

"네놈이 요즘 우리 애들을 멋대로 까고 있다는 놈이냐?"

"……"

긍정도 부정도 하지 않는다. 그 태도가 그의 신경에 거슬렸는지,

"어이, 이쪽에서 이렇게 정중히 묻고 있잖아!"

전혀 정중하지 않은데, 라고도 응답하지 않았다. 그리고 그 태도에 또

다시 열받았는지 양아치들이 모두 한 발자국씩 다가와 압박을 주었다.

"말이 말 같지 않냐? 앙?"

반응이 패턴 화되어 가고 있을 무렵 승욱의 머리 속에는 9대 1의 승률을 계산하며 시뮬레이션을 해보고 있었다. 목도를 뽑자마자 앞 녀석의 머리를 내려치고 동시에 발을 내디디며 뒤의 두 녀석의 목덜미를 후려친다. 비틀거리는 틈을 타 포위를 빠져나온 다음… 거기까지 생각했을 때 참을성없이 양아치의 손이 그의 어깨로 올라왔다.

"그래, 어디 조용한 데로 가서 천천히 얘기해 보자구."

목도로 올라갈 뻔했던 손을 간신히 제지했다. 승욱은 비슷한 눈 높이에 있는 상대를 조용히 쳐다보았다. 다른 녀석들보다는 머리가 돌아가는가 본데. 승욱은 몸을 돌린 양아치의 뒤를 느긋이 따랐다.

그들이 인파를 헤치고 안내한 곳은 한참 공사 중인 공사판이었다. 작업은 일단 끝난 모양인지 사람은 보이지 않는다.

'이런 곳밖에 없지.'

시내에 사람의 방해 없이 '조용히' 얘기할 수 있는 환경은 그다지 많지 않다.

'그리고—'

승욱은 그의 뒤로 달려드는 한 녀석의 명치에 사정없이 목도를 꽂았다.

'나로서도 이쪽이 편해.'

뒤돌아 있는 자세에서 눈으로 좇기도 힘든 움직임으로 목도를 뽑아 겨드랑이 밑으로 찌른 것이다.

"캐… 캑……."

호흡 곤란을 일으키며 녀석이 한쪽 모래로 엎어졌다. 쿨럭거리는 그에게로 양아치 두 녀석이 달려갔다.

"굉장한 솜씬데? 너도 백두고냐?"

한 명이 당했는데 전혀 개의치 않는 듯한 얼굴로 노랑머리가 말했다. 승욱이 할 말은 하나밖에 없었다.

"니가 뿌렸냐?"

"엉? 뿌려? 뭘 말야?"

시치미 뗄 셈인가. 소용없는 짓이겠지만.

"잘 알고 있을 텐데."

"무슨 소린지 전혀 모르겠습니다~"

온몸을 비틀며 놀리듯이 말한다. 그리곤 재밌다는 듯이 폭소하는 그를 향해 승욱은 정확히 목도를 겨누었다.

"다시 한 번 묻지. 니가 뿌렸냐?"

눈물이 날 정도로 폭소하고 있던 남자가 웃음을 지우고 오만한 눈빛을 치켜떴다.

"그렇게 건방 떨고 있을 때가 아닐 텐데?"

"무슨 말이냐."

"네놈이 지금 큰소리치고 있을 입장이 아니라는 말이다."

승욱이 이해하지 못한 표정을 만들었다. 노랑머리는 한차례 조소하듯이 입꼬리를 비릿하게 말아 올렸다.

"네놈이 며칠 동안 우리 애들을 몇이나 쥐어 팼는지 아냐? 덕분에 이쪽도 매우 곤란한 처지라구, 씨바. 어차피 잔챙이 새끼들이니 물갈이하면 상관없지만 그동안 입힌 손해가 얼만데 우리들이 네놈을 그냥 놔두겠냐."

"요만 말해."

"그러니까―"

자기야~ 전화 받아~

…분위기를 단숨에 침몰시키는 핸드폰 소리. 노랑머리는 소리의 본
거지를 한 번 쳐다봐 주고, 그 주인에게 눈을 부라렸다. 흠칫 놀란 녀
석이 서둘러 전화를 받더니 금방 핸드폰을 노랑머리에게 내밀었다.

"앙? 뭐야?"

"지, 지만인데요."

용무가 있는 것은 노랑머리 쪽이었다. 그는 '중요한 순간에, 카악,
퉤!' 하며 길바닥에 침을 뱉고 나서 전화를 받아 들었다.

"뭐냐. 호오, 그래. 도착했냐? 제때 전화했군."

전화를 귀에 댄 상태로 승욱을 향해 또다시 한 번 히죽 웃어준다.

"그대로 덮쳐."

불길한 느낌이 승욱의 뇌리를 스쳤다.

'설마!'

탁, 하고 핸드폰을 닫으며 노랑머리는 아주 즐거워 죽겠다는 듯이
만면에 보기 싫은 흉한 미소를 지었다.

"어제 어떤 년하고 같이 있었다지? 앙? 슈퍼마켓에서 장을 보고 갔
다던데 과연 집으로 제대로 돌아갈 수 있을까?"

"…비열한 자식들."

"핫핫핫! 어차피 네놈도 무사히 돌아가진 못해! 밟아버려!"

노랑머리의 신호와 함께 양아치들이 한꺼번에 달려들었다. 목도를
다잡으며 승욱은 이를 악물었다.

'…젠장!'

사정을 봐줄 때가 아니다. 아무리 효진이 자신과 동급의 실력을 가

졌다고 하더라도 이런 썩은 놈들이 한두 명 정도 몰려갔을 리는 없다. 그녀 혼자로서는 역부족일지도 모른다.

그런 생각이 머리 속을 지나가자 승욱은 더 이상 주저하지 않았다.

"죽어라!"

"우와아아앗!"

소리를 지르며 달려드는 한 녀석의 옆구리를 사정을 두지 않고 후려갈겼다. 날이 없는 목도는 둔기나 마찬가지다. 녀석의 왼쪽 갈비뼈가 사정없이 부서지며 허공을 날아 모래 속으로 엎어졌다.

이제 겨우 한 명이다!

옆으로 벤 자세 그대로 승욱에게서 기묘한 힘이 뿜어져 나왔다.

"뭐, 뭐냐."

뒤이어 달려들려던 양아치 한 놈이 주춤거렸다. 그의 눈에는 명확히 보였다. 공사장의 어둠보다도 더 검은 무언가가 목도에서부터 피어오르고 있었다.

그것을 본 순간 움직일 수가 없었다.

왠지 목덜미가 서늘해졌다.

알 수 없는 한기에 삼킨 침조차 도로 올라왔다.

검은 일렁임이 목도를 타고, 목도를 잡은 승욱의 손을 타고 점점 그의 몸 전체로 퍼졌다. 이윽고 그의 몸을 검은 것이 보호하듯 감쌌다.

천천히 목도를 치켜 올리는 순간,

슈욱.

검은 기운이 승욱의 몸속으로 빨려들었다. 그리고—

"크아악!"

그 뒤는 그곳에 있는 누구도 보지 못했다.

노랑머리가 자신의 팔이 기묘하게 휘어져 있다는 것을 깨달은 건 옆구리를 강타하는 고통과 함께였다. 그는 어느새 공사판 한구석에 거꾸로 처박혀 있었다.

이해할 수 없었다. 무슨 일이 일어난 거지!

한 가지는 알 수 있었다. 일곱 명의 남자를 저 남자가 단 한 번에 날려 버렸다는 사실, 그 한 가지만은.

노랑머리는 더 이상 생각할 수 없었다. 나른한 기분과 함께 덮쳐 오는 어둠에 그대로 몸을 실어버렸다.

"……큭!"

널브러진 아홉 명의 양아치들을 한차례 훑어보고, 그들에게서 어떠한 반응도 얻을 수 없음을 안 승욱은 그제야 고통의 신음을 내질렀다. 목도에서는 더 이상 아무것도 느낄 수 없다. 그가 뽑아낸 '힘'이 다시 목도 안으로 돌아간 것이다.

손을 들어 오른쪽 뺨을 만진다. 걸쭉한, 기분 나쁜 액체가 손바닥에 묻어났다. 보지 않아도 뻔하다. '힘'을 사용하고 나면 언제나 있는 일이니까. 지금 중요한 건 그게 아냐.

승욱은 일어서서 효진이 있을 방향으로 달려나가기 시작했다.

분명히 장을 보고 돌아가는 길이었다. 승욱에게 고마운 마음이 들어 확실하게 기합을 넣어 맛있는 저녁을 만들 생각에 조금 들떠 있기도 했다. 머리 속으로 어릴 적 아버지가 한 말이 흘러 지나갔다. '무도를 한다고 하는 사람이라면 말야, 어느 때라도 긴장을 늦춰서는 안 되는 법이란다'. 그런 말을 하면서도 본인은 어머니에게 매일 얻어맞기도 했지만, 그래도 언제라도 믿을 수 있는 아버지였다.

'아버지가 한 말씀을 잊어버리고 들떠 있었기 때문인가요!'

효진은 뭔가 평범하게 지나가는 행인 같아 보이지 않는 남자 여섯 명에게 둘러싸여 있었다.

"제게 용건이라도 있으신가요?"

차분히 맘을 다잡고 말을 걸어본다. 앞을 막아선 여섯 명의 저 남자들은 저마다 귓속말로 속삭이면서 이쪽을 능글맞게 훑어보고 있었다.

파충류의 시선이라도 받는 듯하다. 효진은 기분 나쁜 감각에 천천히 뒤로 물러섰다. 남자에 익숙지 않은 것은 아니지만 이런 종류의 남자라면 또 경우가 다르다.

"뭐, 뭐죠?"

다시 묻는다. 그러나 대답은 원하던 것이 아니었다.

"덮쳐라!"

"꺄, 까아아!"

어둑해지는 저녁녘의 도로 가에서 여자를 덮치다니! 무슨 이런 비상식적인! 이라고 소리칠 겨를도 없었다. 효진은 생명 이상의 위협을 느끼며 뒤로 돌아 도망치기 시작했다. 그 와중에도 절대 손에 든 봉지는 놓지 않았다.

'어, 어째서!'

왜 이런 일을 당해야 하는 거야! 이 사람들은 누구야!

달리면서 속으로 소리치지만 들어줄 사람도 없다. 그녀는 다급하게 주위를 둘러보았다. 시내에서 조금 떨어진 이곳에는 그다지 사람이 없었다. 그렇다고 대놓고 이런 짓을 하다니!

"거기 서, 씨발!"

당신 같으면 서겠어요! 속으로 비명을 지르면서 그녀는 결심했다.

이렇게 달리고 있어서야 힘든 건 나다.

'그렇다면 해치울 수밖에!'

어떤 상황이건 물러나지 않고 맞선다. 그것이 무형류로써 그녀의 부모에게서 배운 것이었다.

그렇게 결심하고 나자 행동은 빨랐다. 몇 발자국 달려나가 재빠르게 뒤로 돈다. 그 행동은 예측하지 못했는지 신나라 쫓아오던 양아치들이 허겁지겁 급정지했다.

도로 한쪽에 봉지를 던져 놓고,

"길거리에서 싸우시겠어요?"

"뭐, 뭐라구?"

얼굴이 어쩐지 원숭이를 닮은 한 녀석이 황당하다는 듯 되물었다.

"말이라고 하는 거냐?"

"한국 말을 못 알아듣는 거예요, 아니면 인간의 말을 모르는 거예요?"

느긋하게 비웃으며 효진의 손이 코트 주머니 속으로 들어갔다.

"도망가는 걸로는 해결이 나지 않을 것 같으니까요. 어쩔래요? 싸울래요, 아니면 물러나실래요?"

"이년이! 우리가 우습게 보이나!"

굳이 '예'라고 답하진 않는다. 검은 장갑을 꺼내 양손에 단단히 착용하고 가볍게 손목을 푼다. 그 자세에서 이미 분위기는 풍기고 있었다.

"어, 어이…… 어쩌지?"

사냥감이 예상외의 반응을 보이자 양아치들이 동요하기 시작했다. 그들이 노랑머리에게서 받은 지시는 잡아서 데리고 오라는 것이었다. 단순히 '잡아서 데리고 가면' 될 거라고 생각하고 있던 이 멍청이들에게 잡는 과정에서 발생하는 반항은 애초에 예상하지 못했다. 왜냐면, 상대는 어린 청소년이니까.

"에잇, 씨바, 몰라! 그냥 잡아!"

길거리든 뭐든 이판사판이다! 경찰 오기 전에 잡아서 튀면 되지!

단순 무식하게 생각한 원숭이머리가 가장 먼저 달려들었다.

"그러셔야죠!"

이미 대비를 끝낸 효진이 그의 돌진을 오른쪽으로 가볍게 피했다. 움직인 반동을 실어 벽을 차고 뛰어올랐다. 공중에서 몸이 한 바퀴 회전하면서 그 회전력이 킥에 실려 원숭이머리의 옆구리를 꿰뚫었다! 그는 가로수를 들이받고 방향이 바뀌어 도로로 고꾸라졌다. 쓰러진 채 캑캑거리며 신음한다. 차를 타고 지나가던 운전수가 뭐라고 욕설을 집어던졌다.

"다음은?"

재차 자세를 잡으며 효진은 속으로 안도했다. 처음으로 덤빈 게 한 명이어서 다행이었다. 완벽하게 밟아버린 그 효과로 남은 다섯 명이 숫자의 우세를 망각하고 주춤대고 있었다.

"세, 세잖아⋯⋯?"

멍하게 중얼거리는 양아치 한 명. 그녀는 냉정하게 주변을 파악했다. 지나가던 행인들도 걸음을 멈추고 머뭇대고 있었다. 조금만 더 버티면 누군가가 도와주려고 나설지도 모른다.

그때,

"⋯씨, 씹, 덤벼, 개새끼들아!"

원숭이머리가 비틀거리며 일어났다. 그의 외침으로 다섯 명의 양아치들이 금세 상황을 이해했다. 보통이 아닌 것 같다고 해도 어차피 여자, 남자들에게 당할 리는 없다!

원숭이머리도 다시 합류했다.

"한꺼번에 몰아붙여!"

여섯 명이 동시에 덤벼들었다.

'쳇!'

효진은 궁지에 몰려 뒤로 물러서며 공격을 막아냈다.

원숭이머리의 펀치를 고개 숙여 피하자 오른쪽에서 발차기가 날아왔다. 양손으로 발차기를 흘린 다음 몸을 빙글 돌려 팔꿈치를 턱주가리에 먹였다. 뻑 하는 소리에 기뻐할 새도 없이 뒤쪽에서 '죽어라!' 고함 소리가 귀를 두들겼다. 본능과 함께 고개를 숙여 주먹을 흘리고 앞으로 달려가 가로수를 붙잡으며 점프했다.

가로수를 중심으로 그녀의 몸이 크게 회전하고, 잇달아 두 명의 남자의 면전에 발차기를 적중시켰다.

중력과 함께 바닥에 발을 붙이고, 넘어지는 두 명의 어깨를 붙잡고 뒤로 뛰어올랐다. 그녀를 노리던 공격이 사정없이 동료의 복부에 틀어박히고 효진의 몸은 물 흐르듯이 뒤로 착지해 한 명의 등을 냅다 걷어찼다. 덤벼들려고 하던 양아치 한 명이 동료의 몸을 엉겁결에 받아 드는 사이 눈앞의 나머지 한 명 또한 발로 밀어버리고 발을 굴렀다.

두 명분의 시체(?)가 동료들의 품에 안기는 찰나 효진의 몸이 또다시 도약해 그들의 등을 밟고 발차기를 날렸다.

빠각—! 퍽!

차례로 두 명의 양아치들이 얼굴을 얻어맞고 비틀거렸다.

한순간에 네 명이 바닥으로 쓰러져 뒹굴었다. 그중 두 명은 일어나지 못했고, 두 명은 다시 벌떡 일어났다. 입술이 찢겨지고 코피가 흐르지만 두 눈에는 적의가 가득했다.

"이런 쥐새끼 같은 년!"

효진은 '어휘 선택 능력이 형편없군요' 라고 답해주고 싶었지만 참 았다. 호흡이 흐트러지면 곤란하기 때문이다. 몇 명 쓰러뜨려도 숫자 는 아직 저쪽이 많다. 효진은 숨을 가다듬으며 승산을 계산했다. 아직 얼마든지 더 싸울 수 있다. 저들은 무술 같은 건 하나도 모르는 듯하 다. 내가 질 리는 없어. 그렇게 마음 속으로 뇌까리며 눈을 치켜뜬다.

"이게 뭐 하는 짓이죠?"

막 효진의 작은 몸이 다시 움직이려고 할 때 여성의 목소리가 난데 없이 날아들었다.

원숭이머리의 눈이 효진의 뒤쪽으로 움직였다. 그녀는 방심하지 않 고 눈동자만 옆으로 살짝 움직였다.

여성이었다. 어두워서 얼굴은 잘 보이지 않지만 자신과 비슷한 정도 의 키에 어깨를 덮는 웨이브 진 머리를 기른 여자였다.

여자가 재차 말했다.

"사람들이 지나다니는 이런 곳에서 여자 한 명을 상대로 뭐 하는 짓 이죠?"

"젠장, 넌 또 뭐야?"

짜증이 담긴 목소리로 원숭이머리가 눈을 부라렸다. 그렇지 않아도 흉악하게 생긴 얼굴이라 효진은 자연스레 눈을 찌푸렸다.

"제가 먼저 물었어요. 그리고 당신, 나와 만나는 게 처음일 텐데 처 음 보는 사람에게는 존댓말을 쓰라고 배우지 않았나요?"

"아, 씨바! 별 잡것들이 다 시비를 거는구만!"

화를 참지 못하고 원숭이머리가 그녀를 위협하기 위해 앞으로 나섰다. 그 순간 옆에서 날아온 강렬한 펀치를 얻어맞고 그는 도로의 벽과 화끈하게 키스했다.

효진은 갑작스런 전개에 잠시 정신을 차리지 못하다가 벽을 타고 주르륵 흘러내리는 원숭이머리의 최후(?)를 보고 나서야 눈을 돌렸다.

새로운 남자가 난입해 있었다. 검은 코트를 걸친 그는 어느새 다가온 것인지도 모르게 여자와 양아치들 사이에 서 있었다.

양아치들이 단 한 방으로 동료를 날려 버린 남자를 보고 경악하고 있었다.

"이, 이 녀석 그놈이야!"

"제, 젠장! 하필이면 이런 곳에서!"

아무래도 이런 종류의 녀석들에게 유명한 모양이다. 효진은 그대로 있기도 껄끄러워서 자세를 풀었다. 양아치들은 한 명의 남자에게 완전히 압도되어 있었다.

그쪽은 그렇다고 치고.

"괜찮아요? 다친 덴 없나요?"

남자가 양아치들을 상대(?)하고 있는 사이 여자 쪽에서 친절하게 말을 걸어왔다.

"아, 예. 괜찮아요."

최소한 스무 살은 넘은 듯이 보이는 그녀는 마치 진맥을 하듯 천천히 효진의 이곳저곳을 뜯어보고 안심했다는 듯이 웃었다.

"호흡도 안정된 걸 보니 괜찮은 것 같네요. 저 녀석들은 걱정하지 마세요. 동생이 쫓아줄 테니까."

효진은 덩달아 미소 지으며 생각했다. 동생이었구나, 저 남자가.

"그쪽 분들? 곧 있으면 경찰이 올 거예요. 빨리 도망가는 게 어때요?"

그녀는 양아치들을 향해서 친절하게 충고했다. 그 충고가 통한 건지, 아니면 눈앞의 남자에 눌린 건지 양아치들은 쓰러진 원숭이머리까지 친절하게 챙겨서 부리나케 도망갔다.

그제야 효진은 잔뜩 주었던 긴장을 풀었다.

"후우… 살았다."

조금 흘러내리는 땀을 닦아내고 효진은 예의 바르게 정체 불명의 남매를 향해 고개를 숙였다.

"감사합니다. 덕분에 살았어요."

"아니에요. 그냥 놔뒀어도 충분했을 것 같았는데 괜히 참견한 건 아닌가 걱정이네요. 실력이 대단한 것 같던데."

"대단하긴요. 헤헤."

그녀는 부끄러운 듯이 웃으며 손을 저었다. 여자는 품위있게 미소를 지으면서 옆으로 다가온 동생에게 수고했다는 말을 건넸다.

"참, 혹시 백두고 학생?"

문득 여자가 물어왔다. 효진이 금방 그렇다고 대답하자 그녀는 환하게 웃음부터 지어 보였다.

"어쩐지! 못 보던 얼굴인데 올해 신입생이니?"

"에? 혹시……?"

"그래. 나, 백두 고등학교 양호 교사란다. 강미령이라고 해. 이쪽은 내 동생인 강성인. 얘도 이번에 입학했단다."

미령의 말에 효진은 머엉하게 어떻게도 반응하지 못했다. 평범한 사람은 아니라고 생각했지만 양호 교사와 신입생? 순간적으로 머리 속에 수많은 말이 좌르륵 지나가고, 효진은 결국 평범한 반응밖에 하지 못했다.

"아, 처, 처음 뵙겠어요. 1학년 서효진이라고 해요."

"서효진? 예쁜 이름이구나."

동생, 이름이 강성인이라고 했던 남자 쪽에서는 어떠한 답도 오지 않았다. 효진은 살짝 그를 훔쳐보려 했다가 금방 움찔하여 고개를 돌렸다. 상당한 장발에 입을 꾹 다문 그 모습이 어쩐지 공포를 자아냈다.

"아참."

미령이 무언가를 생각해 냈다.

"네가 오늘 아침에 회장에게 대무를 신청했던 걔니?"

"역시 소문이 다 퍼져 있나보네요……."

효진은 어정쩡하게 웃어 보이면서 옆에 떨어져 있는 봉지를 주워 들었다.

"물론이지. 학생회장이라면 교내에서는 아무도 도전하지 않으니까. 입학식 날에 그렇게 당당하게 대무를 했으니 소문이 나지 않을 리가 없잖니."

"아하하……."

힘없이 웃으며 효진은 내일의 학교를 상상했다. 어쩌면 전교의 모든 사람이 자신을 알고 있는 게 아닐까 생각하니 공포마저 엄습했다. 나, 그렇게 튀는 짓을 해버린 건가…….

그녀가 그렇게 가슴속 깊이 고민하고 있을 때 미령은 머리 하나 정도는 위에 있는 동생의 시선이 다른 쪽을 향해 있음을 알게 되었다. 그가 향하는 방향으로 눈길을 옮기자,

"우리 학교 교복?"

하나둘씩 켜지기 시작하는 가로등 밑으로 백두고 학생인 듯한 남자가 뛰어오고 있었다.

효진이 그들의 행동에 덩달아 몸을 돌렸다.

"에? 승욱 씨?"

멀리서 뛰어오고 있는 남자, 그건 분명히 승욱이었다. 그는 서둘러 달려와 그녀 앞에 섰다. 그 얼굴이 어색하도록 어두워 효진은 살짝 긴장해 버렸다.

"무, 무사해?"

"에? 그, 그게, 보다시피 무사해요. 무슨 일이에요?"

라고 되묻는 찰나,

"잠깐! 그 피는 뭐예요!"

승욱의 오른쪽 뺨에 검붉은 피가 엉겨 붙어 있는 모습을 발견한 것이다. 효진은 황급히 손수건을 꺼내 들었다.

"어디 봐요! 어디서 또 싸운 거예요?"

"괜찮아, 이 정도는."

눈에 띄게 안도한 표정이 되어 그는 그녀의 손을 거부했다. 그러나 악착같이 달려들어 그녀는 피를 닦아냈다. 승욱은 몇 차례 더 반항하다가 아예 손수건을 빼앗아 스스로 닦기 시작했다. 효진은 걱정 가득한 얼굴로 물었다.

"대체 무슨 아르바이트를 하길래 이렇게 싸워대는 거예요! 몸이 남아나요?"

"…그보다 아무 일 없었어?"

"아무 일이라면 있었죠. 방금 전에 어떤 남자들이 갑자기 습격해 왔다구요. 아앗, 설마 그 사람들!"

승욱은 고개를 끄덕였다.

"미안하다."

"위험했다구요, 정말. 이분들이 도와주지 않았더라면 정말 큰일 났을지도 모른다구요!"

그는 그제야 효진의 뒤에 서 있는 두 사람의 존재를 눈치 챘다. 효진은 두 사람을 소개하고 도움을 받았다는 이야기까지 단번에 끝냈다. 승욱은 작게 고개를 숙여 고마움을 표했다.

"그나저나… 잠시 손 좀 빌려도 되겠니?"

몇 마디가 오고 가던 도중 미령이 승욱에게 말했다. 그녀의 얼굴이 매우 진지해서 승욱은 별다른 말 없이 천천히 오른손을 내밀었다.

그의 손을 잡고 미령은 마치 한의사같이 손목에 손가락을 올렸다. 한참 그렇게 있던 그녀가 손가락을 떼고 좀 전보다 더 진지한 눈으로 입을 뗐다.

"전신의 혈맥이 비명을 지르고 있어. 지금 이렇게 서 있는 것도 힘들지 않니?"

승욱은 눈빛이 흔들렸다. 미령의 눈이 효진을 향했다.

"택시를 잡아주렴."

"에, 에? 무슨 일이죠?"

"얼른. 한시가 급해."

효진은 그녀의 말에 얼른 도로로 뛰어나갔다.

"집에 갈 때까지 버틸 수 있겠니?"

"…아마도."

평정을 가장한 채 승욱은 낮게 대답했다.

택시가 골목까지 들어와 집 앞에 섰다. 거기서 네 명의 남녀가 뛰어나왔다.

"여기예요!"

효진이 서둘러 철문을 열었다. 상세한 설명을 할 새도 없이 미령과 성인이 승욱을 부축하고 들어왔다. 승욱의 안색은 눈에 띄게 나빠져 있었다. 택시 안에서 들은 미령의 설명으로는 이렇게 버티고 있는 자체가 신기하다고 했다. 대체 무슨 일이 일어난 걸까, 하고 생각하면서 효진은 승욱의 방으로 뛰어들어 문을 활짝 열었다.

승욱은 침대 위에 눕히고 승욱의 상의를 모두 벗겼다(이 과정에서도 승욱은 목도를 손에 들고 놓지 않았다).

"......!"

효진은 차마 입 밖으로 소리를 내며 놀라지 못했다. 반나체가 된 그의 전신에는 뺨의 상처와 같은 자상이 예리하게 새겨져 있었다. 당연스럽게 상반신 전체가 피범벅이었다.

그녀는 놀란 눈으로 벗겨낸 옷가지를 내려다보았다. 검은 티셔츠가 축축했다.

"이렇게 피를 흘리면서 달려왔던 거예요?!"

저 상처들에서 전부 피가 흘러나왔다면 대체 얼마만큼 출혈을 했다는 말일까. 그녀로서는 상상도 되질 않았다.

"우선은 응급 처치부터야. 물수건 좀 가져와 주겠니?"

"예, 예!"

다급한 미령의 지시에 효진은 금방 뛰어나가 물수건을 들고 들어왔다. 승욱은 어느새 바지까지 전부 벗겨진 상태였다. 움찔 놀라 고개를 옆으로 돌리고 효진은 물수건을 미령에게 내밀었다. 미령은 그것을 받아 식은땀과 함께 낮은 신음을 흘리는 승욱의 몸을 닦아냈다. 하얗던 수건이 금방 붉게 물들었다.

피를 모두 닦은 다음,

"성인아, 핸드백."

짧게 말하는 그녀에게 방 한쪽에 서 있던 성인이 핸드백을 건네주었다. 그 속에서 그녀는 손바닥만한 작은 상자를 꺼냈다.

"그건……?"

가슴을 졸이며 뒤에서 지켜보고 있던 효진이 의아하게 물었다. 양호교사라고 하더니 저 작은 상자로 치료를 하겠다는 걸까?

그녀는 곧 그것이 무엇인지 알게 되었다.

"지금 이 아이의 상태는, 이유는 모르겠지만 전신의 혈맥이 뒤틀려 있어."

손목의 맥을 잡은 상태로 남은 한 손으로 익숙하게 상자를 연다. 그곳에서 꺼내 든 것은 손가락 길이만한 은색의 침이었다.

"우선은 혈을……."

거침없이, 망설임없이 승욱의 명치쯤에 침을 꽂는다. 이어서 은침이 이마 정중앙에 섰고 차례차례 손과 발끝에 나란히 침이 꽂혔다.

그것을 시작으로 몇 분 정도의 시간이 흐르자 승욱의 전신에 은색의 침이 기둥처럼 세워졌다. 그 침 하나하나가 '혈'을 인도하는 이정표처럼 보여 효진은 왠지 모르게 묘한 기분을 느꼈다(그리고 얼마 안 가 승욱의 나체를 의식하고 고개를 딴 쪽으로 돌렸다).

"…후우."

수십 개의 침을 쉬지 않고 놓은 후 미령이 깊은 한숨과 함께 침 상자를 닫았다. 여전히 식은땀을 흘리고 있는 승욱이었지만 표정은 한결 나아 보였다.

"다, 다 된 거예요?"

조마조마한 가슴으로 효진이 물었다. 미령은 조심스럽게 일어서며 안심하라는 미소를 지었다.

"피는 이미 멎은 것 같으니까 차차 나아질 거야. 쉬어야 되니까 일단은 나가 있자꾸나. 이 방을 좀 따뜻하게 해주겠니?"

"아, 네, 네."

더듬더듬 대답하면서 효진은 미령에게 밀려 방을 나섰다. 문 사이로 보인 승욱의 모습이 왠지 흐릿했다.

미령과 성인은 거실의 소파에 자리를 잡았다. 조금 전 장을 보면서 사 온 오렌지 주스를 내놓으며 효진도 소파에 앉았다.

"주스 드세요."

"응, 고마워."

미령은 말없는 동생에게 잔을 주며 시선은 효진을 향했다.

"같이 사는 거니?"

"예."

미령의 질문은 예상했다는 듯 그녀는 준비한 답을 내어놓는다.

"부모님께서 외국으로 나가시기 전에 빈 방을 내어놓으셨어요. 그 방에 승욱 씨가 들어온 거예요."

"세— 라는 건가?"

"그런 거죠. 이제 4일 정도밖에 안 됐어요."

승욱이 쉬고 있는 안쪽 방을 힐끔 봐주고 미령은 주스 잔을 든 채 매우 의미있는 미소를 지었다.

"난 또 애인인 줄 알았지 뭐니."

"애, 애인이라니요!"

당황한다. 당연스럽게도 무지하게 당황했다.

"절대 그런 사이 아니에요!"

"어머나, 그렇게 강하게 부정할 건 없잖니?"

키득키득 웃는 게 명백히 놀리는 거다. 효진은 그 사실을 깨닫고 부끄러워하면서도 할 말을 잃었다. 확실히 너무 강한 부정이었을까. 강한 부정은 긍정이라고, 효진은 설마 하면서도 자기 마음을 의심하기 시작했다.

그 모습에 미령은 또다시 장난스럽게 웃기 시작했다.

"농담이야, 농담. 너무 그렇게 고민하지 않아도 돼."

재밌다는 듯 웃음을 그치지 않는다. 그래도 천박하게 보이지 않고 왠지 모르게 기품있어 보이는 게 신기하다고 효진은 생각했다.

그녀는 어쩐지 놀림받는 사태를 벗어나기 위해 화제를 돌렸다.

"선생님은 침술사세요?"

"응, 맞아. 다시 정식으로 소개할게."

미령은 잔을 내려놓고, 양손을 무릎 위에 모았다.

"활침술(活鍼術)의 강미령이라고 해. 현재 2년째 백두 고등학교에서 양호 교사를 하고 있단다."

"아, 활침술……."

침술이라는 것이 기본적으로 치료와 회복을 목적으로 하듯 활침술 또한 같다. 그 점에 착안하여 백두 고등학교의 양호 교사는 대대로 침술을 익힌 자가 맡아오고 있다. 무도인을 양성하는 학교인만큼 그 선정은 매우 당연한 일이다.

"그리고 이 아이도 활침술을 조금 배우긴 했지만……."

미령은 동생의 소개를 하다가 말끝을 흐렸다. 그 눈길이 조금 슬프게 성인을 향하고 있었다. 효진은 무슨 일일까, 왜 저 남자는 한마디도 하지 않는 걸까, 혹시 말을 못하는 걸까 하는 의문이 연속으로 생겨나

무엇부터 해결해야 할지 모르는 사태에 이르렀다. 그때쯤 미령은 슬픈 눈빛을 걷고 예의 미소를 지으며 말을 이었다. 그러나 그 웃음조차 조금은 슬퍼 보였다.

"침술보다는 합기도(合氣道)에 조예가 있단다."

사연이 있는가 보다. 효진은 눈치 빠르게 알아채고 그에 관한 의문은 모두 기억 속으로 밀어 넣었다.

대신 다른 것을 묻는다.

"신입생이라고 했죠? 몇 반이세요?"

성인에게 직접 물었다. 혹시나 대답을 해주지 않을까 하는 기대도 가지고 답을 기다렸다. 그러나 돌아오는 것은 얼굴의 반을 뒤덮듯이 하고 있는 장발 사이에서 비치는 무료한 눈빛이었다. 어떤 감정도 들어 있지 않은 생기없는 눈빛. 효진은 공포도 뭐도 아닌 감정을 느끼고 잠시 굳어버렸다.

"3반이었지?"

어색한 분위기를 미령이 솜씨 좋게 누그러뜨린다. 성인은 누나를 향해 작게 고개를 끄덕였다.

"3반이야. 넌?"

"아… 저도 3반이에요. 승욱 씨도 같은 반이구. 근데 오늘 못 본 거 같은데요……?"

조심스레 되묻자 미령이 난처한 듯이 말했다.

"귀찮다고 계속 양호실에 있었단다. 가라고 해도 통 말을 들어야 말이지."

의외로 어리광이 심할지도. 효진은 그렇게 생각했지만 당연히 입 밖으로 내지는 않았다.

"참, 물어보는 걸 잊었는데 넌 어느 유파니?"

"아, 전 무형류예요. 그다지 아는 사람은 없지만."

"무형류?"

미령이 예상외로 놀란 눈을 만들었다. 효진이 '예, 그런데요?' 라고 의아한 듯 답하자 그녀는 작게 웃음을 터뜨렸다.

"그 이름이면 우리 학교 아이들 대부분이 알고 있을걸? 신입생들은 잘 모르겠지만."

무형류는 그다지 이름있는 유파가 아니다. 그 시작도 일제 시대였기 때문에 100년도 되지 않는 역사를 가지고 있는 유파다. 무도인이라면 살아가다가 '한번쯤' 이름 정도는 들어볼, 단지 그만큼의 무술일 뿐이었다.

그렇다고 해도 백두고의 학생들이 알고 있는 게 이상한 것은 아니다.

"이름 정도는 알고 있을 수도요……."

그 무술을 연마하고 있는 사람으로서 자신이 속한 무술의 이름이 널리 알려지지 않은 것도 기분 좋은 일은 아니다.

"아니, 그런 의미가 아니야."

미령은 또다시 의미심장한 미소를 지었다.

"우리 학교라면 무형류가 굉장히 유명해. 유명할 수밖에 없지."

효진은 그 이유를 감지할 수 있었다.

"2년 전에 지금의 회장과 학생회장의 자리를 놓고 치열하게 승부를 벌인 사람이 바로 그 무형류였으니까 말이야. 이름이 뭐였더라?"

역시, 그랬었던 거야. 효진은 생각하는 얼굴이 된 미령 대신 답을 내주었다.

"서효민. 학생회장의 자리를 두고 회장과 싸우다 큰 부상을 입고 학교를 그만둘 수밖에 없었던 사람."

"어라, 알고 있니?"

의외라는 듯한 미령의 물음에 효진은 방긋이 웃음 지었다.

"오빠예요."

"……아!"

미령은 뒤늦게 그녀의 이름을 다시 떠올렸다. 서효진, 서효민. 눈치를 채지 못하는 게 오히려 이상하다.

"오빠가 그렇게 유명했다니 몰랐어요, 정말."

"회장과 막상막하로 승부했던 유일한 사람이니까. '그 회장'과 말야. 그때의 대무는 백두회 내에서도 무척 유명한 일전으로 기록되어 있단다. 앞으로 백두고가 몇십 년이 지나도 그 정도로 수준 높은 대무는 없을 거라고 말해지는걸."

효진은 아주 기분 좋은 웃음을 떠올렸다. 어떤 일이든지 가족이 칭찬을 듣는 데 기분이 안 좋을 리가 없는 것이다.

문득 미령이 이상하다는 듯 물었다.

"그럼 오빠는 지금 어디 있는 거니?"

"시골에서 요양 중이에요. 그때 입은 부상이 너무 심해서……."

2년 전의 그날을 효진은 똑똑히 기억하고 있다. 온몸에서 새빨간 피가 흘러내리는 창백한 오빠의 얼굴은 금방이라도 얼어붙을 것 같았다. 수술실로 들어가는 오빠의 몸을 붙잡고 효진은 진한 눈물과 함께 오열했다. 저 문으로 들어가서 오빠가 다시는 나오지 못할 것 같은 예감마저 들었었다.

회상은 그만.

"지금은 많이 나아졌어요."

아픈 기억을 다시 되돌리고 효진은 아무렇지 않게 웃었다. 미령은 '응, 다행이구나' 라고 조용히 그녀에게 말해 주었다.

그렇게 담소를 하다 미령이 승욱에게 놓은 침을 회수하러 잠시 방으로 들어갔다. 그사이 효진은 성인과 단둘이서만 거실에 남아 어색하게 시간을 흘려보냈다. 몇 분 후, 미령이 방에서 나와 경과를 효진에게 얘기해 주었다.

"방금 놓은 침은 응급 처치였을 뿐인데 신기할 정도로 상태가 안정됐구나. 일어나면 따뜻한 죽이라도 끓여주렴."

"이제 괜찮은 건가요?"

"글쎄, 너무 쉽게 회복되니까 나도 잘 모르겠구나. 온몸에 나 있던 그 상처들이 모두 아물어들고 있어."

"상처들이 아물어요?"

"나도 이런 건 처음 봐서 말야……. 뭐라고 해야 될지는 모르겠구나. 혹시 모르니까 내일 양호실로 데리고 오렴. 진맥을 해보는 게 만약을 위해서도 좋을 테니까."

"예, 알겠어요."

효진이 약간 묘한 얼굴로 대답했다.

"그럼 우린 이만 가볼게."

미령이 소파 위의 핸드백을 집어 들었다. 뒤따라 성인이 자리에서 일어섰다.

"저녁이라도 먹고 가세요."

이렇게 도움을 주신 분을 그냥 돌려보내는 건 예의가 아니라고 생각하고 효진이 다급히 말했다. 하지만 미령은 약속이 있어서 안 되겠다고 그것을 거절했다.

"미안해. 다음에 또 올게."

효진은 할 수 없이 고개를 끄덕이고 둘의 배웅을 위하여 대문 앞까지 나갔다.

'안녕히 가세요~ 감사했습니다~' 라고 꾸벅 허리를 숙여 인사를 하는 효진에게 손을 흔들어주며 돌아서는 미령. 성인이 어두운 골목길에 서서 자신을 물끄러미 쳐다보고 있었다.

"오늘 여러 가지로 도와줘서 고마웠어. 귀찮지 않았니?"

"그다지."

그의 목소리는 무척 낮아 금세 밤 공기 속으로 스며들어 버릴 것 같았다. 미령은 동생의 곁으로 가 지그시 그에게 팔짱을 꼈다.

"착한 아이들이었지?"

둘은 천천히 밤길을 걷기 시작했다.

"친하게 지내렴."

팔짱을 끼고 다정하게 걷는 그 모습은 사뭇 서로를 사랑하는 연인의 모습 같았다. 그리고 정작 두 사람은 그런 자신들에 대해 전혀 신경 쓰지 않았다.

"저 애들이라면 널 도와줄지도 몰라."

미령은 가만히 손가락을 들어 흘러내리는 검은 안경을 올렸다.

"둘 다 보이지 않는 힘을 가지고 있으니까."

|셋| 이야기하는 두 사람의 장(章)

Burning fist

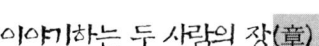

이야기하는 두 사람의 장(章)

이 칼의 이름은 사령뭉치
죽은 영혼들을 칼집에 흡수, 보완하는 칼
읽기 힘들지?

공사 현장.

시내에 남아 있던 낡은 건물을 허물고 그곳에 새로운 건물이 들어선다. 6층 규모의 빌딩에 의류 상가와 음식점만이 입주한다는 이야기가 관계인들 사이에서 화제가 되고 있다.

―라는 것은 상관없는 이야기.

그 공사판에 쓰러져 있는 자들은 일하는 인부들도 아닌, 기껏해야 겨우 고등학교를 졸업했을까 말까 한 것들이었다.

총 9명. 모두 제각각의 포즈로 널브러진 채 미동도 하지 않는다. 사정을 모르는 사람이 척 봤더라면 죽은 줄 알고 경찰서에 신고를 했겠지만 아직 그들은 발견되지 않았다. 애초 이런 저녁에 공사판으로 기어들어 올 사람은 위험한 부류의 사람들 외엔 그다지 없는 것이다.

끼익.

그런 위험한 부류 중 하나일까. 공사판 앞에 검은 오토바이 한 대가 멈춰 섰다. 사람들의 눈은 신경 쓰지 않고 오토바이의 운전사는 공사판 안으로 들어섰다.

검은 헬멧과 검은 가죽 옷이 빈틈없이 몸을 가리고 있어 신원은 알 수 없다. 단지 몸의 굴곡으로 여자라는 것만 확인할 수 있었다.

그녀는 쓰러진 아홉 명의 남자들을 모두 확인했다. 죽지는 않았다. 다만 무언가에 강하게 얻어맞고 신체 부위들이 어디 하나 정도는 부러진 채 기절해 있었다.

거기까지 확인한 후 그녀는 즉시 오토바이를 타고 사라졌다.

그들이 발견된 건 그녀가 떠나는 것을 본 한 남자가 호기심으로 들어와 봤을 때였다.

"갔나보군."

"으앗!"

효진은 화들짝 놀라며 뒤로 휙 돌았다. 어느새 정신을 차렸는지 힘없는 얼굴로 승욱이 벽에 기대어 서 있었다.

"놀랐잖아요!"

"미안하군."

부엌으로 들어와 냉장고를 연다. 시원한 물을 찾아 꺼내 한 번에 들이켰다. 뒤쪽에서 '컵에 따라 마시라구요'라는 효진의 잔소리가 들렸지만 그는 무시했다.

"언제 일어났어요?"

"아까 전에."

물통을 들고 식탁 의자에 앉으며 승욱이 짧게 말을 토해냈다. 그 모습이 무척 피곤해 보여 효진이 걱정스러운 듯 그의 얼굴을 들여다봤다.

"많이 피곤해 보이는 걸요. 더 쉬어야 하지 않아요?"

"걱정없어, 이 정도는."

익숙하다는 투로 말한다. 효진이 입을 삐죽이며 다시 하던 일로 돌아갔다.

도마 위에 재료를 하나씩 놓고 그 위에 칼을 댄다.

"걱정없다고 해도 남이 볼 때는 걱정이 된다구요. 온몸에서 피가 철철 흘러넘쳐서 안색이 창백했어요, 정말로. 대체 얼마나 위험한 아르바이트를 하기에 그 정도로 다치는 거예요?"

그러다 불현듯 깨닫고 뒤를 돌아 그를 확인했다.

"에? 오른쪽 뺨에 있던 상처는? 정말 아문 거예요?"

"특이 체질이야."

그 한마디로 일축해 버린다. 효진이 매우 의심스러운 눈빛을 하고 그에게로 얼굴을 들이댔다. 그가 움찔하고 놀란 것은 그녀의 얼굴이 아니라 그녀의 손에 들린 부엌칼 때문이었다.

"지금 그걸로 설명이 다 될 거라고 생각하는 건 아니죠?"

숙였던 허리를 펴고 그를 척 가리킨다. 물론 그 손에는 부엌칼이 들려 있다.

"승욱 씨가 하는 아르바이트가 대체 뭔지는 모르겠지만 꼭 설명을 제대로 들어야겠어요. 더 쉬지 않아도 된다고 본인 스스로 말했으니까 설사 도망갈 일은 없겠죠? 찬.찬.히. 모든 걸 설명해 줘요!"

그녀의 위용—눈앞에서 휙휙 날아다니는 부엌칼—에 눌려 승욱은 묵묵히 알았다고 답할 수밖에 없었다. 차라리 나오지 말 걸 그랬나. 하지만 후회해 봤자 이미 늦은 일. 어차피 결국에는 모두 설명해 줘야 했을 것이라고 그는 생각했다. 이 집에 사는 한, 본가로 돌아가지 않는 한 한 사람 정도는 알고 있어야 하지 않을까 하고 그는 느꼈다. 그리고 그 한 사람이 효진이라는 것 또한 스스로 동감했다.

"일단은 다쳤으니까 밥을 먹고 영양 보충을 한 다음에 이야기하자구요."

친절하게 웃는 얼굴로 돌아가 효진은 다시 요리를 시작했다.

"애초에 오늘은 정말 맛있는 요리를 해주려고 했는데 그렇게 다쳐버리고 말이에요. 양호 선생님이 죽을 해주라고 했으니까 오늘 승욱 씨 저녁은 죽이에요. 알았죠?"

승욱은 얌전히 모든 것을 받아들였다.

저녁을 먹은 후 둘은 테이블에 차를 두고 마주 보고 앉았다. 효진은 다시 한 번 승욱의 몸 상태에 대한 확답을 받아낸 후 이야기를 시작했다.

"내가 질문을 할까요, 아니면 한 가지씩 차례차례 말해 주실래요?"

"질문해."

"좋아요. 잠깐만 정리 좀 하구요."

머리 속으로 물어보고 싶은 것들을 정리한 다음 효진은 오른손 검지를 탁 치켜들었다.

"첫 번째, 지금 하고 있는 아르바이트가 어떤 아르바이트예요? 하나부터 열까지 상세하게 대답해 주세요."

아르바이트의 정체라. 승욱은 잠시 침묵했다. 효진도 그의 대한 답변을 재촉하지는 않았고, 그는 머리 속으로 답변의 상세함 정도를 고민해 보았다.

그녀에게 말한다고 그녀가 모두 믿어준다고는 할 수 없다. 그렇기에

답을 주저하는 것이다.

다시 그녀를 살핀다. 똑바른, 곧은 눈빛이 자신을 직시하고 있다.

그는 생각했다. 이 애라면 어쩌면 '아, 그랬던 거예요? 진작에 말을 하지 그랬어요' 라고 덤덤히 넘어가 버릴지도 모른다.

천천히 입을 열었다.

"난 칼을 계승했어."

"에? 예?"

동문서답이란 것은 아마 이런 경우를 말할 것이다. 효진의 표정을 보고 승욱은 실수했다는 것을 깨달았다. 서둘러 만회하기 위해 등에 매달려 있던 목도를 꺼내 양손에 들었다.

"내가 집에서 나왔다는 건 이미 알고 있지?"

"네, 알고 있어요."

오늘 아침 승건과 승욱의 만남을 효진은 쉽게 떠올렸다. 승욱은 목도를 내려다보며 이야기했다.

"이 '칼' 은 우리 당학류 해검도 가문에서 대대로 보관해 온 거야. 얼마나 오래된 유서를 가진 칼인지는 나도 잘 모르지만, 이번 대에서 칼에 '선택' 된 사람은 바로 나였어."

"칼이 선택해요?"

"봐."

짧게 끊어 말하고 승욱이 머리 위치로 목도를 들어 올렸다. 똑바로 천장을 향해 목도를 들어 올리고 가만히 눈을 감는다.

효진은 침을 꿀꺽 삼키며 그 모습을 지켜보았다.

그렇게 자세를 잡은 그가 몇십 초 후 서서히 눈을 떴다. 그와 함께 효진은 목격했다.

휘익—

목덜미로 정체 모를 한기가 스쳐 지나갔다. 그녀는 순간 흠칫 놀라며 손을 갖다 댔다. 등골이 오싹했다.

목도에서 검은 것이 일렁이고 있었다. 마치 시꺼먼 안개가 목도를 휘감고 있는 듯이 보였다. 바람결에 하늘거리듯 쉬지 않고 꿈틀대며 목도를 엷게 감싸고 있었다.

착시가 아니었다. 효진은 몇 번이고 눈을 비비며 확인했다.

그러나 그 검은 것은 분명히 눈앞에 있었다. 마치 금방이라도 팔을 타고 승욱의 전신을 덮을 듯이 일렁이며.

살아 있다.

그런 느낌조차 들었다.

어느 순간 효진이 정신을 차렸을 때 검은 것은 이미 사라지고 없었다. 눈앞에는 좀 전과 똑같은 목도를 들고 있는 승욱뿐이었다.

"바, 방금 그건 뭐죠……?"

그녀는 갑자기 찾아온 한기도 이미 사라졌다는 것을 알아챘다.

"이게… 칼의 '힘' 이야."

"칼의 힘……?"

승욱은 마치 오래된 이야기를 하듯 멀게 들리는 목소리로 말했다.

"이 칼은 보통 칼이 아냐. 집안 내에서는 스스로 의지를 가지고 있다고도 말해질 정도로. 방금 전의 그것은 칼이 가지고 있는 힘. 아니, 정확히 말하면 칼이 흡수한 힘들."

"흡수?"

"예를 들어, 이런 얘기 많이 들어봤지? 귀신 잡는 사람들. '퇴마사(退魔師)' 라고 불리는 이들의 이야기."

"예… 들어보기는 했어요. 실제로 있다고."

소문 같은 이야기였지만. 효진은 점점 더 알 수 없다는 얼굴을 만들었다.

"그게 왜요?"

"이 칼이 소위 말하는 귀신 잡는 칼이야."

그녀는 표정을 일그러뜨렸다. 이해할 수 없는 말이었던 것이다.

그러나 승욱은 어디까지나 태연하게 말을 이었다.

"이 칼의 이름은 사령무검(死靈巫劍). 죽은 영혼들을 검신에 흡수, 봉인하는 칼. 믿기 힘들지?"

당연히 믿기 힘들다. 효진은 스스로 정상인이라고, 그 외에는 전혀 생각도 해본 적 없는 소녀였다. 승욱이 지금 말하고 있는 건 결코 정상인의 영역이 아니었다. 그녀로서는 이해할 리가 만무하다.

그래도 그녀는 이해를 해보려고 애를 썼다.

"그러니까… 방금 그 칼에서 시꺼먼 무언가가 피어오른 건……?"

"이 칼에 봉인된 사령. 정확히는 그 기운이야."

"으으……."

알 수 없던 한기의 정체는 그런 거였나. 효진은 납득하는 기분 중에서도 수긍할 수 없다는 얼굴이 되었다. 애초에 사령, 귀신이라는 것이 정말 있는 건가. 그것부터가 도저히 받아들일 수 없었다.

효진은 승욱을 쳐다보았다. 그의 얼굴은 평소와 똑같았다. 무표정하고, 무관심한 듯한 얼굴. 거짓말하고 허풍을 떠는 사람으로는 결코 보이지 않는다. 게다가 그런 사람이라고 상상도 되지 않았다.

"정말이에요?"

확인.

"사실이야."

담담히 답한다.

효진은 짧게, 곰곰이 깊게 생각했다. 그리고 결론 내렸다.

"좋아요, 믿을게요. 승욱 씨가 헛소리할 사람이라고는 생각지 않으니까."

"고마워."

승욱은 간결히 마음을 표시했다.

"그래서, 그럼 승욱 씨가 한다던 아르바이트는 뭐예요?"

"이 칼로 귀신 때려잡기."

그답지 않은 표현에 효진은 풋 하고 웃음을 터뜨렸다.

"귀신을 때려잡아요? 퇴마라고 하는 일 말이에요?"

결국 귀신을 흡수한다는 칼을 가지고 할 수 있는 일은 그런 종류뿐일 것이다.

"퇴마… 라고 할까. 그렇게 말하면 너무 무게가 있으니까."

승욱은 한 손으로 목도를 조용히 쓸었다.

"이 칼에게 선택된 건 업이라고 해야 할 테니까. 그런 것처럼 이 일도 업이야. 선택의 여지는 처음부터 없었어. 생활비를 벌 수 있다는 건 고마운 일이지만."

그의 무표정 속에서 효진은 살짝 그의 감정을 엿보았다. 쓸쓸함, 포기에 가까운 감정. 금방 지워져 확인할 수 없었지만 어쩐지 그 표정이 효진의 가슴속 깊이 새겨졌다.

"음, 상당히 위험한 일을 하고 있잖아요?"

분위기를 바꾸며 말한다.

"그래서 그렇게 심하게 다치는 거였군요. 좀 조심해요. 아직도 안색이 안 좋은데."

"다친 게 아냐."

승욱은 목도를 등에 다시 걸었다. 효진이 무슨 말이냐는 듯한 얼굴을 만들었다.

"칼을 사용한 부작용이지. 그런 놈들에게 당할 만큼 약하진 않아."

"부작용?"

온몸에서 피를 흘렸던 그게 부작용? 그녀는 미간을 찌푸렸다.

"대체 무슨 부작용이 그래요? 그건 완전 저주 수준이잖아요."

"업이지, 이 또한."

"조만간에 정말 큰일 나도 몰라요."

간단하게도 말하는 그를 향해 효진은 어깨를 으쓱했다. 저 남자는 어떤 일이든지 저런 식으로 무관심하게 받아들일 게 틀림없다는 생각도 들었다.

"그럼 두 번째 질문, 오늘 나를 습격한 사람들은 대체 뭐죠? 최소한 나, 누군가에게 원한을 질 만한 짓은 한 적이 없다구요."

"내 탓이야."

승욱의 한마디는 효진의 말을 단숨에 끊어버렸다.

"어제, 내 일에 끼어들게 만들어서 그래."

"아, 아니, 그건 그쪽에서 멋대로 날 붙잡아서 그런 거잖아요. 승욱 씨 탓이 아니에요."

그는 고개를 저었다.

"집 근처까지 녀석들을 끌고 와버린 건 내 실책이야."

그는 진심으로 반성하고 있었다. 급기야 깊게 고개를 숙이며 '미안해' 라고 사과하는 그에게 효진은 무슨 말을 해야 좋을지 모를 정도로 허둥댔다.

"아, 아뇨. 그, 그게, 그 사람들을 때려눕힌 내 잘못도 있으니까 승욱 씨만의 잘못이 아니에요."

곤란하다. 이런 상황은 익숙하지 않아.

"그보다 그 사람들의 정체나 가르쳐 주지 않을래요?"

다른 질문으로 화제를 돌린다. 승욱은 거리낌없이 이야기했다.

"혹시 '미향(迷香)'이라는 거 알아?"

"미향? 그게 뭐예요?"

"역시."

뭐라고 혼잣말을 한 후 승욱은 설명했다.

"미향이라는 건 쉽게 말해서 마약 같은 종류야. 가루 같은 형태로, 그것을 들이마시면 일정 시간 동안 신체 능력이 극의 극까지 상승해. 예를 들어 백 미터를 5초 안에 끊는다든가, 커다란 바위를 한 손으로 깨부순다든가. 미향만 있으면 그다지 어려운 일도 아냐."

"…그게 마약이에요?"

"비교하자면 그렇다는 거야. 미향은 중독성이 있거든. 게다가 한 번 들이마실 때마다 몸이 알게 모르게 망가져 가지."

효진은 흠칫한 기분이 되어 표정을 굳혔다. 아무리 승욱의 목소리가 덤덤하다고 해도 그 내용까지 덤덤해질 수는 없다.

"아까 나를 습격한 사람들이 그걸 쓴다는 말이에요?"

"글쎄, 그 녀석들도 가지고 있는지는 모르겠지만 미향을 사용했다면… 결과가 좋지 않았겠지."

효진은 더 이상 묻지 않기로 했다.

"아무튼 그럼, 그 미향이 승욱 씨가 하는 일과 어떤 관계가 있는 거예요?"

"이번에 봉인한 사령이 그 미향을 과도하게 사용하여 죽은 사람이었어. 혹시나 비슷한 사령이 계속 생길지도 모르니까 미향을 퍼뜨린 녀석을 쫓고 있는 중."

이른 바 애프터 서비스라는 것이다. 효진은 '호오' 하고 감탄한 듯한 목소리를 내보였다.

"왜."

"아뇨, 친절하구나 싶어서."

"친절?"

"뭐랄까."

효진은 몸을 앞으로 내밀며 말했다.

"지금까지 느낀 승욱 씨의 태도는요, 다른 사람이야 어찌 되든 상관없다는 식이었거든요. 그러니까 미향이라는 것 때문에 사람이 죽든 말든 신경 안 쓸 줄 알았어요."

자신이 그렇게 내비쳐졌다는 사실에 대해 크나큰 충격을 받은 얼굴의 승욱.

"그렇게 보였나."

"그렇게 보였어요."

하지만 효진은 싱긋 웃음을 보여주었다.

"그래도 나쁜 사람이 아니라는 것은 잘 알았어요. 미향을 뿌린 사람을 찾기 위해서 여기저기 들쑤시고 다니다가 그런 사람들과도 싸우는 거죠?"

"응."

"착한 것도 좋지만 몸 생각 좀 해요. 승욱 씨는 검도를 하니까 그 칼,

목도를 쓰지 말라고 하지도 못하겠으니까."

"…알았어."

승욱은 피식 웃음이 나오려고 하는 것을 표시나지 않게 삼켰다.

이 소녀에게 이야기할 수 있어서 다행이야.

허름한 창고였다. 녹이 슨 철문과 금이 가 있는 낡은 벽들이 기분 나쁜, 사람들도 찾아오지 않을 것 같은 그 안에서 웬 남자의 목소리가 돌연 들려왔다.

"…이 개새끼들이!"

흉악한 얼굴을 한 남자가 꿇어앉은 여섯 명을 차례차례 걷어찼다. 비명도 지르지 못하고 가격당한 남자들이 피를 뱉으며 다시 일어나 본 자세로 돌아갔다. 그럼 다시 고함을 지르며 구타하고, 다시 일어선다. 그것의 반복.

"그만 해줘."

뒤쪽에서 새로운 남자가 등장했다. 화려한 색깔의 셔츠를 걸친 그는 여섯 남자를 패고 있던 남자의 어깨를 잡고 제지했다.

"일단 사정이 어떻게 됐는지는 들어봐야지."

"씨발, 정현이 니가 계속 오냐오냐해주니까 이것들이 기어오르는 거잖나! 어차피 변명이나 해댈 게 분명하다고!"

"아, 됐어, 됐어."

정현이라고 불린 남자는 열이 뻗친 남자를 뒤로 물리고 여섯 명 앞에 섰다. 근처에서 뒹구는 박스 하나를 들고 와 그 위에 앉아,

"그래, 어쩌다가 실패했는지 누가 말해 볼래?"

입술이 찢어지고 한쪽 눈두덩이는 부어 있고, 코피를 흘리고, 아무

튼 얼굴이 만신창이가 된 여섯 명은 서로를 힐끔힐끔 쳐다보며 발언권을 서로에게 미뤘다. 정현은 온화한 표정으로 여섯 명을 훑어보다가 한 남자를 턱짓으로 가리켰다.

"거기 원숭이같이 생긴 녀석, 니가 말해 봐."

당연히 이름은 모른다.

"아… 저, 그게……."

더듬더듬 제대로 이어지지도 않는 목소리로 그가 입을 열었다. 길에서 습격을 했는데 그 여자가 의외로 강하게 반항을 하더라, 결국 여섯 명이 덮쳐서 잡으려는 그 순간 갑자기 어떤 여자하고 남자가 난입해서 우리들의 일을 방해하더라며, 대충 그런 이야기였다.

정현은 턱을 만지작거리며 원숭이머리의 이야기를 경청했다.

"어떤 여자와 남자?"

"예……. 20대 중반쯤의 여자였습니다. 정체는 잘 모르겠지만 남자 쪽은……."

말이 흐려진다. 정현은 눈을 치켜뜨고 다시 물었다.

"남자 쪽은?"

"이놈들 말로는 그 녀석이었다고 합니다. 왜, 있잖습니까. 몇 개월 전에 이 주변에서 우리 애들을 사냥하고 다녔던 놈."

"얼마 전에 없어진 그놈 말야?"

"예, 그 녀석이라고 했습니다."

본인 또한 들은 얼굴이라는 듯 이야기하는 내내 옆에 주르륵 무릎 꿇고 앉아 있는 놈들을 힐끔대며 훔쳐본다. 정현은 곰곰이 생각하는 얼굴이 되어서 침묵하고 있다가 박스에서 일어났다.

"알았다. 너희들은 나가봐."

"가, 감사합니다!"

살았다는 감격에 찬 얼굴로 여섯 명은 금방 창고에서 사라졌다. 정현은 뒤쪽 벽에 허술하게 놓인 소파에 걸터 앉았다. 흉악범같이 생긴 얼굴의 남자는 허둥지둥 도망치는 여섯 명의 뒷모습을 서슬이 퍼런 눈빛으로 노려보다가, '퉤!' 침을 뱉고는 돌아섰다.

"어떻게 생각해?"

정현은 정면에 앉아 있는 남자의 의견을 물었다. 무테의 안경을 쓴 날카로운 눈매의 남자가 올백의 머리를 쓸어 올리며 말했다.

"몇 개월 전에 우리를 골치 아프게 하던 그 새끼가 다시 나타났단 말이냐?"

"모르지. 저놈들이 변명으로 지어낸 것이랄 수도 있고."

"애초에 그놈을 완전히 족쳤다고 알고 있는데. 그렇게 말한 게 대국이 너잖아?"

서 있던 흉악범(대국)이 담배를 꼬나 물며 기분 나쁜 면상으로 되물었다.

"그랬냐?"

"그랬었어. 그럼 그때의 보고도 거짓말이라는 소리가 되는 건가."

안경의 남자가 고심하는 얼굴를 만들었을 때, 그의 품속에서 핸드폰이 요란스레 울렸다.

"여보세요. 뭐냐."

그의 날카로운 눈매가 한층 더 가늘게 찢어졌다. 정현과 대국이 직감적으로 좋지 않은 일이 생겼다는 것을 눈치 챘다.

통화는 짧게 끝났다.

"무슨 일이냐?"

"또 당했단다."

"뭐라구?!"

성질 급한 대국이 거칠게 담배를 씹어 뱉었다.

"고작 한 놈이라고! 아무리 무기를 들고 있었다지만 아홉 명이 한 새 끼한테 당해?! 그게 말이 돼!"

"공사판에 전부 쓰러져 있는 걸 발견했다는데."

"씨발! 이 새끼고 저 새끼고 쓸 만한 것들이 한 놈도 없구만!"

머리끝까지 화가 폭발해 옆에 있는 상자를 멋대로 짓밟고 걷어찬다. 급기야 한쪽 벽에 버려진 공사 자재 비슷한 나무 조각들을 부수며 고 함을 질러대기 시작했다. 이 창고의 용도가 무엇인지 심히 의심스러운 광경이었다.

"심상치 않아."

그런 대국을 전혀 신경 쓰지 않고 두 명은 냉정하게 사태를 분석했 다.

"몇 개월 전에 사라진 녀석이 다시 나타나고, 지금 난리를 피우고 있 는 놈도 보통 실력이 아냐."

"몇 명을 보냈었지? 8명이었나?"

"그쯤 될 거야. 민혁이 놈을 보냈는데도 실패했다는 건가."

정확하게는 9명이었다. 이미 몇 개월 전에 똑같은 방식으로 그들을 곤란하게 만들었던 녀석이 있기에 그들로서는 이번에 완전히 뿌리를 뽑을 생각이었다. 최후의 최후까지 짓밟아 다시는 기어오르지 못하도 록 만들 속셈이었는데.

"야, 지철아."

정현이 생각에 빠져 있는 안경남자를 불렀다.

"왜?"

"너도 아마 같은 생각을 하고 있는 것 같은데."

"아마도."

대국과 달리 이 둘은 머리로 움직이는 타입이었다. 비교하자면, 이 두 명이 참모 스타일, 대국이 행동대장. 머리 좋은 녀석이 두 명이나 있기에 이들의 조직은 그나마 제대로 굴러가고 있는 것이었다.

"그 제기랄 것이 동료를 모아서 다시 나타났다고 봐야 할 테지."

'제기랄 것'이라고 하면 몇 달 전에 이들의 조직을 제법 귀찮게 해준, 한마디로 성인을 말하는 것이다.

"제기랄 그 녀석하고 이번에 나타난 검도를 하는 놈, 그리고 정체 불명의 무술 소녀인가……."

"세 명 정도로 우리들이 어떻게 되겠냐마는 일이 더 커지면 여러모로 곤란한데."

지철이 담배에 불을 붙이며 낡은 소파에 몸을 묻었다. 지금 현재도 유통에 에러가 생기기 시작하고 있었다. 루트야 아직 많이 남아 있지만 그래도 작은 손해를 생각하지 않으면 안 된다.

"뭐, 아직은 괜찮다고 봐. 이 정도로 무너질 리는 없지."

그러나 아직 이 둘에게는 여유가 있었다. 자고로 이 정도로 대범하지 않으면 한 조직의 상위를 차지할 수 없는 법이다.

"씨바, 내가 그냥 한 놈씩 눌러 버릴까?"

대충 화풀이를 끝낸 건지 대국이 씩씩거리며 다가왔다. 정현은 냉철히 손을 내저었다.

"어느 쪽이든 쉬운 상대는 아냐. 제기랄 놈의 실력이야 말할 것도 없고, 목도 들고 설치는 새끼도 9명을 족쳤어. 여자 쪽도 제기랄 것의 도움을 받았겠지만 얕볼 수는 없다."

"우라질! 그럼 어쩌겠다는 거야! 이대로 당하고만 있으라고?! 손해든 뭐든 인간 강대국 보고 가만 있으라는 거냐!"

"진정해, 새꺄."

둘이 싸우고 있을 때 지철은 담배를 깊게 한 모금 빨아들인 후 입을 열었다.

"놈들을 어디서 만날 수 있는지 알겠어."

"응?"

"어디!"

각각의 반응을 보이는 다른 두 명의 수뇌를 차례차례 보며,

"목도를 든 녀석은 검도를 하겠지. 그리고 그 알 수 없는 여자 쪽도 무술을 할지도 모른다고 했다. 그리고 제기랄 것도 예전의 보고대로라면 무술을 한다고 했었지? 이 주위에 그런 놈들이 대거 몰려 있는 곳이 딱 한 군데 있지."

정현과 대국은 동시에 소리쳤다.

"백두고!"

"그렇군! 거기냐!"

"조금만 생각해 보면 당연한 거야. 거기 말고 다른 곳일 리가 없어. 이 도시는 옛날 것과 현대가 뒤섞여 있으니까. 지금 우리가 장사하고 있는 미향도 똑같잖아?"

정현이 여유있게 미소를 머금었다.

"좋아, 그렇다면 이야기는 더 더욱 쉬워지지. 남은 건 그놈들이 어떤 놈들인지만 알아내면 되겠군."

"마침 쓸 만한 놈도 있으니까 말야. 잘하면 우리가 굳이 나서지 않

아도 되겠는데 그래."

"아아, 그렇지. 그 녀석이라면 제격이다. 뭐니 뭐니 해도 무식하고 힘만 더럽게 좋으니까."

지철은 담배를 한 손에 들고 조용히 웃었다.

"재미있는 구경거리가 생기겠는데?"

그 웃음에서는 무척이나 위험한 냄새가 풍겨 나왔다.

"어이, 무슨 말이야?"

대국 혼자서 둘의 이야기를 따라가지 못하고 있었다.

4교시의 끝을 알리는 종소리가 스피커에서 불쑥 튀어나왔다.

"자아— 그럼 오늘은 이만. 다음 시간부터 확실히 수업할 거니까 교과서 잊지 말도록."

건장한 근육질의 교사가 뿔테 안경을 날카롭게 고쳐 쓰며 반장을 불렀다. 임시 반장이 일어나 인사를 하고, 드디어 점심 시간이 시작되었다.

백두고의 점심 시간 풍경은 크게 도시락파, 식당파로 나뉜다. 어머니, 혹은 아버지의 사랑이 듬뿍 담긴 도시락을 가져와 넓은 잔디밭에 친구들과 삼삼오오 모여 앉아 즐겁게 식사를 하는 쪽, 그리고 학교에서 운영하는 쾌적한 식당에서 맛있는 식단으로 테이블에 앉아 화기애애하게 점심을 먹는 쪽. 어느 쪽이든 학생 스스로가 좋을 대로 하면 된다. 게다가 백두고의 점심 시간은 오후 1시부터 2시 30분까지로 다른 학교에 비해 길기 때문에 그만큼 더 여유를 가지고 즐길 수 있다.

그런 이유로 점심을 먹기 위해서 분연히 일어선 효진이 속하는 쪽은,

"점심 먹으러 식당 가요."

그녀는 뒷자리에서 엎어져 잠들어 있는 승욱의 어깨를 흔들어 깨웠다. 피곤한 얼굴의 승욱이 잠이 덜 깬 멍한 얼굴로 일어섰다.

"대희 씨도 갈래요?"

성실하게 교과서와 노트를 책상 안에 집어넣고 일어선 대희에게도 물어본다. 대희는 미안하다는 듯 고개를 푹 숙이며 손을 모았다.

"미안! 점심은 누님과 먹기로 했어."

"아, 그래요? 알았어요. 맛있게 먹어요~"

대희는 발랄하게 손을 흔들고 교실을 나갔다. 그 뒷모습을 보며 효진은 어깨를 으쓱했다.

"누나를 엄청 좋아하는 것 같죠?"

"……."

답을 기대했지만 돌아본 승욱의 얼굴에는 아직 잠의 망령들이 가득했다. 효진은 한숨을 쉴 수밖에 없었다.

"어제 그런 일도 있고 해서 피곤한 건 알겠지만요, 어떻게 4교시 내내 잘 수가 있어요?"

"…흐아암."

"으휴우, 알았어요. 얼른 밥이나 먹으러 가요."

어깨를 축 늘어뜨리고 효진이 먼저 걸어나갔다. 그 뒤를 주머니에 손을 찔러 넣은 승욱이 느긋하게 뒤따른다.

식당은 학교 건물 뒤쪽에 위치해 있다. 백두 고등학교의 부지는 작은 대학교만큼 넓기 때문에 '뒤쪽'이라고 해도 이백 미터 정도는 가뿐히 거리가 있었다. 그 거리를 차분히 이야기를 하면서(물론 효진이 일방적으로 대화(?)하는 것이다) 둘은 식당으로 향했다.

"이야아, 사람 정말 많네요."

우글우글—

전교 학생의 반이 몰려 있다고 해도 과언이 아닌 광경에 효진은 눈을 크게 뜨고 감탄했다. 테이블들이 주르륵 앉아 있는 홀만 하더라도 교실 열 개는 가뿐히 합쳐 놓은 듯한 넓이였다. 거대하다 못해 광활하기까지 한 그곳에 빠짐없이 학생들이 와글와글 몰려 있다. 이미 테이블에 자리를 잡은 학생들, 그리고 배식을 받기 위해서 줄을 서 있는 학생들까지.

소란스러움의 한가운데에서 효진은 멀뚱히 멋대로 감격을 하고 서 있다.

그 옆을 무심히 승욱이 지나간다.

"늦는다."

"아, 예!"

부리나케 그를 뒤따라가서 배식 줄에 선다. 밥값을 치르고, 식판을 들고 기다리다가 배식을 받았다. 줄에서 빠져나오며 효진은 조금 발돋움을 해가면서 둘이 앉을 자리를 찾았다.

"나, 초등학교하고 중학교까지 전부 급식을 했었어요. 그래서 교실에서 밥을 먹었었는데 이렇게 먹는 것도 꽤 재밌는걸요? 아, 저기 자리 있어요."

식당의 한쪽은 모두 창으로 되어 있었다. 바깥에서부터 한낮의 햇빛이 쏟아져 들어와 실내는 당연히 조명도 필요없었다. 효진은 먼 창가의 자리를 용케 발견하고 움직였다. 승욱이야 물론 아무 말 없이 그녀를 따랐다.

"잘 먹겠습니다~"

둘이서 나란히 앉아 식사를 시작했다. 효진이 반찬을 하나씩 집어

먹으면서 '먹을 만한데요?', '이건 조금 짠 거 같기도 하고. 어때요?' 등등의 말을 하면서 먹는 것에 반해 승욱은 언제나처럼 식사에만 전념했다.

옆에서 그것을 쳐다보던 효진이 입술에 젓가락을 대고 말했다.

"승욱 씨, 맛 같은 거 잘 모르죠?"

"……."

대답은 무. 하지만 효진은 이해했다는 듯 고개를 끄덕였다.

"그럴 것 같아요. 며칠 동안 밥을 해줘도 맛있다, 맛없다 같은 이야기는 한 번도 하지 않았으니까. 밥해주는 사람으로서, 그거 좀 김 빠지는 일이라구요."

"그것도 전에 말한 '배려' 라는 거냐."

승욱이 조용히 입을 열었다. 효진은 '웬일이에요, 밥 먹을 때 말도 다 하고' 라 핀잔을 주며 피식 웃었다.

"그런 거예요. 배려. 외국의 어느 나라에서는 말이죠, 다른 사람에게 식사 대접을 받으면 꼭 맛있다고 칭찬을 하는 게 예의래요. 거기까지는 바라는 건 아니지만."

"맛있어."

"예?"

효진은 순간 젓가락을 놓칠 뻔했다. 자신의 귀도 의심했다. 방금 이 남자가 뭐라고 말한 거지?

"농담이에요?"

"난 농담할 줄 몰라."

확실히 농담 같은 거나 던질 성격은 아니다. 그럼 진담이라는 건가. 효진은 황당하게 굳은 얼굴을 하고 있다가 이윽고 해죽하고 기분 좋게 미소 지었다.

"고마워요."

"……."

아무렇지 않게 그는 식사를 계속했다. 효진은 묵묵한 움직임들을 보다가 그저 자신도 모르게 빙긋이 또 웃고서 젓가락을 움직였다.

"참, 다 먹고 양호실에 가요. 어제 선생님이 오라고 하셨어요."

승욱이 무슨 말이냐는 듯한 시선을 보낸다.

"그 칼의 힘 때문인지 뭔지 때문에 피도 엄청 흘렸잖아요. 전신의 혈맥이 뒤틀렸다던가 하면서요. 걱정되시나 봐요."

"내 몸이라면 걱정없는데."

"진료는 의사에게, 약품은 약사에게. 몰라요?"

왠지 그 말이 아닌 것 같지만 승욱은 아무 말도 하지 않았다. 안 간다고 하면 이 소녀가 또 뭐라고 잔소리를 해댈 것 같아서였다. 신기한 것이 한 가지 있다면, 그 잔소리가 그다지 귀찮지 않다는 것일까. 같이 지낸 지 며칠 되지도 않았는데 문득 그녀의 존재가 매우 익숙해진 느낌이 들어 그는 스스로도 신기한 기분이 들었다.

"잘 먹었습니다~"

잔반도 남지 않게 깨끗이 먹어치운 효진이 발랄하게 인사하며 식판을 반납했다. 식당 아줌마가 친절한 웃음을 띠어준다. 효진은 덩달아 웃으면서 꾸벅 인사를 하고 식당을 나섰다.

"맛있었어요~ 대만족이에요, 정말."

포만감에 행복한 얼굴이 된 효진. 승욱이 뒤따라 식당을 나오며,

"하나 부탁할 게 있는데."

"음? 얼마든지 하세요. 무슨 부탁이요?"

"양호 선생이 내 몸에 대해서 물어도 모른다고 해."

효진이 몸을 돌려 그를 마주 보았다.

"그 말은, 어제 한 이야기는 전부 비밀로 하라는 건가요?"

그가 무겁게 주억거린다.

누구한테 말한다고 해서 쉽게 믿을 만한 이야기는 아닌데, 라고 생각하면서도 그녀는 속으로 고개를 저었다. 그런 말을 자신은 믿는다고 했으니까.

"알겠어요. 얼마든지 비밀로 해드릴게요."

믿음직한 표정으로 신뢰해도 된다는 듯 히죽 웃어버린다. 승욱은 짧게 고맙다고 인사하고 먼저 걸어나갔다. 효진이 '앗, 같이 가요!' 소리치며 따라붙었다.

다시 교실 건물에 도착해서 둘은 중앙 현관으로 들어갔다.

양호실은 3층에 있다. 5층 건물의 딱 중간.

똑똑—

예절 바르게 노크하고 효진은 문을 열었다.

"실례합니다—"

"아, 어서 오너라."

문 정면의 책상에 뒤돌아 앉아 있던 미령이 빙글 몸을 돌렸다. 어제와 변함없이 웨이브 진 갈색 머리칼. 어제완 달리 얇은 테의 안경을 쓰고 있었다. 하얀 가운을 걸치고서 능숙하게 손짓하는 모습이 과연 양호 교사구나 하는 느낌이랄까. 효진은 왠지 모르게 감명을 받고 고개 숙여 인사했다.

"안녕하세요오."

"안 그래도 기다리고 있었어. 이쪽으로 앉으렴."

미소 띤 얼굴로 효진 뒤의 승욱을 불렀다. 승욱은 뚜벅뚜벅 걸어가 미령의 반대 편 의자에 앉았다.

"몸은 괜찮니?"

"……."

대답하지 않는 승욱의 곁으로 가 효진이 작게 속삭였다.

"대답 좀 해요."

그 모습에 미령이 작게 웃음을 터뜨린다.

"그래, 대답을 해주면 더 좋겠구나. 몸은 괜찮니?"

"…이상없습니다."

확인하듯 그의 손목을 잡고 잠시 진맥을 한다. 특별히 좋지 않은 구석은 느껴지지 않았다. 어제 그의 상태는 금방이라도 혈맥이 들끓어 혼수 상태에 빠진다고 해도 전혀 이상할 것이 없을 정도였는데 하루 만에 이렇게 나을 수 있는 걸까.

미령은 이것이 인체의 신비인 걸까 하고 진지하게 고민해 보려 하다가 느껴지는 시선에 정신을 차렸다.

"아무 이상 없는 것 같구나, 놀랍게도."

"네."

간결하게 한마디로 답하고 승욱은 의자에서 일어섰다. 용건이 끝났으면 돌아가는 게 당연지사.

그 뒷모습에 미령이 다시 입을 열었다.

"다음에 또 곤란해지면 언제라도 찾아오렴. 이곳은 넓으니까 얼마든지 쉴 수 있어."

하루에도 몇 번이고 학생들끼리의 대무가 벌어지는 백두고이기에 부상자 또한 하루에 몇 명이고 생긴다. 그것에 대비하여 양호실은 교실 세 개의 크기로 이루어져 있다. 그 넓이에 대부분이 침대로 꽉 차 있어 부상자들의 휴식을 돕는다.

승욱이 진맥을 받는 동안 양호실을 한 바퀴 스윽 둘러본 효진은 나중에 곤란한 일이 생겨도 나쁘지 않겠다고 안심을 했다.

"그럼 다음에 오겠습니다아."

마지막까지 양호실을 향해 꾸벅 허리를 숙이면서 효진은 살짝 문을 닫았다. 탁 소리와 함께 양호실 안과 밖이 나뉘면서 그녀는 승욱의 눈빛이 미묘하게 바뀌는 것을 눈치 챘다.

"헤에? 긴장돼요?"

"……."

승욱으로서는 '잘도 알아채는군' 하고 생각할 수밖에 없는 상황이랄까. 대답하지 않으려 하다가 그녀의 시선이 줄곧 느껴져 그는 결국 입을 뗄 수밖에 없었다.

"누군가 치료해 준 건 처음이니까."

"에? 그럼 혹시?"

"껄끄러운 거야."

뒤이어 나올 말을 예상하고 승욱은 미리 말을 잘랐다.

무뚝뚝하게 돌아서서 복도 저편으로 걸어가 버리는 승욱의 뒤를 졸졸 쫓아가면서 효진은 수상쩍게 히죽히죽 웃어댔다.

"야! 효진아!"

교실로 돌아가서 또 숙면을 취한다는 승욱을 말리기 위해 계단을 오르려는데, 계단 밑에서 누군가 큰 목소리로 그녀의 이름을 외쳤다. 익숙하지 않지만 분명히 아는 목소리였다. 약간 허스키한 여자의 음성. '아!' 효진은 금방 한 사람을 떠올렸다.

"정인 언니?"

"여어~"

계단 밑을 내려다보자 정인이 절뚝거리며 올라오고 있었다. 마이의 단추도 모두 열려 있고 셔츠도 흐트러져 있는 게 꽤 요란스레 싸운 것 같았다. 효진이 부리나케 달려 내려와 그녀를 부축했다.

"다친 거예요? 어쩌다가?"

손목에 낀 보호대에 코끝을 슬쩍 훔치면서 정인이 활기 차게 씨익 웃었다.

"요 앞에서 한판 좀 붙었거든. 쪼까 발이 엉키갖고 삤나보다."

그녀의 오른쪽 겨드랑이로 어깨를 집어넣어 단단히 부축하던 와중이라 효진은 그녀의 말을 완전히 이해하지 못했다.

"발이… 어떻게 됐다구요?"

"아, 미안. 사투리가 좀 심했나? 그니까 발이 엉켜서 조금 겹질린 거 같다는 말이었다."

그제야 이해하는 효진.

그녀는 정인을 부축하고 3층까지 올라왔다. 승욱이 아직 기다리고 있었다. 가지 않고 있는 것만으로도 그로서는 커다란 발전이라는 것을 아는 그녀는 정인의 어깨를 잡은 채로 그에게 말했다.

"난 언니 양호실에 데려다 주고 갈게요. 먼저 올라가요."

"……."

승욱은 고개를 끄덕했다. 그 후에 잠깐 정인에게 시선을 두었다가 이내 몸을 돌려 위층으로 올라가 버렸다.

"언니, 가요."

"아, 아아."

승욱의 뒷모습을 보고 있던 정인은 왠지 떨떠름하게 대답했다. 양호실을 향해 걸으면서,

"쟤는 누고? 남자 친구가?"

"에? 아니에요, 설마요."

"'아니에요' 는 알겠는데, '설마요' 는 뭐꼬."

"헤, 헤에."

대충 넘기듯 히죽 웃으면서 효진은 양호실의 문을 열었다.

"다시 실례합니다~"

다른 학생도 있고 하니 작게 인사하자 미령이 돌아보았다.

"어머, 정인아?"

"하핫, 샘요, 또 신세 좀 지겠슴다."

효진의 부축을 받으면서 절뚝절뚝 걸어가 미령이 가리키는 침대에 앉았다. 미령이 책상 위에서 침 상자를 가져왔다.

"대무했니?"

"예이. 오른발이 쫌 삔 것 같은데요."

"어디 보자…… 심하진 않구나."

살짝 부어오른 정인의 발을 꾹꾹 눌러보며 미령은 진단을 내렸다. 곧 침 상자에서 은색의 침들을 꺼내 꼼꼼히 부어오른 부위와 그 주변에 놓기 시작했다.

"네가 이 정도로 다치다니 상대가 제법 강했던 모양이구나?"

"엥? 아뇨— 전혀, 절대. 엄청 약해 빠져 갖고요, 마치 지려고 덤빈 거 같았대니까요."

"지려고?"

"네. 결국 확실히 때려눕혀 주긴 했는데 도중에 새로 풋워크를 해볼

라고 하다가 발이 꼬이서 갖고 뻿쬬."

좀 기다란 침을 부어오른 중앙에 지그시 꽂으며,

"또 복싱 기술을 썼구나?"

"하핫, 그렇쬬 뭐."

효진은 둘의 대화에서 이상한 점을 눈치 챘다.

"어라? 정인 언니, 절권도 아니었어요?"

"웅? 아아, 절권도지, 당연히. 근데 요즘에 복싱도 좀 하고 있거든. 그래서 싸우다가 종종 써먹어보곤 한다. 배운 건 써야지. 안 글나."

"그렇다고 어떻게 될지 생각도 안 해보고 무턱대고 사용하니까 이렇게 다치는 거잖니. 크게 다치진 않았다만."

정인의 발목에 여섯 개의 침이 꽂혔다. 마무리까지 착실하게 한 미령이 정인의 머리를 콩 때리고는 책상 옆의 찬장으로 갔다. 그사이 효진이 호기심 가득한 얼굴로 물었다.

"절권도에 어떻게 복싱을 쓰는 거예요?"

"웅? 그거야 간단하지. 복싱은 절대로 가만히 있으면 안 된다 아이가. 절권도도 마찬가지거든. 온 가드 포지션(On Guard Position)에서 쉬지 않고 스텝을 밟으면서 항상 체중 이동을 해야 어떤 상황이든 대처할 수 있다는 거지. 그때 복싱에서의 풋워크를 써먹으면 어떨까 하고 생각하게 됐단 말이지."

"온 가드 포지션?"

"음. 내가 말하는 대로 자세 한번 잡아봐라. 오른발하고 오른손이 앞으로 나가고…… 웅, 그래. 그 자세. 그게 온 가드 포지션이라고, 기본 자세다."

효진은 자신의 포즈를 슬그머니 내려다보았다. 일반적인 무술이라면 왼손과 왼발이 앞으로 나가는 자세가 많다. 하지만 절권도는 그 반대. 나름대로의 의미에 대해서 생각해 보려고 할 때 정인이 말을 걸었다.

"그라고 보이 니한테 얘기해 줄 게 있었다."

"응? 뭐요?"

"학생회 안에서 도는 소문도 있고, 그라고 방금 때려눕힌 놈의 동료가 한 말이었는데 말야."

자세를 되돌리면서 효진이 그녀의 말에 귀를 기울였다. 찬장에서 붕대를 찾아온 미령도 침대 옆에 와 있었다.

"강격권부에서 니를 노리고 있나보던데."

"에? 강격권부요? 나를?"

"정확히는 아까 니하고 같이 있던 가도 같이."

"강격권부라면 걔들이잖니?"

미령의 말에는 심히 걱정스러운 기가 다분했다. 효진이 다급하게 물었다.

"강격권부가 뭘 하는 곳이죠? 이름은 무술하는 곳 같은 느낌인데."

"아… 거긴 말야."

"내가 설명할게요, 샘. 샘은 맘이 약해 갖고 안 돼요."

정인이 미령의 말을 제지했다.

"일단 강격권이라는 해괴망측한 무술을 수련하는 부라꼬 하기는 하는데, 근마들이 무술 수련하는 건 2년 동안 본 적이 읍따."

"그럼 대체……?"

"간단히 말해서 양아치 소굴."

효진의 얼굴이 살짝 망가졌다.

"양아치 소굴……?"

"그래, 양아치 소굴. 이름만 강격권부라고 거창하게 달아났지, 실상은 그기다. 하는 짓이라꼬는 몰려댕기면서 아들 겁주고 삥 뜯고. 싸움은 뭣같이 못하는 것들이니까 혼자서는 암것도 못하는 거 아이가."

"그래도 최소한 한 명은 달라."

정인의 얼굴이 찡그려지는 것은 전혀 상관하지 않고 침을 뽑고 있던 미령이 낮은 목소리로 말했다.

"강격권부의 부장만은 달라."

"아, 그렇죠, 그 녀석. 그 녀석이 있었지."

"그 녀석이 뭐니, 그래도 선배인데."

"어차피 양아치 두목이잖아요? 대단할 것도 없는데 뭘 그래요."

정인은 그 부장이라는 사람에게 그다지 좋은 감정이 없는 모양이다. 효진은 둘의 이야기가 엇나가는 것 같아 얼른 질문했다.

"그 부장이 어떤 사람이죠?"

"음― 강격권부 부장이면서 강격권부 양아치들의 두목, 그리고 중요한 건 그 녀석의 뒷배경이지."

"뒷배경?"

"그 녀석, '고룡파' 라는 조폭의 보스 아들이다. 차기 보스로 내정되어 있다고 하던데."

"조폭… 의 아들?"

정인의 발목에 단단히 붕대를 매며 말하는 미령의 목소리를 진지했다.

"어릴 때부터 그런 세계에서 자라와서 그런지는 모르겠지만 그의 실력은 진짜란다. 학생회에 비견될 정도로. 부원들이 누구에게 당하고 오면 반드시 복수를 해. 부원들을 아끼기 때문에 그만큼 부원들도 부장을 따르는 거야. 지금 현재 교내에서 가장 큰 세력이라고 해도 틀리진 않을걸?"

"그, 그런 사람이 승욱 씨와 나를 노리고 있다는 말이에요?"

효진의 얼굴이 일그러졌다. 이건 예상외로 사태가 심각하다.

"내가 들은 게 맞다면…… 아마도."

"하지만 우린 강격권부 부원들을 건드린 적이 없다구요!"

"잘 생각해 보렴. 정말 없니?"

미령이 뭔가 눈치를 챘다. 그녀의 물음에 효진은 금방 기억을 연결했다. 머리 속에서 시간은 거슬러 올라가 어제저녁에 당도했다.

"그 사람들?! 그 사람들이 강격권부였어요?"

"엉? 그 사람들? 그 사람들은 또 뭐꼬?"

정인을 내버려 두고 미령과 효진이 눈빛을 교환했다.

"그럴지도 모르잖니?"

"으으……."

효진의 얼굴은 그만 사색이 되고 말았다.

|넷| 쳐들어가는 두 사람의 장(章)

Burning fist

쳐들어가는 두 사람의 장(章)

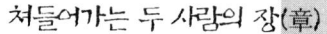

가, 가까이 오지 말아요
지금의 나, 난 수치감해요
더 이상 가까이 오지 마요

　

"…강격권부?"

"예! 강격권부요! 어제 날 습격한 사람들이 강격권부일지도 몰라요!"

목소리가 크다. 일순 교실의 눈초리들이 모두 둘을 향해 모였다. 효진이 '흐갸~' 당황하면서 승욱을 복도로 끌고 나왔다.

"어쩌죠? 어떡해야 하죠?"

"…어디서 들은 거야, 그건."

효진은 양호실에서 정인, 미령과 나눈 이야기를 빠짐없이 그에게 말해 주었다. 그녀의 이야기를 묵묵히 듣고 나서 승욱은,

"강격권부?"

"예! 강격권부요! 어제 날 습… 격했다고 아까 얘기했잖아요!"

씩씩대면서 효진이 소리친다. 이 남자는 대체 무슨 생각을 하고 있

는 거야!

그녀의 생각은 전혀 모른 채 승욱은 그녀의 말을 곱씹고 있었다.

"강격권부라……. 생각지도 못한 수확이군."

효진은 움찔 놀랐다.

"수확? 수확이라구요?"

승욱은 주저없이 계단 쪽으로 걷기 시작했다. 효진은 불길한 느낌과 함께 그의 앞을 막아섰다.

"잠깐! 어디 가는 거예요?"

"비켜."

"지금 설마 강격권부에 쳐들어가려는 거예요? 혼자서?"

승욱은 침묵했다. 그러나 그것은 더없이 확실한 대답이었다.

"미쳤어요?! 제정신 아니죠, 지금! 강격권부는 교내에서도 가장 큰 세력이라고 아까 얘기했잖아요! 그런 데를 혼자서 쳐들어가서 뭘 어쩌겠다는 거예요, 도대체!"

너무 흥분한 나머지 말도 고르지 못하는 효진. 필사적으로 그의 앞을 막아섰다. 복도에 뛰어다니고 있던 학생들이 모두 정지한 채 두 명을 주시했다. 하지만 이제 그녀에게 그런 건 전혀 상관없었다.

승욱은 자신의 턱에 겨우 닿는 키의 소녀를 내려다보았다. 당당히 선 채 곧은 눈으로 이쪽을 쳐다보고 있다. 그 눈빛에는 굳은 의기마저 서려 있어서 눈이 마주치자 그대로 고정되어 버렸다.

강렬하게 사람의 눈을 멈추게 하는 눈빛이다.

겉으로 보기에는 같은 나이 대의 여느 소녀와 다를 바 없는 그녀지만 그녀는 무도가다. 승욱과 동급의 실력을 가진 무도가다. 누구보다 곧은 '혼'을 가지고 있다.

그런 그녀에게 다시 '비켜' 따위의 말을 할 수는 없었다.

"왜 막는 거냐."

"몰라서 물어요? 가면 분명히 당해 버릴 텐데, 그걸 알고서 보내라구요?"

"안 당해."

승욱은 단언했다. 효진의 기세가 수그러들었다.

"어째서요?"

"이 칼이 있는 한 지지 않아."

효진은 할 말을 잃을 수밖에 없었다. 저 칼, 저 목도의 정체는 어젯밤에 모두 이야기를 들었다. 승욱이 저 칼에 대해서 가지는 마음은 매우 '무게'가 있는 것이라고 효진은 금방 느껴 버렸다.

"…알았어요."

승욱은 그녀의 곁을 지나쳤다. 그를 향해 효진은,

"나도 가겠어요."

그는 걸음을 멈추었다.

"…뭐라구?"

"나도 가겠다구요. 이대로 혼자 보내는 건 절대 싫어요. 그러니까 나도 같이 가겠어요."

"너와는 상관없—"

"있어요! 강격권부가 노리는 건 승욱 씨와 나예요. 아주 깊이, 절대, 매우 상관이 있는 거예요!"

단호하게 소리친다. 그리고 자기가 먼저 앞서 걸어가 버린다.

"……"

잠시 멍청히 그녀의 뒤를 바라보고 있다가 곧 뒤따라 나서며 승욱은 두 어깨의 짐이 더 무거워진 듯한 기분이 들었다.

　백두고 부지 북쪽에 교실 건물보다 넓은 건물이 있다. 속칭 '부 건물'이라고 불리는 각종 클럽과 부실이 모여 있는 건물. 효진과 승욱은 '강격권부이니 당연히 부 건물에 있겠지'라는 막연한 생각으로 이곳까지 찾아왔다.

　아직 점심 시간. 부 건물에 사람들이 들락날락거리고 있었다. 그중 파일을 들고 현관에서 뛰어나오는 여학생을 붙잡고 효진이 강격권부의 위치를 물었다. 여학생은 수상한 사람을 보는 눈빛으로 두 명을 훑어보고는 부 건물 뒤쪽을 가리켰다.

　"건물 뒤요?"

　"강격권부 부실은 그쪽이에요."

　짤막하게 인사하고 교실 건물 쪽으로 사라진다. 효진은 승욱을 보고 어깨를 으쓱했다.

　둘은 건물을 빙 돌아 건물 뒤뜰에 도착했다. 여학생이 말한 대로 건물 뒤의 그늘진 곳에 허름한 1층 건물이 또 하나 있었다.

　효진은 주머니에서 검은 장갑을 꺼내 양손에 꼈다. 손목 쪽의 끈을 조여 단단히 고정시킨다. 그녀에겐 그것이 전투 준비의 완료였다.

　승욱은 별다를 것 없는 평소의 자세로 건물의 문 앞에 섰다.

　强擊拳.

　더할 것 없이 노골적인 부명이 문 옆에 휘갈겨져 있다. 효진이 글자들을 유심히 훑어보면서 '이런 한자였군요'라고 중얼거리고 있을 때,

　"이런이런, 웬 손님들이냐, 이 시간에."

비협조적인 멘트를 날리며 세 명의 남자가 어슬렁어슬렁 걸어왔다. 물어보지 않아도 강격권부 부원이란 것은 매우 잘 알 수 있었다.

젤 같은 걸로 빳빳하게 머리를 세운 양아치 녀석이 담배를 질겅질겅 씹으며 효진과 승욱을 수상한 눈빛으로 훑어보았다.

"네놈들은 뭐냐?"

"교내에서는 금연이에요."

"……."

손가락으로 가리키며 당당하게 동문서답을 해대자 그도 할 말을 잃었다. 약간 정신적으로 허한 상태를 지나,

"그걸 물어보는 게 아니잖아, 씨발!"

"역시 금방 화내네요. 그쵸?"

동의를 구하는 듯 눈짓하는 효진을 향해 승욱은 얕은 한숨을 쉬어주고 다시 양아치들을 향했다.

"부장 있냐?"

"엉? 부장? 늬들이 부장을 만나서 뭐 하려고?"

"물어볼 게 있으니까."

담담히 용건을 밝히는 승욱. 그를 향해 양아치 세 명이 슬금슬금 다가왔다. 침을 찍 뱉으며 다가오는 그 포즈가 너무나 모범 양아치적인 모습이라 효진은 감격마저 하고 싶었다.

"부장한테 물어볼 게 뭔데?"

담배 연기를 후우 뱉으며 인상을 쓴다. 승욱은 '어째서 애송이들은 거기서 거기인 걸까' 하는 사소한 의문을 떠올리며 답했다.

"애송이는 알 거 없어."

"이 새끼가 죽으려고!"

단어 하나에 열이 받쳐 그가 주먹을 휘둘렀다. 그러나 주먹은 허무하게 허공을 가르고—

"캑……!"

승욱의 주먹이 양아치의 명치에 틀어박혀 멈춰 있었다. 양아치의 몸이 서서히 무너져 내린다.

"해, 해치워 버리면 어떡해요!"

옆에서 효진이 경악하며 외쳤다.

"이, 이 새끼가! 여기가 어디라고!"

"야! 전부 나와봐!"

거품을 물고 기절한 동료를 내려다보며 남은 두 명의 부원이 황급히 고함쳤다. 효진이 우르르 소리가 나기 시작하는 강격권부 부실을 가리켰다.

"일이 커져 버렸잖아요!"

"원하던 바야."

승욱은 담담히 말한다.

"어차피 대장이 쉽게 나올 리는 없지. 그럼 이쪽에서 나오게 할 수밖에."

"그렇다고 일을 이렇게 만들어요!"

"자기 몸 하나는 지킬 수 있지?"

승욱이 등에서 목도를 뽑아냈다. 그와 동시에 부실의 낡은 문이 쾅 소리와 함께 요란스레 젖히며 그 속에서 십수 명의 부원들이 쏟아져 나왔다.

"뭐야? 누가 쳐들어오기라도 했냐?"

"이 새끼들이야! 이것들이 만수를!"

쓰러진 양아치의 이름이 만수라는 것은 당연히 신경 쓰지 않고 효진은 승욱의 등에 바짝 붙었다.

"두 명? 두 명이서 쳐들어왔어?"

"정신이 어떻게 된 거 아냐?"

"게다가 한 명은 여잔데?"

"유후~ 놀잇감인걸!"

효진의 전신으로 혐오감이 내달렸다.

"놀잇감이라니, 무슨 말이 그래요!"

"받아치지 마."

부원들이 얼굴에서 하나씩 웃음이 사라졌다. 아니, 오히려 더 진한 웃음을 띠는 녀석도 있었다. 물론 절대 선의가 들어 있지 않은 웃음을.

"어디 실력이나 한번 볼까?"

양아치들이 두 명의 주위를 둘러쌌다. 완벽하게 탈출로를 차단하고 압박해 들어왔다.

"다시 말하지만, 자기 몸은 자기가 지켜."

"으으, 걱정하지 말아요."

원망하는 기가 다분하지만 효진은 이미 마음을 굳혔다. 이렇게 된 바에야 어떻게든 버틸 수밖에.

"일 대 다수는 싫다구……."

그녀의 입술 사이로 새어 나오는 작은 혼잣말을 엿들으며 승욱은 손에 힘을 주었다. 단단하게 잡힌 목도 안에서 그는 공명하는 무언가를 느꼈다.

목도 안의 '칼'이 요동을 친다.

승욱은 감지했다.

사용할 때가 온 것이라고.

왔다면 망설이지 않고 사용한다!

"웃샤! 쳐라!"

한순간, 한꺼번에 몰려든다! 등을 맞댄 채 효진과 승욱은 몰려드는 양아치들에게 대응했다.

"죽어라아!"

죽이면 안 되죠, 라고 중얼대며 효진은 주먹을 쳐냈다. 기우뚱하는 옆구리에 무릎차기를 먹이고, 쓰러지는 어깨를 붙잡아 뛰었다. 엉뚱하게 동료의 배때기에 킥을 먹인 양아치가 아차하는 얼굴을 한 사이 몸을 빙글 회전시켜 목덜미에 발뒤꿈치를 박아 넣었다.

승욱이 그 모습을 힐끔 쳐다보는 사이 쇠사슬이 그의 목도를 노렸다. 가볍게 목도를 눕혀 피해내고, 그 대신 한 명의 목덜미를 두들겨 패고 그쪽으로 발길질해 주었다. 두 명의 몸이 소란스럽게 엉키며 넘어지는 모습을 감상할 틈도 주지 않고 다음 공격이 날아들었다. 목도 손잡이를 눕혀 주먹에 맞부딪치고, 신음을 지르는 녀석의 어깨에 목도를 찍었다. 쉬지 않고 목도를 옆으로 베어 한 명 더 목덜미를 내려쳤다.

그 즈음 효진의 움직임은 더욱 곡예가 되어가고 있었다.

"훗!"

날아오는 주먹을 양손으로 비틀어 잡고 그의 무릎을 차고 뛰어올랐다. '으아아!' 소리를 지르는 양아치의 팔이 어깨의 한계를 넘어 그녀의 인도대로 꺾이고 '끄아아악!' 하며 그는 비명을 질러댔다. 그 팔을 잡은 채 한 녀석을 후려 차고, 팔을 놓고 등짝을 걷어찼다. 그리곤 그대로 몸을 날려 양아치의 뒤통수에 발차기를 강타한다. 어깨를 붙잡고 뒤통수를 맞아 정면의 한 녀석을 안고 뒹굴었다.

쉼없이 움직여 대는 그녀의 곡예를 훔쳐볼 여유까지 발휘하며 승욱은 목도를 휘둘렀다. 한 녀석의 머리를 사정없이 내려치고 목도를 회수하여 즉각 옆으로 뿌린다. 옆구리를 얻어맞은 동료를 대신해 또다시 한 녀석이 덤벼온다. 되려 앞으로 한 발 내디디며 옆차기를 내질렀다. 예상치 못한 일격에 상대가 휘청대는 것을 틈타 목도를 올려친다!

"후아앗!"

그때 뒤쪽에서 승욱을 덮쳤다. 뒤에서부터 안아 단단히 몸을 옭아맸다.

"이 자식! 걸렸다!"

젠장! 욕지기를 내뱉으며 달려드는 녀석을 향해 발차기를 날렸다. 녀석이 간단히 발차기를 막아내는 동시에 옆쪽에서 한 녀석이 주먹을 날렸다. 화끈하게 얼굴을 얻어맞고 고개가 픽 돌아간다.

'……큭!'

이런 놈들에게 공격을 허용하다니!

승욱이 몸을 흔들었다. 압박을 벗어나려 힘을 쓰지만 그를 옭아매는 힘은 예상외로 강했다. 곤란하다!

"그 손 놔요!"

순간 승욱의 얼굴 옆으로 풍압이 일었다. 그와 함께 남자의 힘이 일순간 빠지고, 그 틈을 타 승욱이 팔꿈치를 복부에 박으며 앞으로 벗어났다. 목도를 크게 휘둘러 두 명의 얼굴을 맹렬히 후려갈기고 상황을 확인했다.

바닥에 손을 짚은 채 브레이크 댄스를 추듯이 몸을 돌리며 효진이 벌떡 일어났다. 또다시 공중으로 날아올라 승욱을 잡고 있던 남자를 걸어찬 것이었다. 이쪽을 향해 히죽 웃어 보이고, 방심하지 않고 뒤에서 달려드는 적의 면상에 팔꿈치를 꽂아버렸다.

장난이 아닌걸. 도저히 예측할 수 없는 소녀다. 승욱은 감탄하면서도 목도를 쉬지 않고 휘둘렀다.

주먹 아래로 몸을 숙이며 명치에 똑바로 찌른다. 상대가 위액을 토해내며 무너지기 전에 뻗은 목도를 그대로 오른쪽으로 그어 올리며 다른 녀석의 옆구리를 갈겼다. 목도 끝에서 기묘한 느낌이 전해지고, 몸을 빙글 돌리며 그대로 베어 내렸다. 뒤쪽에서 달려들던 한 녀석의 어깨뼈가 파괴되며 목도가 땅을 치고 또다시 튀어 올랐다.

'후아……'

오른쪽 팔꿈치로 턱을 갈기고 몸의 회전과 함께 왼쪽 팔꿈치로 명치를 가격하면서 효진은 그 장면을 보았다. 그림과 같은 움직임이었다. 군더더기가 없는 깔끔한 움직임으로 네 명의 남자를 전투 불능에 빠뜨린다. 쓰러지는 남자의 어깨를 잡고 다시 뛰어오르며 효진은 감탄했다. 저 남자는 굉장하다.

무릎으로 척추 한가운데를 찍으며 내려앉아 좌우의 남자 두 명에게 차례차례 주먹을 날렸다. 코를 얻어맞고 눈을 감는 남자의 옆구리에 옆차기를 적중시키며 그대로 힘을 실어 반대 편 남자의 다리를 찼다.

우직.

기분 나쁜 느낌과 함께 남자가 무릎을 붙잡고 뒹굴었다.

'……왔다.'

효진은 섬뜩한 기분으로 발을 회수했다.

'조금만 더 하면……'

속으로 중얼거리며 공격을 피한다.

"이년이!"

악에 받쳐 한 녀석이 주먹을 휘둘렀다. 움직임이 크다. 그 모습이 마치 슬로 모션처럼 자세히 눈에 확대됐다.

그것을 피하는 자신의 움직임도 어쩐지 느렸다. 느린 만큼 생각할 시간도 길어진다. 머리 위로 지나가는 주먹을 힐끔 쳐다보면서 그 상태로 몸을 한 바퀴 회전한다. 밑에서부터 크게 원을 그리며 발차기가 남자의 턱을 향해 날아간다. 뒤꿈치가 남자의 턱에 적중하는 느낌이 뇌를 때린다. 우와, 제대로 맞았다. 그렇게 생각하는 순간 슬로 모션이 탁하고 풀렸다.

남자가 허공을 날았다. 영화처럼 3미터여를 날아 동료 두 명과 함께 부실 벽에 부딪쳤다. 먼지가 스르르 떨어진다. 그 남자는 그대로 실신해 버렸다.

그것을 신호로 모든 움직임이 멎었다.

효진이 침을 삼켰다. 방금 무슨 일이 일어났는지는 자신이 가장 잘 알고 있다. 시선을 느끼고 눈을 움직였다. 승욱이 자신을 쳐다보고 있었다.

그 눈빛이 무슨 일이 일어난 건지를 묻고 있었다. 그녀에게 건장한 남자를 날려 버릴 힘이 있을 리 만무했다. 효진은 입술을 질끈 깨물었다. 또 저지르고 말았다.

"이, 이년이! 무슨 짓을 한 거냐!"

한 녀석이 소리치며 달려들었다. 연속으로 날아오는 주먹을 슉슉 피해내고, 마지막 주먹이 날아올 때 적절히 힘을 조절해 복부로 펀치를 날렸다.

쿵!

얻어맞은 남자의 배에서 폭탄이 터졌다.

남자의 몸이 허공에 잠시 떠오르더니 주춤주춤 쓰러져 기절했다.

그녀로서는 절대 불가능한 힘이었다.

'칫… 예상은 했었지만…….'

또다시 깨어나고 말았다. 효진은 혀를 차며 남아 있는 양아치들을 확인했다. 이미 반 가까이가 쓰러져 뒹굴고 있다. 기쁘진 않지만 이 '힘'이면 남은 수를 쉽게 처리할 수 있다.

"안 오고 뭐 하는 거죠?"

자세를 취하고 손을 까딱거리며 도발했다. 어서, 어서 끝내야 해.

그녀의 생각과는 달리 일은 쉽게 끝나지 않을 상황으로 번져 갔다.

"어이! 뭐야! 어떤 새끼들이 쳐들어온 거냐!"

십수 명의 남자들이 또다시 나타났다. 이들이 전부가 아니었던 것이다.

"부부장!"

살았다는 얼굴로 양아치 한 녀석이 소리쳤다. 새로 나타난 십수 명 중에서 눈에 띄게 키가 큰 남자가 뚜벅뚜벅 걸어왔다.

"뭐야, 이것들은. 이 두 명한테 당했다고 말할 참이냐?"

"그, 그게……."

2미터는 가까이 될 것 같은 높이의 눈이 위압적으로 내려다본다. 험악하게 표정을 일그러뜨린 채 효진과 승욱을 번갈아 노려보았다.

"신입생인가. 어디서 온 것들인지는 모르겠지만 좀 하나보구나, 늬들이."

주먹 쥔 손을 가슴에 대고 효진은 가만히 흥분을 가라앉혔다. 새로 나타난 부부장이라는 녀석이 하는 말은 들리지도 않는다. 가슴 고동에 귀를 기울이고 천천히 심호흡을 한다. 두근대는 고동, 그 안에서 효진은 이질적인 느낌을 느끼고 침을 삼켰다.

"…괜찮냐?"

어느새 곁으로 다가온 승욱이 넌지시 물었다. 흠칫 놀라며 효진은 고개를 끄덕였다. 아직은 괜찮아, 아직은.

"안 좋은 것 같은데."

"전혀, 절대 괜찮아요. 거뜬해요."

오히려 너무 좋아서 탈이다.

"이것들이 지금 둘이서 뭐라고 씨부렁거리는 거야?"

걸쭉한 입담을 늘어놓으며 부부장이 한 단계 높은 눈빛으로 둘을 쏘아본다. 그리고 결국 예상했듯이,

"이대로 실패하면 너희들 전부 죽인다! 둘 다 잡아!"

명령이 떨어지자마자 또다시 개 떼같이 부원들이 달려들기 시작했다. '곤란해!' 속으로 소리치며 효진이 발차기를 피했다. 그 뒤로 각목이 날아왔다. 반사적으로 두 팔을 들어 각목을 정면으로 막아냈다.

빠각—!

두 팔이 아닌, 각목이 처참하게 반으로 부러져 나갔다. 휘두른 남자가 기겁한 얼굴로 멍청해졌을 때 효진이 한 발 구르며 남자를 걷어찼다. 적절히 힘을 조절한다고 했으나 남자는 허공을 날아 땅바닥을 뒹굴었다.

"호오, 저년 굉장한데."

팔짱을 낀 채 뒤쪽에서 방관하고 있던 부부장이 소녀의 일격에 날아간 부원은 신경도 쓰지 않고 주머니에서 핸드폰을 꺼냈다.

"여보세요. 어, 그래. 나다. 지금 즉시 부실로 와라. 재밌는 일이 생

졌어."

히죽히죽, 위험한 미소를 지으며 그는 누군가를 불러들였다.

그때도 효진과 승욱의 싸움은 쉬지 않고 계속됐다.

좀 전과는 전혀 다른 움직임으로 효진은 간결한 동작 하나로 한 명씩을 해치우고 있었다. 알 수 없는 파워로 펀치와 킥 한 방이 엄청난 파괴력을 지니게 되었다. 효진으로서는 그 힘을 적절히 줄여서 공격에 싣는 게 큰일이었다.

높게 날아오는 발차기를 고개 숙여 피해내고 오른손 주먹 등으로 턱을 갈긴다. 한순간 머리가 기묘한 방향으로 꺾이며 남자가 힘없이 무너졌다. 한 명을 간단히 기절시키고 뒤이어 들어오는 발차기를 양손으로 막아낸다. 막아낸 손으로 발을 잡은 채 디딘 발을 걸어찬다. 남자의 몸이 허공에 떴을 때 몸을 빙글 돌려 팔꿈치를 정확하게 복부에 꽂았다. 컥 소리와 함께 남자가 거품을 물고 땅바닥에 처박혔다.

'좋아, 익숙해져 가고 있어.'

'깨어났을 때는 조심해야 한다. 잠시 방심하고 있는 대로 힘을 내버리면 사람 하나 작살내는 건 시간문제도 안 되니까.

퍽!

효진의 주먹이 또다시 한 명의 복부에 틀어박히고 남자의 몸이 허공으로 30센티 정도 떠올랐다.

승욱은 뻗은 목도를 회수하며 그 장면을 목격했다.

'내가 힘을 쓸 것도 없겠잖아……'

왠지 모르게 효진의 상태가 이상한 듯싶더니 이상하다기보다는 너무나 좋다. 저 정도의 힘을 지금까지 숨기고 있었던 것처럼 그녀의 권, 각에 실린 힘은 조금 전과 판이하게 달랐다.

"으랴앗!"

죽자 사자 달려드는 부원을 옆으로 피하며 목덜미를 후려친다. 그들의 행동에 담긴 건 분노보다는 공포에 가까웠다. 공포에 질려 어떻게든 두 명을 잡아보겠다고 앞뒤 가리지 않고 달려드는 모습이 처연하기까지 했다.

손잡이로 날아오는 주먹을 쳐내고 즉시 목도로 베어넘기며 승욱은 효진이 해준 이야기를 떠올렸다. 강격권부는 별 볼 것 없는 양아치들의 모임이지만 그 대장인 부장만은 '진짜'라는 이야기를.

그에 대한 공포인가.

입술로 내려오는 땀방울을 혀로 핥으며 승욱은 히죽 웃었다. 그 '부장'이라면 분명히 뭔가를 알고 있을 것이다. 아무에게도 보이지 않을 만큼 흐릿한 미소를 띤 채 승욱의 목도가 다시 번쩍였다.

순간 승욱의 본능이 소리쳤다.

목도를 올려 날아오는 물건을 쳐냈다.

캉!

날카로운 쇳소리가 나며 목도에 묵직한 느낌이 전해왔다.

승욱은 금방 목도를 바로잡고 시선을 돌렸다. 새로운 남자가 그의 앞에 서 있었다.

"간만에 보는 먹음직한 사냥감인데 그래."

쇠사슬을 빙글빙글 돌리면서 이죽거리고 서 있는 남자. 조금 전에 날아온 물건이 바로 저 쇠사슬인 모양이었다.

"난 이 녀석으로 하겠어."

"마음대로 하라구. 난 이년이 맘에 들어."

키 큰 남자가 취미 고약하게 생긴 얼굴로 입술을 끈적하게 혀로 핥는다. 그러나 효진답지 않게 아무런 반응도 내비치지 않았다.

"쓸모도 없는 것들. 전부 찌그러져 있어, 이 자식들아."

"부장이 없는 걸 다행으로 여기라고. 쓰레기들 같으니."

두 명의 남자가 심한 욕설과 함께 부원들을 호통쳤다. 부원들은 그들의 말에 따라 슬금슬금 물러나 거리를 벌렸다.

"부장이 이곳에 없냐?"

지나갈 수 없는 말을 듣고 승욱이 상대를 향해 물었다.

"지금에 와서 그게 뭐가 중요하지?"

"중요해."

쇠사슬을 든 남자는 히죽거리며 대답했다.

"부장은 애초부터 이곳에 없었어. 부장을 만나러 온 거였으면 완전 헛걸음이지. 우리 부장은 보통 점심 시간 끝날 때쯤에 등교하거든."

"그래그래, 아침잠이 더럽게 많아서 말야."

승욱은 효진을 힐끔 쳐다보았다. 보통이라면 '지금은 한낮인데요'라는 식으로 대꾸했을 것이다. 그러나 지금의 그녀는 조용하기만 하다. 조용히 주먹을 쥐고 긴장한 채 눈앞의 상대에만 온 정신을 집중한 모습. 굳이 예를 들자면—

'태풍 전날의 고요함 같은 모습?'

식상한 비유를 떠올리며 승욱은 눈을 돌렸다.

"헛걸음이군."

"지금에 와서는 상관없잖아? 우리 애들을 이렇게 만들어놓은 주제에 그냥 갈 생각도 아닐 테고 말이지."

그냥 가고 싶은 마음을 억누르고 승욱이 대꾸했다.

"어쩌려는 거냐."

"대무다."

답은 키 큰 남자였다.

"이 백두고의 아름다운 방식이지. 대무. 우리 쪽이 매우매우 손해를 보면서 하는 제안이니 거절하면 죽인다."

애초부터 협박이라고는 예상했지만. 승욱은 혀를 차며 목도를 세웠다. 쇠사슬의 남자가 이죽거리는 웃음을 지우지 않고 동료와 눈을 맞추었다.

"인사부터 할까. 강격권부 부부장, 3학년 철승술(鐵繩術)의 최태민이다."

"1학년, 당학류 해검도의 이승욱."

"건방진 1학년이구만."

그의 이죽거림에도 승욱은 담담하게 눈빛으로 받아냈다.

"이쪽도 인사를 하지. 강격권부 부부장, 3학년 강격권의 김철이다."

키 큰 남자의 인사에 효진은 잠시 숨을 고르고 천천히 내뱉었다.

"1학년, 무형류의 서효진이에요."

"서효진이라? 예쁜 이름이군."

페미니스트 흉내를 내며 키 큰 남자 김철이 히죽 웃어 보인다. 그리고 동료와 한차례 마주본 다음,

"좋아, 놀아보실까!"

동시에 두 개의 싸움이 시작됐다!

교실 건물의 5층. 그 중앙에는 학생회실이 있다.

학생의 자율에 모든 것을 맡기는 학교 교풍상 학생회의 존재는 매우 중요하기 때문에 그에 따라 학생회가 맡는 책임도 막중하다. 그러한

책임에 대한 대우를 위해서라도 학생회실의 크기는 일반 학교의 크기와 차별을 둔다.

게다가 특히 학생회실 바로 옆에 붙어 있는 학생회장실은 교실 하나 크기로, 크기만으로는 교장실보다 더 넓었다.

그 학생회장실.

고풍스러운 책상에서 여유있는 식후 차 한 잔을 즐기던 승건은 노크 소리에 낮게 대답했다.

"들어와."

문을 열고 들어온 것은 2년째 그를 보좌하고 있는 부학생회장 혜란이었다.

"보고드립니다."

깍듯한 그녀의 말에 승건이 수려한 눈썹을 살짝 찌푸렸다.

"겨우 이렇게 여유를 부리고 있는데."

"죄송합니다."

"휴우, 할 수 없지. 말해 봐."

그윽한 향을 내는 홍차를 내려놓고 승건이 혜란을 올려다보았다.

"좀 전 1시 30분여부터 부 건물 뒤뜰에서 대무가 벌어지고 있다 합니다."

"부 건물 뒤뜰? 거긴 분명히 강격권부의 부실이 있지 않았던가."

"예, 그렇습니다. 강격권부에 두 명의 신입생이 도전을 해왔다고 합니다."

"신입생 두 명이서?"

승건의 얼굴에 회색이 돌았다. 지겨운 일의 연속에서 오랜만에 듣는 즐거운 소식이었다.

"그래서? 경과는?"

"현재 강격권부 부원 16명이 부상을 입었고, 7명이 전투 불능 상태에 빠져 총 23명의 부원이 전투에서 탈락되어 있습니다. 현재는 부부장 두 명과 신입생 두 명의 대무가 시작되었다고 합니다."

"그 신입생들은 누구지?"

"1학년 3반의 이승욱, 서효진이라고 합니다."

의자 등받이에 기대고 있던 승건이 벌떡 일어설 기세로 몸을 내밀었다. 혜란은 아무렇지 않은 사무적인 얼굴로 보고를 이었다.

"이승욱에게 11명의 부원이, 서효진에게 12명의 부원이 탈락당했습니다. 강격권부 부장의 모습은 현재 보이지 않고 있습니다."

보고는 그걸로 끝났다. 혜란은 회장의 표정을 살피며 다음의 지시를 기다렸다.

"그래··· 승욱이가······."

무언가 생각하는 듯하던 승건이 혜란을 다시 올려다보았다.

"강격권부에게 도전을 한 이유는?"

"확실하게 보고가 들어오진 않았지만 맨 처음 강격권부의 부장을 만나길 원했다고 합니다."

"부장을?"

승건은 다시 침묵에 빠졌다. 혜란은 책상 옆에 꼿꼿이 서 그의 다음 말을 기다렸다.

한참이 지난 후에 승건은 슬그머니 자리에서 일어나 찻잔을 들고 창가로 다가갔다. 햇빛이 비치는 창가에 서 있던 그는 잠시 후 혜란을 손짓으로 불렀다. 혜란이 의문스러운 얼굴로 그에게로 가까이 갔다.

그 순간,

"…회장님!"

승건이 한 손으로 혜란을 끌어안았다. 등으로 안긴 자세가 되어 혜란이 이도 저도 못하고 굳은 채로 있자 승건이 그녀의 머리 위에서 낮은 웃음소리를 냈다.

"후후후… 내가 말한 적이 있었던가?"

"예, 예? 무엇을 말씀하시는 겁니까."

"그렇게 딱딱하게 말하지 않아도 괜찮다구."

창가에 찻잔을 내려놓고 나머지 한 손마저 혜란의 배 앞으로 둘러 양손을 맞잡았다. 혜란의 얼굴이 미묘하게 상기되었다.

"내 동생은 5년 전에 집을 나갔어. 아직 중학교도 들어가지 않았을 때였는데 말야. 할아버님이 계시는 곳으로 갔다는 이야기를 들었는데 그 뒤로는 한 번도 보지 못했지. 근데 그런 동생을 어제 입학식에서 본 거야."

혜란은 약간 들뜬 것도 같은 승건의 목소리를 조용한 숨소리로 경청하고 있었다.

"정말 놀랐지. 오랜만에 본 동생은 이제 완전히 어른이 되어 있었으니까. 이제 예전처럼 머리도 쓰다듬을 수 없을 정도로 녀석은 훌쩍 성장해 있었어."

그녀를 안은 두 팔에 힘이 들어간다. 등을 통해 전해오는 그의 온기와 고동 소리를 느끼며 혜란은 작게 입을 열었다.

"어제……."

"응?"

조심조심 말을 잇는다.

"어제… 회장님께서 많이 기뻐하신 것 같았습니다, 평소보다."

"그래? 그렇게 티가 난 건가."

귓가를 간질이듯 낮게 웃는 승건.

"아마 그 녀석, 성장한 건 몸만이 아니겠지. 그러기 위해서 집을 나간 거니까. 분명히 실력도 부쩍 늘어서 돌아왔을 거야. 그래서… 난 다시 깨달은 거지."

"무엇을 말입니까……?"

승건은 다시 한차례 웃음소리만 남기고는 입을 다물었다. 가만히 그녀의 어깨에 얼굴을 묻고 이야기한다. 그녀의 얼굴이 조금 전보다 더욱 붉어졌다.

"이길 거야, 분명히. 강격권부 녀석들에게 질 녀석이 아냐."

부웅…….

쇠사슬이 공기를 가르는 소리가 먼 곳에서 들리듯 귀를 스친다. 오른손을 밑으로 하여 목도를 쥐고, 기울여 꼿꼿이 세워 그 끝이 상대의 머리 높이까지 올라오게 한다. 그 자세에서 승욱은 상대를 찬찬히 관찰했다.

'승술'이라는 건 말 그대로 '줄'을 이용한 무술이다. 적당한 길이의 줄을 이용하여 공격하고 방어한다. 줄이라는 건 그 특성상 늘어나고 줄어드는 게 자유자재이기 때문에 다루는 사람의 능력에 따라 리치도 변화무쌍하다. 하지만 역시 한 방의 치명타를 노리는 것은 무리이기에 대부분의 승술은 전투 불능의 상태, 예를 들어 '포박' 같은 상태로 만드는 것을 목적으로 한다.

―라는 것이 일반론.

그러나 지금 같은 경우는 들어본 적이 없었다.

'쇠사슬을 이용한 승술이라······.'

철승술이라고 밝힌 상대의 무술은 '쇠사슬'을 '줄' 대신 사용하는 승술. 분명히 원리나 방식은 같겠지만 그 파괴력이 다르다. 쇠사슬이라면 일격 또한 노릴 수 있다. 그는 조심해야 한다는 주의를 스스로에게 던지며 목도를 천천히 '목' 높이로 맞추었다.

그 순간 날카롭게 쇠사슬이 날아왔다.

촤악—!

매섭게 땅을 긁고 도로 주인의 손 안으로 사라졌다.

"한눈 팔면 끝이라구. 좀 더 재미있게 해줘야 할 거 아냐."

봐줬다는 듯이 이죽거린다. 승욱은 쇠사슬이 긁고 간 자리를 살폈다. 흙바닥이 깊게 파여 있다. 추측이 틀리지 않았다는 증거였다.

하지만,

승욱이 한 발자국 내디뎠다. 쇠사슬이 공기를 찢으며 승욱의 머리를 내려쳤다. 디딘 발에 힘을 주어 옆으로 궤도를 바꾸어 목도로 찌른다!

동시에 태민의 팔이 잽싸게 방어했다.

지잉—

쇠를 친 느낌과 함께 승욱은 목도를 거뒀다. 이것도 예상한 결과다.

"아쉽게 됐구만 그래. 모처럼 노렸는데 말이지."

거둬들인 쇠사슬을 빙글빙글 돌리면서 재수없는 웃음을 짓는다. 승욱은 전혀 동요하지 않는 얼굴로 다시 자세를 취했다.

"궁금한 게 있는데 말야."

싸울 생각은 하지 않고 상대가 여유있게 물어왔다. 답하지 않고 도전적인 눈빛을 상태를 향해 보낸다. 그는 히죽대는 웃음을 지우지 않으며 쇠사슬을 양손에 감아쥐었다.

"그 목도, 이 쇠사슬을 쳐냈는데도 어째서 멀쩡한 거지?"

꿈틀.

승욱의 눈썹이 살짝 떨리며,

"알 거 없어."

그의 몸이 폭발적으로 전진했다.

목도를 똑바로 찔러 넣는다. 상대의 팔이 교묘하게 움직여 쇠사슬이 목도를 중심으로 원을 만들었다. 위험하다! 쇠사슬을 조이기 직전에 목도를 빼내어 허리 밑으로 내려서,

올려 벤다!

목도 끝이 상대의 머리카락을 스치고 지나갔다.

"우와앗!"

단숨에 거리를 벌리며 남자가 쇠사슬을 뿌렸다. 날카롭게 허공을 찢으며 어깨를 노리고 날아오는 쇠사슬을 목도를 비스듬히 눕혀 땅으로 떨궜다. 그 틈을 타 다시 돌진, 왼쪽 밑에서 목도를 찔렀다.

다른 손의 쇠사슬이 목도를 강하게 쳐냈다. 그와 동시에 뻗은 쇠사슬이 다시 회수되고 승욱은 급히 머리를 피했다.

"호오, 알아채다니."

땅을 친 쇠사슬을 거두며 뒤에서부터 쇠사슬이 덮치게 한 것이다.

승욱은 쉬지 않고 상대에게 바짝 붙었다.

목도를 눕혀 가로로 베자 능숙하게 피해낸다. 한 발 내딛고, 허리에 힘을 넣어 목도의 궤도를 바꿨다. 빈 옆구리를 노리며 목도가 달려들자 태민의 왼손에 감긴 쇠사슬이 목도를 긁으며 지나갔다.

동시에 오른손의 쇠사슬이 날아들었다.

핏—

쇠사슬이 스쳐 간 뺨에 붉은 선이 그어지며 피가 흘렀다.

피를 닦을 새도 없이 승욱이 다시 한 번 머리를 젖혀 쇠사슬을 피해 냈다. 땅을 친 쇠사슬이 몸 옆을 스쳐 가는 순간,

캉!

목도로 쇠사슬을 때렸다.

"엇!"

상대가 쇠사슬 제어에 허둥댈 때 단숨에 파고들어 목도를 명치에 찔러 넣었다.

푹!

거기서 멈추지 않고 목도를 회수, 그대로 가슴을 그었다.

가슴 중앙으로 일자 선이 그어지는 환상과 함께 태민의 입에서 위액이 튀어나왔다.

가슴을 베고 지나가 그의 뒤편에서 돌아선다. 승욱의 눈빛은 아직 식지 않고 있었다.

"설마……."

믿을 수 없다는 듯이 중얼거렸다. 목도로 베는 맛, 그것은 살갗이 아닌 다른 것이었다. 예를 들자면, 그래, 저 녀석이 들고 있는 쇠사슬 같은.

한껏 구역질 같은 신음을 하고 난 후 태민은 입가를 닦으며 돌아섰다.

"그래도 충격이 대단한걸, 이거."

그는 대충 걸치고 있던 교복의 상의를 벗어 던져 버렸다. 가슴을 두드리자 쇠가 부딪치는 기분 나쁜 소리가 들려왔다.

"난 언제나 쇠사슬을 두르고 다니거든, 수련 삼아."

서둘러 교복을 주워가는 부하들을 힐끔 보고 태민은 다시 승욱을 노려보았다. 한순간이지만 완전히 움직임을 놓쳤다. 3학년인 주제에 1학년에게 당하면 폼이 안 나지.

"자아, 다시 해볼까?"

그가 다시 쇠사슬을 뿌렸다.

5미터 앞에 있던 승욱의 발을 노리고 쇠사슬이 허공을 할퀴었다. 승욱이 급히 옆으로 이동하며 쇠사슬을 피해내는 순간 태민의 손이 쇠사슬을 한차례 흔들었다. 바닥을 치고 튀어 오른 쇠사슬의 끝이 승욱의 손등을 치고 달아났다.

금방 붉은 피가 배어 나왔다.

크게 다치진 않았다. 전력에는 이상없어.

승욱은 냉정히 분석하고 다시 쇠사슬의 사정 거리로 뛰어들었다.

거둬들인 쇠사슬의 길이를 반으로 줄여 달려드는 승욱을 향해 후려쳤다. 그가 어깨를 내리며 슬쩍 피해내면서 한 발자국 더 가까이 다가왔다. 다른 손의 쇠사슬을 뿌려 견제하는 동시에 다른 쇠사슬을 한 바퀴 돌려 내려쳤다.

승욱이 옆으로 빙글 돌며 쇠사슬을 또다시 피했다. 제법인데, 점점.

감탄하는 사이 승욱의 목도가 공중에서 베어져 내려왔다. 뒤로 물러서며 쇠사슬로 목도를 쳐내고 한 바퀴 돌며 쇠사슬을 던졌다.

촤르륵!

쇠사슬이 단숨에 날아가 목도에 감겼다. 그 찰나에 힘을 주어 목도를 잡아당긴다!

승욱이 먼저 앞으로 쇄도하며 목도에 감긴 쇠사슬을 떨치려 힘을 넣었다. 태민의 몸이 그의 눈앞에서 사라진 것이 바로 그 순간.

다음 순간, 허공에서부터 쇠사슬이 떨어져 내려 순식간에 승욱의 몸을 휘감아 돌았다.

'당했다!'

생각보다 본능으로 몸이 먼저 반응했다.

목도에서 손을 놓았다. 태민의 눈이 커지고 목도는 쇠사슬에 묶여 태민에게로 날아가려 했다. 재빨리 몸을 숙여 쇠사슬의 궤도에서 벗어나서 밖으로 빠져나왔다. 그 약간의 찰나 동안 목도를 확인했다. 검은 것이 튀어나오려 하고 있다.

위험해.

허리를 펴자마자 손을 뻗어 목도를 잡았다.

"……!"

예상하지 못한 행동에 태민이 미처 아무 반응도 하지 못할 사이에 그의 목도가 목덜미를 후려갈겼다.

"큭!"

낮은 비명과 함께 그가 즉시 뒤로 굴러 떨어지며 거리를 벌렸다.

승욱은 곧바로 쫓아가지 못하고 그것을 바라보며 목도 안의 '칼'을 잠재웠다. 잠시 몸에서 떨어진 것만으로도 잠들어 있던 사령들이 들끓고 있었다. 그것을 제어하기 위하여 전신의 기를 손에 모아 억눌렀다.

잠시 후 '칼의 기운'이 잠잠해지고 원상태로 돌아왔다.

그 즈음 상대도 몸을 일으키고 있었다.

"젠장… 스스로 목도를 놓아버리다니, 생각도 못한 방법이군."

승욱은 찢어진 상처에서 흘러내리는 피는 대충 털어버리고 다시 제대로 목도를 쥐었다. 화끈거리는 상처는 신경도 쓰지 않고 똑바로 목도를 세워 상대를 겨눈다.

얻어맞은 목덜미를 손을 매만지며 태민은 다시 쇠사슬을 빙글빙글 돌렸다. 승욱의 자세가 지금까지보다 더욱 진지해진 듯하자 그의 입가에 즐거운 듯한 미소가 걸린다.

"각오를 다시 했나보지?"

승우은 답하지 않았다. 그 대신 마음으로 혼잣말.

'서둘러야겠군.'

그가 신경 쓰고 있는 건 눈앞의 상대가 아니었다.

그 어깨 너머로 보이는 효진이었다.

싸우는 도중에 힐끔힐끔 살핀 바로 아직 저쪽은 싸움이라 할 만한 것들이 오고 가지 않았다. 그런데도 승욱에게는 왠지 모르게 느낌이 전해졌다. 지금의 효진은 평범한 상태가 아니다. 어딘지 모르게 '엇나가' 있다.

자신의 일도, 그리고 효진의 일도 모두 계산해서라도 이 싸움은 빨리 끝내야 한다.

굳게 다짐하며 목도를 쥔 손에 힘을 준다.

"자자, 다시 놀아보자구!"

태민의 손에서 쇠사슬이 날아왔다. 목도를 들어 쇠사슬을 쳐내고 한 발 내딛는다.

그 순간 태민의 모습이 크게 확대됐다.

쇠사슬을 흔들며 태민이 돌진해 들어왔다.

"⋯⋯!"

옆으로 피하며 목도를 휘둘렀다. 기분 나쁜, 쇠를 긁는 느낌과 함께 목도가 도로 퉁겨 나왔다. 물러서지 않고 발을 움직여 앞으로 나섰다. 목도를 내려찍자마자 땅바닥에 흩어져 있던 쇠사슬이 용수철처럼 튀어

올라 뺨을 때렸다.

또 하나의 생채기가 터지고, 승욱은 주춤거리다 한 발자국 앞으로 뛰어들어 갔다.

눈앞에 쇠사슬이 나타났다.

순간 목도를 잡은 손을 뒤로 꺾어 손잡이 끝으로 쇠사슬을 쳐 올렸다. 그사이 다시 다리에 힘을 넣어 앞으로 전진해 완전히 목도의 사정거리 안으로 태민을 끌어들였다.

들린 쇠사슬을 통째로 안으며 검을 위에서 아래로 내려찍었다!

쇠사슬이 목도에 걸려 주인의 머리로 찍힌다. 쇠사슬이 반항도 하지 못하고 끊어져 나간다.

"칵……!"

쇠사슬을 뿌린 손조차 거두지 못하고 태민의 눈이 흰자위를 드러냈다. 몇 초 동안 선 채로 부들부들 떨던 그는 입에서 거품을 쏟아내며 옆으로 쓰러졌다.

"태, 태민 형이!"

"부부장이 쓰러졌다!"

남아 있던 부원들이 소리친다.

그것을 철저히 무시하고 승욱은 눈을 돌려 효진을 찾았다.

그 찰나 효진과 또 하나의 부부장, 둘의 싸움이 시작되고 있었다.

"저기는 즐겁게 놀고 있는데 우리도 놀아보자구."

능글맞게 말을 걸지만 눈앞의 소녀는 아까부터 한마디도 답하지 않고 있다. 그 기분 나쁜 묘한 침묵이 김철의 성질을 긁었다.

"씨바, 그래, 어디 한번 몸으로 대화해 보자."

190은 넘을 것 같은 거구가 성큼 다가와 공중에서부터 주먹을 내려찍었다. 무시무시한 속도로 주먹이 낙하했다.

그것을 효진은 슬쩍 옆으로 이동해 피했다.

열이 받은 김철이 레프트 훅을 시도했다. 왼쪽에서부터 공기를 가르며 펀치가 날아들었다.

그것 또한 효진은 뒤로 한 발 물러서며 피했다.

별다를 것도 없는 무리없는 움직임.

"죽일, 이년이! 장난치냐!"

너무나 무성의한 움직임에 김철은 교복부터 벗었다. 우락부락한 근육이 붙은 팔이 드러나자 주위에서 '호오~' 하는 성원이 일어났다. 그 성원에 화답하듯 손을 들어 보이고 김철은 다시 효진을 내려다보았다.

그 자리에는 아무도 없었다.

'에?' 라고 표정을 만들 새도 없었다.

그 자리에 아무것도 없다고 인지한 순간 그의 몸은 뒤에서 폭발한 충격에 허공을 날아 벽에 머리부터 박았다.

머리가 깨지고 그 피가 벽을 더럽혔다. 위에서부터 아래로 핏빛 굵은 선이 그어지며 또 하나의 부부장은 맥없이 실신했다.

옆차기 자세에서 발을 거둔 효진.

그녀의 모습은 한없이 차가운, 너무나 조용하여 무서운 태풍 전야의 모습을 그대로 간직하고 있었다.

아무도 움직이지 못하는 그곳에서 승욱이 천천히 그녀에게로 다가갔다.

등 뒤에서 발자국 소리가 들리자 효진의 주먹이 꿈틀댔다. 잠깐 발을 멈춘 승욱은 세 발자국 뒤에서 말을 걸었다.

"이쪽을 봐."

단단히 장갑을 낀 그녀의 주먹이 파르르 떨리며 그녀의 몸이 천천히 승욱을 향했다.

외관은 변한 게 없었다. 단정히 교복을 차려입은 긴 머리의 소녀. 그러나 승욱은 그녀의 눈을 들여다보고 느꼈다.

어딘지 장난스럽고 활기찬 검은 눈동자가 사라져 있다.

그곳에 있는 것은 한없이 차가워 위험한, 냉정한 늑대의 눈빛이었다. 금방이라도 달려들어 한 번에 물어 죽일 것 같은 차가운 투쟁 본능이 내재된 눈동자였다.

승욱은 침을 꿀꺽 삼키고 한 발자국 다가갔다.

"가, 가까이 오지 말아요."

가까스로 제어한 듯이 억눌린 목소리로 효진이 말했다.

"지금의 나, 난 위험해요. 더 이상 가까이 오지 마요."

바라보는 것만으로도 얼어붙을 것같이 차가웠다. 그녀에게서 알 수 없는 냉기가 흘러드는 듯한 느낌이었다.

그렇게나 밝고 따뜻한 느낌의 그녀였다.

그런데 어째서 지금은 이렇게 차갑고 격렬한 느낌인 것일까.

승욱은 물러서지 않고 효진을 똑바로 직시했다.

"내가 어떻게 하면 되지?"

효진은 아주 천천히 눈동자를 움직여 주위의 강격권부 부원들을 가리켰다.

"저 사람들을 전부 내가 보이지 않는 곳으로 보내요."

승욱도 그들을 둘러보았다. 동료를 십수 명이나 때려눕히고, 이젠 부부장 두 명까지 쓰러뜨린 두 명이었기에 그들은 아무것도 하지 못하고 있었다. 그들에게 승욱은 소리쳤다.

"들었지? 얼른 전부 꺼져."

그의 말이 떨어지기가 무섭게 움직일 수 있는 녀석들은 얼른 자리를 뜨기 시작했다. 효진은 차가운 시선으로 그들의 뒷모습을 쫓고 있었다.

승욱의 눈에는 그 모습이 도망가는 먹이를 쫓고 싶은 욕망을 애써 억누르고 있는 맹수같이 보였다.

"놀고 자빠졌구만, 개자식들이!"

그때, 굵직한 목소리가 도망가는 자들의 발길을 단숨에 멈추게 했다.

효진의 주먹이 꿈틀하는 모습을 목격하고 승욱은 새롭게 등장한 남자를 확인했다.

'설마.'

순간적으로 스쳐 지나가는 생각. 승욱은 현재 시각을 대충 가늠했다. 식당으로 가 점심을 먹고 양호실을 거쳐 여기까지 와 싸움을 벌인 그 모든 시간을 더해 계산하자, 지금은 아마 점심 시간이 끝날 즈음.

저쪽에서 쓰러져 있는 부부장 녀석이 말했었다. 강격권부의 부장은 점심 시간이 끝날 때나 되어야 등교를 한다고.

"무슨 개지랄이냐, 이건!"

키는 방금 쓰러진 키 큰 부부장보다 더 크다. 2미터는 가뿐히 넘을 것 같은 키에, 교복 밖으로 표시가 날 만큼 온몸에 근육이 들어차 있다. 덕분에 그의 몸은 승건의 두 배는 될 것 같은 거구였다.

5밀리미터도 안 될 것같이 짧게 깎은 머리를 문지르며 그가 움직이지도 못하고 벌벌 떨고 있던 부원의 멱살을 잡아 들어 올렸다. 그것도 한 팔로 가볍게.

"무슨 일이냐? 잘 알아먹게 간단하고 쉽게 설명해라."

"저, 저 두 명이 우리 부로 쳐들어왔습니다!"

겁에 질린 표정으로 잡힌 남자가 손가락으로 승욱과 효진을 가리켰다. 부장으로 추정되는 그는 잡힌 남자를 던져 버리고(말 그대로 던졌다) 효진과 승욱을 아니꼽게 쳐다봤다.

승욱이 머리 속으로 부장에 대한 이야기를 떠올리고 있을 때 효진이 작은 목소리로 말했다.

"…더는 못 참겠어요."

낮아진 목소리에서 그는 더욱 진하게 풍겨오는 냄새를 맡았다.

|다섯| 다시 대결하는 두 사람의 장(章)

Burning fist

다시 대결하는 두 사람의 장(章)

그 운명을 타고난 아이는
두 가지의 길을 걷는대요. 쉽게 안분해서 하나는 성공의 길
그리고 또 하나는

성큼성큼 효진을 향해 다가오는 부장은 거의 산이었다. 효진의 머리는 그의 가슴 정도에도 겨우 닿는다. 검게 그림자가 져 효진의 작은 몸을 완전히 다 가려 버렸다.

그 그늘 속에서 효진의 큰 눈이 차갑게 사내를 올려보았다.

"…그 눈빛이 무시무시하게 맘에 안 드는데. 찌그러져 주지 않겠냐. 여자한테는 볼일없어."

무시하는 투로 효진을 무시하고 지나친다. 거구의 몸이 향하는 곳은 이미 목도를 집어넣은 승욱이었다.

"죽기 전에 남길 말은?"

사내의 머리 속에는 이미 모든 결정이 내려져 있었다.

승욱은 가만히 그를 쳐다보다가 입을 열었다.

"뒤."

짧은 한마디가 끝나는 순간.

퍽!

묵직한 타격음이 그의 등에서 터졌다.

그러나 거구의 몸은 잠시 꿈틀 떨렸다. 정말 단지 그 정도였다.

그는 매우 기분이 나빠진 얼굴로 천천히 뒤로 돌아섰다. 좀 전의 소녀가 자신을 걷어찼다고 추측되는 발을 땅으로 내리고 있었다.

"먼저 죽고 싶냐?"

"살인은 범죄예요."

눈썹도 별로 남지 않은 눈두덩이가 실룩거린다. 그는 두둑거리며 위협적으로 효진에게로 가까이 다가왔다.

"그럼 너부터 죽여주마."

커다란 손이 덮쳐 왔다.

효진은 뒤로 물러서며 양손으로 굵은 손을 오른쪽으로 쳐냈다. 거구의 몸이 일순 휘청대다가 겨우 중심을 잡았다.

험악한 눈을 크게 뜬 사내.

"뭐냐, 방금 그 힘은."

확인하려는 듯 또 다른 손이 효진을 덮쳤다. 효진은 제어하던 '힘'을 살짝 풀어 고개를 숙이며 팔뚝을 향해 주먹을 날렸다.

"윽!"

제대로 얻어맞은 팔을 잡으며 남자가 휘둥그레진 눈을 효진에게 보냈다.

"씨바, 너, 정체가 뭐냐."

효진은 양손을 단단히 쥐고, 마치 복서의 자세처럼 턱까지 들어 올렸다. 도전적인 눈빛이 단숨에 사내의 두 눈으로 쏟아져 들어왔다. 혀로 입술을 한 번 핥고 그는 매우 즐거운 듯한 미소를 지으며 교복 상의를 벗었다.

그나마 교복에 가려져 있던 울퉁불퉁한 근육이 드러났다. 셔츠만으로는 도저히 숨길 수가 없는 근육들에 남아 있던 강격권부 똘마니들이 공포에 잠긴 낮은 비명을 질러댔다.

교복은 저쪽으로 집어 던지고 그는 천천히 관절들을 풀기 시작했다. 손가락, 팔, 목 할 거 없이 움직일 때마다 뼈 부러지는 소리가 들려왔다.

그러나 효진의 표정은 여전히 차가웠다.

"강격권이란 건 말이지, 이 내가 만든 무술이다."

엄지로 근육이 들어찬 가슴을 가리키며 그가 의기양양 지껄였다.

"강격권의 기본은 '힘'이지. 무술은 자고로 힘이거든."

그 말과 동시에 허름한 부실 건물에 주먹을 날렸다.

쾅!

그야말로 폭탄이 터지는 듯한 굉음이 울렸다. 다른 부원들이 찔끔 눈을 감았다가 떴을 때는 주먹을 중심으로 벽에 금이 쩌저적 가 있었다.

벽에서 주먹을 떼고 묻은 먼지를 훅 불어 날리면서 그 눈이 효진을 향했다.

"그런데도 나에게 힘으로 덤비겠단 거냐? 여자 주제에?"

"……."

조용하다. 효진은 입을 열지 않고 그 자세 그대로 사내를 직시하고 있었다. 그 눈빛에는 일말의 망설임은커녕 본능적인 투쟁 욕구만이 차올라 있었다.

그것을 느낀 건지 아닌지,

"좋아, 아주 좋아. 살다 보니 이런 우스운 일도 생기는구만."

천천히 걸어가 그녀의 세 발 앞에 선다.

"강격권부 부장, 3학년 강격권의 박장수다. 네년은?"

"1학년, 무형류의 서효진이에요."

"시작하기 전에 하나 물어보지. 이 자식도 네가 해치운 거냐?"

박장수의 굵은 손가락이 가리킨 것은 벽에 붉은 선을 남기고 실신해 있는 키 큰 남자였다. 효진 쪽에서는 그의 이름이 뭔지 기억도 나지 않았지만 우선 사실대로 고개를 끄덕였다.

"이 자식을 쓰러뜨렸다라……. 제법인데? 맘에 들어."

호전적인 웃음을 지으며 그가 팔을 휙휙 돌리며 말했다.

"제대로 안 하면 정말 죽을 수도 있다. 강격권부 부장은 그리 호락호락하지 않아."

양 주먹을 들고 부장은 씨익 미소를 지었다.

"웃샤아!"

두꺼운 주먹이 허공을 갈랐다.

가볍게 스텝을 밟으면 옆으로 피한 효진은 뒷발에 힘을 주며 단숨에 앞으로 쏘아져 나갔다. 가뿐히 그의 품 안으로 침입해 팔이 들린 빈 옆구리에 발차기를 꽂아 넣었다.

그 순간 발이 두터운 근육에 퉁겨져 나왔다.

허물어지는 자세를 추스르며 다시 밖으로 빠져나오자 그가 방금 걸어차인 옆구리를 손으로 툭툭 털었다.

"꽤 묵직하지만 아직 멀었다."

또다시 거구가 덮쳐 들었다. 묵직한 충격음과 함께 거대한 주먹이 공기를 갈랐다. 옆으로 슬쩍 펀치를 흘리자 곧 이어 라이트 펀치가 날아들었다. 허리를 숙여 피하며 효진은 머리 속으로 '힘'을 계산했다.

결정하자마자 움직임을 멈춘다.

날아오는 주먹에 팔을 감았다. 두터운 기둥이라도 붙잡은 듯한 단단함을 느끼며 단숨에 박차고 뛰어올라 발끝으로 상대의 턱을 갈겼다. 경쾌한 타격음과 함께 그의 얼굴이 순간 하늘을 향했다. 그사이 완전히 몸을 띄워 팔을 감은 양손에 지금까지 주지 않은 힘을 모아 터뜨려 비튼다!

우두둑!

팔꿈치 관절을 한 바퀴 비틀며 효진의 몸이 빙글 돌아 땅바닥에 안착했다.

"으, 으, 으허, 으허……!"

차마 예상도 하지 못한 장면에 박장수는 힘없이 굽어져 있는 팔을 붙잡아 아픔과 황당함이 뒤섞인 얼굴로 신음했다.

타닥.

효진이 신중하게 재빨리 거리를 벌렸다.

두 발 앞에서 오른발을 앞으로 내민 채 자세를 잡고 감추고 있던 힘의 일부를 또다시 꺼냈다.

쏜살같이 앞으로 쏘아져 나간다. 오른발에 힘을 넣어 왼발을 앞으로 디딘다. 디딘 왼발로 체중이 이동하고, 왼발을 축으로 몸이 시계 방향으로 회전했다. 그와 함께 아래에서부터 앞으로 오른발이 들려—

찬다!

쾅—!

장수는 자신의 가슴에서 폭탄이 터졌다고 생각했다.

그것을 인지했을 때 그의 몸은 허공을 날아 몇 미터 뒤의 부 건물 벽과 충돌했다.

쿵!

굉음이 일었다. 그곳에서 급히 대피한 부원들은 먼지가 걷히길 기다리며 그곳을 주시했다. 이윽고 먼지가 걷히자 그곳에 나타난 것은 움푹 패인 벽과 그 아래에서 미동도 하지 않고 쓰러진 그들의 부장이었다.

그 눈길들이 천천히 움직여 부장을 날려 버린 소녀에게로 모아졌다.

뒤차기 자세에서 조용히 발을 내려 그녀는 고요한 바람과 같이 땅에 섰다. 그 모습에서 정신을 차리고 있는 부원들은 '절망'을 느꼈다

탁······.

효진이 먼저 걸음을 옮겼다. 부원들이 흠칫하고 놀라든 말든 그녀는 한 걸음 한 걸음 조심스럽게 걸어가 승욱의 옆으로 다가갔다.

그의 옆에서 작은 목소리로,

"가요."

짧게 던지고 먼저 걸어간다. 승욱은 그녀의 뒤를 조용히 따랐다.

남겨진 부원들은 처절하게 널린 시체(?)들의 처리를 고뇌하며 사라져 가는 두 사람의 모습을 하염없이 쳐다볼 뿐이었다.

이 날, 강격권부는 80퍼센트 와해되었다.

얼마쯤 걸어오자 인적이 뜸한 공터가 나왔다. 부지가 넓은 백두고는 여기저기 건물 지을 터를 닦아놓고 있는데, 아마도 그중 하나가 아닐까 하는 생각을 하고 있을 즈음 승욱은 효진이 문득 발길을 멈췄다는 사실을 깨달았다.

덩달아 걸음을 멈추고 기다렸다. 그녀는 아무 말도 하지 않고 가만히 서 있다가 뒤돌아섰다.

그 모습은 아직도 예전 그녀의 모습으로 돌아오지 못한 상태였다.

차가운 눈빛을 마주한 채 승욱은 깊게 숨을 몰아쉬었다.

"괜찮냐."

"…부탁이 하나 있어요."

"그전에 하나 물어도 될까."

자신의 말을 제치고 들어오는 승욱의 말에 그녀는 작게 끄덕였다.

"지금의 넌……."

물으려고 하다가 질문을 도로 삼켰다.

눈앞에 있는 사람은 분명히 그녀였다. 아무리 느낌이 다르고, 갑자기 그 존재감이 달라졌다고 한들 이 소녀는 그가 세를 빌려 살게 된 집의 주인이자 동급생, 그리고 무형류를 수련하는 학생이다.

지금 내가 물으려고 하는 것이 과연 올바른 '의미'를 가진 물음인가.

그러나 승욱은 물어야 했다.

"대체 뭐지?"

효진은 고요하게 타오르는 눈빛을 한 채 느리게 입을 열었다.

"서, 설명은 나중에 할게요. 우선은 부탁을 들어주면 안 될까요."

가늘게 떨리고 있다. 그 목소리에서 간절함 그 이상의 무언가가 느껴졌다. 승욱은 목소리와 함께 간헐적으로 꿈틀대고 있는 효진의 양주먹을 눈치 채고 다시 깊은 심호흡을 했다.

"무슨 부탁이냐."

"나와 싸워주길 바래요."

승욱은 전신을 긴장시키며 되물었다.

"대무?"

"전같이 '평소'처럼의 싸움은 안 돼요. 승욱 씨에게는 미안한 말이지만, 칼의 힘을 끌어내서 백 퍼센트로 싸워주세요."

"…그 말은 좀 전까지의 싸움에서 넌 백 퍼센트가 아니었단 말이냐."

효진의 얼굴에 어둠이 끼었다.

"지금 이 '상태'에서 백 퍼센트의 힘을 사용하면… 저 사람들은 살아남지 못해요."

자조적인 얼굴로 효진은 다시 강하게 말했다.

"부탁이에요. 지금의 날 말릴 수 있는 건 승욱 씨밖에 없어요. 백 퍼센트의 힘을 쏟아 부어 싸우고 나서야 지금의 이 '상태'가 사라져요. 칼의 힘을 쓰고 나서 어떤 부작용이 오는지는 알고 있지만… 부탁이에요. 날 도와줘요."

그녀의 말은 지금까지와는 다른, 간절한 소원을 담고 있었다. 승욱은 앞에 서 있는 소녀에 대한 생각을 다시 하게 되었다. 이 소녀에게도 나름대로의 아픔이 있고, 그 아픔을 견뎌내면서 그렇게도 밝게 생활하고 있는 것이다. 아무 아픔도, 슬픔도 모르는 소녀가 아니었다.

그런 생각이 들자 승욱은 예전에 그녀가 해준 말을 떠올렸다.

인간 관계에서 가장 중요한 건 서로에 대한 존경과 배려라고 했던가.

지금의 이 상황도 마찬가지인 거겠지.

결론이 나기까지 그리 오랜 시간은 필요치 않았다.

"좋아."

"…고마워요."

겨우 자제하는 목소리로 대답하고 효진은 한 손을 가슴에 댔다. 고요한 눈빛이 승욱을 쳐다본다. 그 눈빛에 똑바로 답하며 승욱은 목도를 꺼내 들었다.

"조금 떨어져 있어."

그의 말대로 효진은 그에게서 거리를 벌렸다. 둘의 사이가 10미터 정도까지 벌어졌을 즈음에 효진이 돌아섰다.

스읏─

효진의 목덜미로 알 수 없는 한기가 스쳐 지나갔다. 움찔, 몸을 떨며 턱으로 떨어지는 식은땀을 손등으로 훔친다.

하늘을 향해 똑바로 선 승욱의 목도에서 천천히 검은 기운이 흘러나오기 시작했다. 두 눈을 감고 신중하게 정신을 집중하고 있는 그의 팔을 타고 그것은 전신으로 퍼져 나갔다.

이윽고 그의 온몸에서 검은 기운이 일렁였다. 자욱하게 그의 몸을 둘러싼 검은 것에 그의 모습이 흐릿할 지경이었다.

효진은 그에게서 눈을 떼지 않으며, 불쑥불쑥 튀어나오는 전투 본능을 억누르며 그의 준비를 기다렸다.

스스스……

검은 안개가 사라져 갔다. 느릿하게 그의 몸을 떠돌다가 마치 그의 안으로 스며들듯 마침내 검은 안개는 깨끗이 사라졌다.

그때 효진은 눈치를 챘다. 승욱의 오른쪽 뺨에 어제와 같은 선혈이 흐르고 있었다. 저것이 칼의 힘을 사용한 '부작용'……

"지금은 충분히 시간을 들여 힘을 흡수했어. 어제처럼은 되지 않아."

그녀의 생각을 읽기라도 한 듯 그는 가볍게 말을 던지며 그녀를 안심시켰다. 그녀는 작게 주억대고 물었다.

"괜찮겠어요?"

"길게는 못해. 길어도 십 분가량이다."

"그 정도라도 고마워요."

둘은 자신의 자세를 잡았다. 승욱은 양손으로 단단히 목도를 잡고 손잡이를 머리 높이까지 들어 올려 눕한다. 그 끝이 정확하게 효진을 노리고 있다. 효진은 왼손은 허리 정도로 내리고 오른손은 가슴께로 들어 올린 채 옆으로 돌아섰다.

조용하게 타오르는 눈빛으로 효진은 말한다.

"십 분 동안, 전부 불타게 해줘요."

"…물론."

대답과 함께 승욱의 모습이 눈앞에서 사라졌다. 효진은 일순간에 잠자고 있던 모든 '힘'을 깨웠다.

인기척. 승욱이 등 뒤에 나타났다. 측면에서 날아오는 목도를 피하며 허리를 숙여 다리를 노렸다. 예상했단 듯이 승욱이 점프하여 그녀의 공격을 피해냈다. 동시에 날아간 목도가 궤도를 바꾸어 허공에서 떨어졌다.

옆으로 굴러 회피, 단번에 일어나 용수철처럼 튀어 오른다.

주먹을 찔러 넣자 그의 목도가 옆에서 손을 쳐냈다. 한 발 나서며 단숨에 품으로 파고들어 팔꿈치를 휘어 쳤다.

뒤로 물러서며 목도가 그녀의 머리를 노렸다.

'……!'

양손을 머리 위에서 교차했다. 양팔의 사이로 목도가 정확히 떨어지고, 한순간 호흡을 멈추고 기를 터뜨렸다.

목도가 공중에서 멈춘다. 그 틈을 타 목도날을 타고 미끄러져 가슴팍으로 돌진하여 정권을 날렸다.

퍽!

제대로 일격을 얻어맞고 승욱의 몸이 허공을 날았다. 가볍게 5미터는 날아가 땅바닥을 뒹굴었다. 그 와중에도 손에서 목도는 절대 놓지 않는다.

"……후우."

아직이라고 생각하며 효진은 다시 자세를 잡았다. 생각했던 대로 승욱은 느릿하게 일어섰다.

"'보통' 상태로 얻어맞았다면 갈비뼈가 남아나질 않겠군."

처참한 말과 달리 어조는 담담하다. '지금'의 그에게 이 정도의 파워는 통하지 않는다는 뜻이었다.

효진은 차라리 안심했다. 해치울 요량으로 하는 것도 아니니까. 깨어난 '힘'을 모두 소비하고 예정대로 탈진하여 쓰러지면 이 대무는 끝이다.

승욱이 자세를 잡았다.

"이쪽에서 갑니다."

이번엔 효진의 모습이 사라졌다. 승욱은 냉정하게 오각을 곤두세웠다. 바닥을 차는 소리가 사방에서 들려온다. 그와 함께 찢어져 비명을 지르는 공기의 소리도 촉각을 두들겼다. 눈을 부릅뜨고 청각에, 촉각에 신경을 기울인다.

잡았다!

감지되는 찰나 좌측 전방으로 목도를 베었다. 전광보다 빠른 속도로 벤 목도 끝에서 느낌이 일었다.

그 순간 승욱은 등 뒤에서 서늘한 기운을 받았다. 목도 끝에 걸린 천 조각이 눈에 들어온다.

위험하다!

즉시 다리를 구부리며 목도를 뒤로 뽑았다. 무언가가 목도를 막자마자 몸을 회전하며 아래에서 위로 그어 올린다. 하얀 목도의 선이 대각선으로 빛났다.

차아악!

그 하얀 선에 걸린 교복의 천이 예리하게 잘려 나갔다.

몇 발자국 물러서서 잘린 교복을 살핀다.

"……."

말없이 교복을 내려다보고 있는 그녀에게 승욱은 한마디해야 한다는 의무감을 강하게 느꼈다.

"미안."

"…괜찮아요."

말과는 다르게 눈에 띄게 의기소침한 표정으로 교복을 벗어 한쪽에 고이 개켜두었다. 흙바닥에 놔두긴 그런지 저쪽 공사 도구들이 쌓인 곳에 올려놓고 다시 돌아온 그녀의 표정은 어쩐지 이전보다 더 전투적으로 변해 있었다.

승욱은 침을 꿀꺽 삼키고 양손에 더욱 단단히 힘을 주었다. 칼에서 맴돌던 사령의 기운이 손을 타고 전신으로 퍼져 잠자던 힘까지 깨워댄다. 마음껏 날뛰라고 귓전에서 속삭이고 있는 듯한 착각마저 들었다. 애써 정신을 추스르며 그 속삭임을 무시한다.

5년 전의 그날 이후로 그랬던 것처럼.

"다시 갑니다."

신중히 내뱉고 효진이 발을 굴렀다. 한순간에 날듯이 다가온 그녀의 발차기가 허공에서부터 찍어 내려왔다. 승욱은 다급히 뒤로 물러섰다.

쿵!

요란한 소리와 함께 승욱이 서 있었던 자리가 움푹 파였다. 사방으로 흙모래가 튀어 오르고 효진의 공격은 멈추지 않고 계속됐다.

튀어 오른 흙덩이가 공중에서 부유하고 있는 것조차 효진의 눈에는 슬로 모션으로 비춰졌다. 승욱의 오른발이 바닥에 닿았을 즈음 효진의 오른발이 그의 왼발을 걸어찼다. 그가 살짝 발을 들어 피하며 목도를 찔러왔다. 오른발을 내민 상태로 팔뚝으로 목도를 흘리고 오른발을 바닥에 디딤과 동시에 몸을 날렸다.

그녀의 몸이 공중에서 크게 회전하며 발차기가 허공을 갈랐다.

뺨을 찢는 풍압을 느끼며 가까스로 발차기를 피한 승욱이 목도를 잡아당겼다가 팔 근육에 팽팽히 힘을 넣었다. 그 힘을 단번에 터뜨려 목도를 세차게 찔러댄다!

슈슈슈슉!

눈을 깜빡이는 시간도 모자랄 만큼의 찰나, 네 번의 찌르기가 효진의 급소를 노렸다.

목을 노린 일격을 손으로 쳐내고, 이어서 어깨를 노린 공격을 팔꿈치와 오른손으로 막아냈다. 마지막 명치로 날아오는 목도를 몸을 틀어 피해냈다.

몸을 빙글 돌리며 목도의 옆을 지나가 수도를 승욱의 목덜미에 꽂았다. 그러나 승욱이 금방 팔을 들어 공격을 방어해 내고 되려 그녀의 수도를 잡아버렸다. 일순 무방어가 된 가슴팍을 향해 예상치 못한 발차기를 날렸다.

왼손으로 다급히 연속적인 킥을 막아내고, 발차기에 집중한 그를 떨쳐 내고 사정 거리에서 빠져나왔다. 그녀의 뺨으로 뜨거운 땀이 흘러내렸다.

"목도 공격이 아니어도 할 줄 아는군요."

"기본이지."

속으로만 피식 웃으며 승욱이 한 호흡에 그녀의 앞에 나타났다. 뺨을 스치는 목도에 화끈한 감각이 남았다. 찢어졌다. 주먹으로 목도의 옆면을 강타해 쳐내고 비어 있는 그의 가슴에 옆차기를 적중시켰다.

몇 발자국 주춤하던 그가 일순 자세를 낮춰 돌진했다. 효진이 재차 발차기를 날린 사이 그녀의 눈앞에서 그가 사라졌다.

다음 순간 그녀의 본능이 위험을 알렸다. 동물적인 감각으로 양손을 오른쪽 어깨 위로 움직였다. 내려치는 목도를 양손으로 잡은 채 힘으로 버텼다.

힘 대결이 한동안 계속됐다. 승욱은 목도를 빼내려 하고, 효진은 빠져나가는 목도를 양손으로 붙잡고 놓아주지 않았다. 칼에서 받은 사령의 힘을 쓰는 승욱과 알 수 없는 상태에서 백 퍼센트의 힘을 모두 개방한 효진의 힘은 막상막하였다.

이윽고 형세가 바뀌었다.

효진이 이를 악물고 목도를 잡은 채로 천천히 몸을 돌렸다. 목도를 잡고 있는 두 사람의 팔이 부들부들 떨렸지만 어느 쪽도 물러서지 않았다.

비틀려고, 비틀리지 않으려고 안간힘을 쓰면서 결국 효진은 반쯤 몸을 돌려 섰다.

그 자세에서 승욱의 손목을 향해 기습적으로 킥을 찼다.

"읏!"

한순간 힘이 풀린 틈에 완전히 몸을 돌린 효진이 목도를 한 손으로 잡은 채 공중으로 날아올랐다.

빠각!

날렵한 뒤돌려차기가 승욱의 턱에 명중했다.

가볍게 땅에 착지한 효진이 방심하지 않고 자세를 잡는다. 승욱은 턱을 붙잡고 비틀거리다가 겨우 바로 섰다.

이번 건 확실히 느낌이 오는데.

몇 번 턱을 움직이며 기능 이상을 확인하지만 별 이상은 보이지 않는다. 그렇다면,

"아직이야."

승부는 끝나지 않았다.

한 발 내디디며 목도를 뻗었다. 걸리는 느낌은 없다. 어느새 재빨리 옆으로 피해 있는 효진을 확인한 즉시 목도의 궤도가 옆으로 꺾인다. 목도가 허망하게 잔상을 훑고 지나갔다.

잔상이 생길 정도의 빠르긴가.

그것을 인지했을 때 승욱은 본능적으로 앞으로 굴렀다.

쿵!

공중에서부터 내리꽂은 찍기에 그가 서 있었던 자리가 폭발하듯 터져 나갔다. 좀 전의 킥보다 또다시 파워가 올라간 찍기에 승욱은 목도를 쥔 손에 땀이 흐르는 것을 느꼈다.

효진의 모습이 소리도 없이 사라졌다. 승욱은 귀를 기울였다. 얇게 땅을 차는 소리가 들려왔지만 거리를 파악할 수 없었다. 스피드가 더욱더 올라가 있다. 인간의 한계를 뛰어넘은 상태인 오감에도 그녀의 움직임이 제대로 잡히지 않았다. 필시 그녀도 이미 인간의 그릇을 뛰어넘은 상태.

이것은 속된 말로 '초인 대 초인'의 대무다. 일반적인 상식으로는 생각하기 힘들 정도의.

승욱의 그물에 경보가 울렸다. 생각 같은 것은 하기도 전에 몸이 먼

저 움직인다. 뒤로 돌며 위에서 아래로 세차게 그어 내렸다.

당했다!

땅을 파헤치며 목도가 처박혔다. 그 목도의 몸을 밟고 효진이 공중으로 뛰어올랐다. 뛴 상태로 몸을 앞으로 회전하며 강한 찍기가 회전력까지 더해 승욱의 정수리를 노렸다.

슈우욱!

파공음이 아련하게 귀를 때렸다.

처박은 목도에 힘을 준다. 두 발을 긴장시키며 두 팔의 근육을 일순간 폭발시킨다. 처박혀 있던 목도가 흙먼지와 함께 머리 위로 튀어 올랐다.

쿠웅—!

효진의 발뒤꿈치와 승욱의 목도가 정면으로 부딪쳤다. 효진의 체중과 회전력, 킥력이 하나의 파괴력이 되어 승욱의 목도를 짓밟았다. 그것은 사령의 기운을 최후까지 짜내 목도와 함께 대지에 땅을 디디고 버텨낸다.

영원 같은 시간이 지났다.

목도를 사뿐히 즈려 밟듯이 효진의 몸이 머리 위로 넘어갔다. 승욱은 즉시 목도를 세우고 그녀와 대적했다.

승욱의 세 걸음 정도 앞에 안착한 효진도 그와 마찬가지로 전혀 누그러진 기색없이 전과 같은 자세를 취했다.

그렇게 잠시간의 휴식 같은 시간이 지나갔다.

잠시 후 두 사람의 몸이 동시에 무너졌다.

"…헤에, 한계였나 보죠?"

무릎을 꿇은 채로 효진이 빙긋이 웃으며 물었다.

목도로 버티면서도 이미 한쪽 무릎은 바닥에 닿은 채로 승욱도 미소 같은 입꼬리를 만들었다.

"너도."

효진이 완전히 뻗어 아예 누워버렸다.

"고마워요. 덕분에 확실하게 전부 불태웠어요."

"헤."

대답인지 불확실한 소리를 내고 승욱도 엉덩이를 대고 주저앉았다. 목도는 착실하게 등으로 돌려놓고.

효진이 버둥거리며 힘들게 일어나 승욱과 마주 보며 앉았다.

"그거, 괜찮아요?"

그녀의 손가락이 승욱의 얼굴을 가리켰다.

"괜찮아. 이미 피는 멈췄어."

"다른 곳들은요?"

"아까도 말했지만 충분히 시간을 들여 흡수했으니까. 부작용은 여기 하나."

볼을 아무렇게나 닦으며 승욱은 담담히 말했다. 둘 다 진이 빠진 상태로 쳐다보고 있다가 효진 쪽이 '히이' 하고 바보같이 웃어버리자 승욱도 할 수 없이 옅게 미소를 지었다.

"우와, 웃었다. 방금 웃은 거 맞죠?"

"그게 왜."

"처음이니까 그렇죠. 승욱 씨처럼 안 웃는 사람도 드물 거라구요."

그다지 가시가 없이 쏘아주면서 효진은 다시 히죽하고 웃었다. 피곤한 근육들을 주무르며 승욱은 낮은 목소리로 입을 열었다.

"기분이 나쁘지 않았으니까 말야."

"응? 뭐가요?"

"너와의 싸움이."

교복 상의를 개켜놓은 곳을 보고 있던 시선을 승욱에게로 돌린다. 고요한 검은 눈동자가 자신을 쳐다보고 있었다.

"그거 영광인걸요? 처음에 싸웠을 때도 듣지 못한 말이잖아요."

"홋……."

승욱은 다시 작게 웃었다. 자기 스스로도 얼마 만에 웃어보는 건지 알 수 없는 웃음을.

효진이 자리를 털고 일어났다.

"온몸이 쑤시지만 일단 움직여요. 양호실에 가면 편하게 쉴 수 있을 테니까."

교복이 있는 방향으로 움직이는 그녀의 뒷모습을 승욱의 눈이 좇는다. 천천히 걸어가는 그녀의 말소리가 들려왔다.

"나한테 듣고 싶은 게 많을 테니까 가면서 얘기할게요."

승욱은 아무 말 하지 않고 일어나 그녀의 뒤를 따랐다.

"언제부터인지는 확실히 기억나지 않아요. 아마 철이 들었을 즈음이라고 생각해요. 어려서부터 부모님께나 친척 분들께 늘 듣고 지냈거든요. '넌 굉장한 운명을 타고났단다' 하고."

교실 건물로 이어졌을 거라고 생각되는 길을 걸으며 효진은 이야기를 시작했다. 먼 과거에서부터 들려주는 이야기에 승욱은 아무도 없는 주위를 한차례 둘러보고 말했다.

"굉장한 운명?"

"예, 네 살 정도였을 거예요. 두 살 위인 오빠가 무술을 하는 게 왠

지 멋져 보여서 혼자 집 뒤뜰에서 오빠를 따라하고 있었죠. 엉성했어
요. 정식으로 배운 것도 아니고 어깨너머로 본 걸 따라 했을 뿐이었으
니까."

그녀는 그때를 떠올리며 즐겁게 웃었다.

"근데 어느 날 그걸 어머니께 들켜 버리고 말았지 뭐예요. 지금 생
각하면 그다지 부끄러운 일도 아닌데 그땐 얼마나 부끄러웠던지. 뭔가
잘못이라도 한 듯이 말이에요. 너무 놀란 나머지 몸이 기우뚱해서 발
차기가 엉뚱한 방향으로 날아가 버렸어요. 그게 아마도… 돌하루방 같
은 석상이었을 텐데."

갸우뚱하고 잠시 기억을 떠올려 보는 효진의 옆에서 승욱은 '본가가
제주도인가' 라는 생각을 하고 있었다. 곧,

"뭐, 아무튼 잘못해서 그 석상을 뺑하고 차버리고 말았던 거예요."

착실하게 재현까지 해낸다. 이상한 자세로 발을 들고 미관을 위하여
심어놓은 가로수를 톡 걷어차는 그녀. 그리곤 곧 비명을 지르는 다리
근육에 얼굴을 찌푸리며 이야기를 잇는다.

"방금 찬 것처럼 정말 아무 힘도 없었어요. 애초에 힘 같은 게 실릴
자세도 아니었는데 어떤 일이 일어났는지 알아요?"

물음을 던지는 그녀에게 승욱은 고개를 저어 보였다. 과장되게 놀란
표정을 지으며 효진이 소리쳤다.

"글쎄, 석상이 완전히 산산조각이 나버리는 거예요!"

상기된 표정.

"어머니도 엄청 놀란 얼굴로 멍하니 바라보고 계시고, 넘어진 나도
바닥에 주저앉은 채 아무 말도 못하고 있었어요. 곧 어머니가 정신을
차리고 날 일으킨 채 말해 주셨어요. '이 일은 엄마가 좋다고 할 때까

지 절대 아무에게도 말하면 안 돼 라고. 그리고 난 그 다음 날부터 오빠와 같이 무술 수련을 하게 됐어요."

그들의 앞으로 차츰 교실 건물이 보이기 시작했다. 승욱은 저 멀리 시선을 던지며 조금 후면 도착하겠다는 생각을 했다.

효진은 계속 이야기했다.

"그 후로도 그런 실수는 계속됐어요. 한 번은 도장의 벽에 구멍도 냈었고, 도장 바닥이 무너진 것도 수십 차례는 될 거예요. 어리고, 게다가 '힘' 을 자각한 지 얼마 되지도 않았기 때문에 제대로 컨트롤할 수 없었던 거예요."

효진은 부끄러운 듯이 볼을 붉혔다.

"뭐, 아무튼 처음만 그랬단 거예요. 몇 년인가 줄곧 열심히 수련한 뒤로 '힘' 이 갑자기 튀어나오는 일도 사라졌으니까."

승욱은 '결국 그 몇 년 동안은 계속 그랬단 말이군' 하고 혼자서 이해하고 넘어갔다.

둘은 깨끗이 정리된 학교의 길을 통해 교실 건물에 당도했다. 말끔하게 지어진 건물을 슬쩍 올려다보면서 승욱은 입을 열었다.

"그래서, 그 힘은?"

효진이 문득 걸음을 멈췄다. 이미 수업이 시작된 시간이기에 아무도 없는 주변을 신중히 확인한 후,

"이건 우리 집안의 비밀이에요. 그러니까 아무에게도 말하면 안 돼요. 알았죠?"

무거운 그 목소리에 승욱도 무거운 어조로 말했다.

"이 '칼' 도 비밀이야."

힐끔 승욱의 등에 매달린 목도를 쳐다보고 효진은 고개를 끄덕였다.

그리고 천천히 말하기 시작한다.

"우리 집안에서는 몇 대에 한 명씩 기묘한 운명을 타고나는 아이가 있다고 해요. 그 운명을 타고난 아이는 두 가지의 길을 걷는대요. 쉽게 양분해서 하나는 성공의 길. 이건 무술가로서 이름을 얻고 높은 실력을 쟁취하는 길이에요. 그리고 또 하나는—"

빙글 돌아서서 다른 쪽을 바라보며 그녀는 이어 말했다.

"또 하나는 파멸의 길. 몸을 망치고 무술가로서 더 이상 살아갈 수 없는 길. 이 두 가지 중 한 가지의 길이에요."

담담하게 잇는 그 말에 승욱은 눈썹이 꿈틀대도록 놀랐다. 그런 극단적인 운명 같은 건 들어본 기억도 없다.

"힘든데 조금 앉지 않을래요?"

약간 피곤해 보이는 얼굴로 효진이 정원에 배치된 벤치에 앉았다. 교실 건물 앞은 미관을 위하여 잔디밭이 있어 분위기는 화사했으나 그 사이에 앉아 있는 그녀의 모습은 조금도 화사하지 않았다.

승욱도 벤치에 앉자 효진은 다시 입을 뗐다.

"이미 예상하고 있겠죠? 이번 대에 그 운명을 이은 아이가 바로 나예요. 어릴 때 친척 분들께 '굉장한 운명'이라고 들었던 게, 사실 그런 좋은 건지 무서운 건지도 모를 운명이었던 거예요."

바람이 불어왔다. 잔디가 바람에 쓸리는 소리가 들려오고, 효진은 서늘한 기운에 살짝 몸을 움츠렸다. 하지만 그 모습이 승욱은 왠지 맘에 걸렸다.

"친척들이 수군대는 소리를 엿들었는데 말이에요, 전대에 이 운명을 타고난 사람은 어떻게 됐는지 알아요?"

승욱은 고개를 저었다. 그녀는 곧 답을 냈다.

"절벽에서 떨어져 죽었대요. 시체도 찾지 못했대요."

승욱은 아무 말도 할 수 없었다. 효진은 흐릿하게 미소를 띠었다. 물결치고 있는 잔디밭으로 무심하게 시선을 던지며 그녀는 무기력한 목소리로 말했다.

"난 어떻게 될지 몰라요. 성공의 길을 걸어서 훌륭한 무도인이 될지, 아니면 파멸의 길을 걸어 결국 죽음을 맞이하게 될지. 두 가지의 극단적인 운명이라고 해서 이름조차 '이극명(二極命)'이라고 해요. 이름 하나는 멋지게 지어져 있죠?"

효진의 웃음이 승욱은 어둡게 보였다. 그 어느 때보다 어두워서 승욱은 알 수 없는 불안감마저 들었다.

어쩌면 그 불안감을 떨치기 위해서였을지도 모른다.

"괜찮아."

갑자기 들리는 목소리에 효진은 문득 움직임을 멈췄다.

"이극명이 어찌 됐든."

짧게 끊어 말하는 승욱. 효진은 천천히 고개를 돌려 그를 바라보았다. 그 두 눈이 왠지 젖어 있는 듯한 기분이 든 건 결코 승욱의 착각이 아닐 것이다.

승욱은 마음 깊숙한 곳에서부터 꺼내들어 말했다.

"너라면 괜찮을 거다. 분명히."

그 말이 효진의 가슴속에 녹아내렸다. 지금까지 들은 그 어떤 말보다 진하게 그녀에게 다가왔다. 그녀의 마음 깊은 곳까지 녹아내려 가, 그 말은 곧 하나의 부적처럼 자리 잡았다. 어째서 이다지도 따뜻하게 다가오는 것인지조차 의문스럽지 않았다. 효진은 그저 그의 말을 되새기고 되새기며 언제까지고 그 느낌을 간직하고 싶었다.

이윽고 그녀가 웃었다. 승욱은 그제야 그 웃음에서 그녀의 '밝음'을 발견해 냈다.

"고마워요……."

뭔가 쑥스러운 기분이 들어 얼른 고개를 돌리며 이야기를 바꾸는 승욱.

"아무튼, 그 힘도 그 이극명인가에 관련되어 있는 거냐?"

"네, 맞아요. 간단히 말해서 '옵션'이라고나 할까요? 왜, 차 같은 거 사면 이상한 기능을 추가시켜 주기도 하잖아요. 그런 거예요, 말하자면."

어두웠던 기색이 깨끗하게 사라진 얼굴로 효진은 가볍게 말했다. 승욱은 속으로 '비유 한번 멋지군' 하고 피식 웃었다.

"아, 지금 속으로 웃었죠?"

그는 뜨끔 놀라며 손으로 얼굴을 더듬었다.

"헤헤, 농담이에요. 정말 그렇게 생각하고 있었던 거예요?"

장난스럽게 말하면서 효진이 벤치에서 일어섰다.

"이극명은 그렇게 쓸 만한 게 아니어서, 사람의 속을 읽는다든지 하는 초능력 같은 건 옵션으로 추가되지 않나봐요. 단지 신체의 전반적인 능력이 엄청나게 상승된다는 정도일까. 별로 시원찮은 기능이죠. 참, 그리고 보니 오빠가 이런 이름을 붙여줬어요."

"이름?"

벤치에 느긋하게 등을 기댄 채 묻는 승욱에게로 몸을 돌리며 그녀는 오른손을 주먹 쥐어 들어 올렸다.

"'힘'이 발동되면 이 주먹에 불이 붙는 것처럼 보인다고 해요. 그래서 버닝 피스트(Burning Fist)라고 불러요. 오빠 혼자서지만. 헤헷."

김 빠질 정도로 센스없는 작명에 승욱은 결국 피식하고 웃어버렸다.

그 모습에 효진이 '아앗! 웃었다!' 하고 놀라고, 승욱이 다시 정색을 하자 효진이 '우우, 더 웃어봐요, 좀. 그렇게 계속 무표정으로 있으면 얼굴 근육이 굳지 않아요?' 라고 핀잔을 해댄다.

그러나 승욱은 어쩐지 그 대화들이 결코 기분 나쁘지 않았다.

그것은 스스로 생각해도 이상한 변화였다.

"아까… 불태우고 어쩌고 했던 게 그런 이유였군."

"그렇죠. 몇 년간 계속 오빠가 지은 이름에 익숙해져 있어서 그냥 그렇게 불러요."

주억대는 그를 향해 히죽 웃음 짓고 효진은 먼저 돌아섰다.

"자아, 그럼 양호실로 가요. 버닝해 버리면 굉장히 피곤해지거든요."

'아아, 그냥 이대로 조퇴해 버릴까…' 라고 중얼거리며 앞서 건물로 들어가는 그녀의 등에 잠시 시선을 두며 그는 새삼스럽게 등에 매달린 목도의 무게를 실감했다.

이 목도에게 선택당한 자신의 업, 그리고 알 수 없는 운명을 짊어진 그녀의 업.

그는 자연스레 생각하게 되었다.

'그녀와 나는 꽤 닮아 있다' 라고.

아득한 정신 사이로 익숙한 벨 소리가 들려온다. 혜란은 흩어지는 정신을 긁어모아 이성을 차리기 위해 노력했다. 그 벨 소리는 오후 수업 시작 전의 준비 종이었다.

"저, 회, 회장… 님……."

부서질 듯이 약한 목소리와 함께 진한 숨결이 튀어나왔다. 발갛게 상기된 얼굴로 그 눈이 필사적으로 시야를 더듬는다.

달아오른 열로 흐릿한 시야에 한 남자가 나타났다. 남자는 그녀를 향해 부드러운 미소를 지어주고 있었다.

"벌써 시간이 이렇게 됐나……."

남자(승건)는 고개를 들어 벽에 걸린 시계를 쳐다본다. 2시 30분의 5분 전. 초침이 부지런히 시계를 달리고 있다.

"아쉽지만 이 다음은 집에서."

마지막으로 혜란의 입술에 살짝 키스를 한 뒤 몸을 일으켰다. 닫아 놓았던 커튼을 반쯤 열자 혜란이 옷깃을 추스르며 책상 위에서 천천히 일어났다. 바닥에 내려서 그에게서 돌아선 채 흐트러진 옷가지를 정리했다. 셔츠의 단추를 꼼꼼히 잠그고 넥타이까지 단정히 맨다. 상의의 단추까지 깔끔하게 잠근 후에 그녀는 다시 돌아섰다.

"그럼 먼저 나가보겠습니다."

깍듯이 고개를 숙이는 그녀의 모습에서 좀 전과 같은 모습은 더 이상 보이지 않았다. 상기되었던 얼굴은 이미 본래의 냉철함으로 돌아가 있고, 단 숨을 내뱉던 목소리도 차분히 가라앉은 채 지극히 사무적인 어조로 변해 있다. 이미 오랜 시간 그녀와 함께한 승건이었지만 그녀의 타고난 성격에는 웃음만 나왔다.

승건은 미소를 지으며 그녀에게 가볍게 고개를 끄덕여 보였다. 그녀는 들어왔을 때와 같은 단정한 모습으로 학생회장실을 나섰다.

그녀가 닫고 나간 문을 잠시 바라보다가 그는 책상 위를 정리하고 의자에 앉았다. 시선을 눈앞으로 지그시 던지고 아무도 없는 그곳을 향해 말한다.

"그래서 결과는?"

천장에서부터 그림자가 떨어져 바닥에 내려섰다. 평범한 교복을 걸치고 있는 여학생. 대신 얼굴에 입과 코를 덮은 큰 복면을 쓰고 있어 날카로운 눈만 겨우 밖에서 확인할 수 있는 모습이었다.

한쪽 무릎을 꿇고 그녀가 승건에게 보고했다.

"강격권부는 부장 박장수와 부부장 최태민, 김철을 비롯하여 기타 부원 23명의 부상자가 나왔으며, 도전한 신입생 두 명은 약간의 경상을 입고 대무를 끝냈습니다. 이승욱은 철승술의 최태민에게, 서효진은 김철과 박장수와의 대무에서 각각 승리를 따냈습니다. 현재 선도부원들이 대무장의 뒤처리를 하고 있습니다."

보통 대규모의 싸움이 끝난 후 정리는 선도부에서 맡아 한다. 특별한 이유가 있는 것은 아니고 선도부에 힘 좋은 녀석들이 많기 때문이다. 교내 어딘가에 쓰러져 있는 학생을 양호실로 옮기기 위해선 역시 힘 좋은 남자들이 필요한 법이니까.

"큰일이겠군. 스무 명이 넘는 부상자를 내는 스케일은 오랜만이잖아?"

"일단은 나중에 선도부로부터 보고가 있을 것입니다."

"응, 알겠어. 그 두 사람은?"

자세를 유지한 그대로 그녀는 보고를 계속했다.

"대무가 끝난 즉시 대무장을 떠나 부지 북쪽의 공사 예정지로 자리를 옮겼습니다."

"공사 예정지? 거긴 무슨 일로?"

"그곳에서 두 명의 대무가 있었습니다."

승건의 눈에서 순간 빛이 번쩍였다. 그의 표정이 예리하게 변했다.

"어떤 대무였지?"

"목격한 그대로를 말씀드리자면."

"그대로 말해."

"초인들의 싸움이었습니다. 그들은 이미 인간의 능력을 초월한 경지에 들어서 있었습니다."

"더 자세히 말해 봐."

진지한 목소리로 승건이 말하자 그녀는 자리에서 일어나 차근차근 이야기하기 시작했다.

"둘의 대무가 진행되는 동안 전 그들의 움직임을 쫓는 것도 버거웠습니다. 간신히 놓치지 않을 수준의 빠르기로 대무가 벌어졌습니다. 빠르기뿐만이 아니라 공격이 빗나가 바닥을 치게 되면 그곳에 작은 크레이터(Crator)가 생길 정도의 힘 또한 겸비한 싸움이었습니다. 시간은 대략 7분가량. 결과는 무승부였습니다."

말이 끝났을 때 그녀는 심각하게 상념에 빠져 있는 회장의 모습을 발견했다. 그녀는 곧은 자세로 서서 그의 지시를 기다렸다.

'눈으로 쫓기도 힘든 움직임?'

그의 동생, 승욱의 경우라면 그다지 이상한 것도 아니다. 세간에는 잘 알려져 있지 않은 사실이긴 하지만 승욱이 항상 소지하고 있는 목도는 그의 가문의 가보. 정체 정도는 이미 알고 있다. 그것은 사령을 봉인하여 소유자로 하여금 사령의 기운을 사용할 수 있게 해주는 칼. 승욱이라면 그 칼에서 사령의 기운을 흡수해 '눈으로 쫓기도 힘든 움직임'이 가능하다.

하지만 그 소녀는?

평범한 인간이 '힘'을 사용하는 승욱과 대등하게 맞선다는 것은 있을 수 없는 일이다. 만약 가능한 사람을 예로 든다면 당학류 해검도 가문의 현 가주, 그의 부친인 '이두한' 정도의 레벨이어야 한다.

그런데 어째서 그 소녀는 '무승부'를 만들 수 있었는가.

승건은 어제 아침의 일을 기억해 냈다. 그녀의 신청으로 한차례 대무를 즐겼던 일. 그때 그녀가 자신의 입으로 말했던 자기소개.

'1학년, 무형류의 서효진.'

그 유파를 백두고 관계인치고 모를 사람은 없을 것이다. 더구나 승건 자신에게는 더 더욱.

마음 깊은 곳에서부터 일어나는 흥미를 자제하며 승건이 의자에서 벌떡 일어났다.

"백두 학생회 정보부장 최진아."

"예, 회장님."

그녀(진아)는 그의 어조에 담긴 진지함을 느꼈다. 고개를 들자 그의 날카로운 시선이 두 눈에 박혔다.

"내일까지 1학년 서효진에 대한 모든 것을 조사해 와라. 이건 '주군'으로서의 명령이다."

"알겠습니다!"

그녀는 곧바로 그 자리에서 사라졌다.

혼자 남은 학생회장실에서 승건은 의미심장한 미소를 지어 보였다.

"재미있는 신입생이 들어왔군."

오후 수업 두 시간을 어떻게든 버틴 효진과 승욱. 지친 몸을 이끌고 교문을 나서는 두 사람 앞에 하얀 승용차가 미끄러지듯 정지했다.

운전석의 창문이 주르륵 내려가고 거기서 나온 얼굴은,

"아, 양호 선생님."

그녀가 손을 들어 인사했다.

"태워줄 테니 타렴."

친절하게 말하는 미령에게 효진이 '에헤헤, 감사합니다' 라 인사하고 둘 다 차에 올랐다. 승욱도 오늘은 몸 상태가 영 말이 아니기 때문에 아르바이트는 하루 쉰다고 말했었다

차는 조용하게 출발하여 학교 앞을 빠져나가 큰 도로로 나섰다. 시내를 통과하여 주택가까지는 대략 5분 정도 걸릴 것이다.

"강격권부… 는 어떻게 됐나요?"

미령 옆 조수석에 앉아 있는 성인에게 인사를 했지만 반응이 없자 효진은 화제를 바꿨다. 미령이 백미러를 힐끔 보면서 대답했다.

"부장과 부부장을 비롯해서 반은 병원으로 실려갔단다. 나머지는 집으로 돌아갔어."

"아, 그렇군요……."

효진과 승욱이 피곤에 찌든 얼굴로 양호실에 도착했을 때 앞서 실려온 부상자들로 양호실은 만원이었다. 실신해서 정신을 못 차리고 있는 그들은 대부분이 강격권부 부원들. 직접 때려눕힌 장본인들이 들어오자 정신을 차리고 있던 부원들의 눈매가 심상찮아졌다. 뜨끔 놀란 효진이 어색하게 웃고 있자 미령이 선생답게 분위기를 말리고 둘의 치료까지 깔끔하게 끝마쳐 주었다. 침대가 남은 게 없으니 미안하다는 말도 잊지 않고 해주는 그녀에게 둘은 공손히 인사하고 나와 교실로 돌아가서 숙면(?)을 취한 것이다.

"저어, 그럼 그 부장의 상태는 어떤가요?"

아무래도 효진으로서는 그가 걱정이었다. 원래 그를 만나러 간 것이었는데 오히려 때려눕히고 돌아왔으니 당연하다. 게다가 버닝했을 때, 전력은 아니었다고 해도 다른 사람을 상대했을 때보다 더욱 힘을 넣어

서 상대해 버렸다. 정신을 차리고 나서야 겨우 그것이 미안해져 효진의 표정은 어두웠다.

"왼팔 골절, 그리고 늑골이 세 개 정도 부러졌다나 봐. 정신을 잃은 채로 병원으로 호송돼서 수술을 받고 2개월은 입원해 있어야 한다던데. 왜, 걱정되니?"

마침 횡단보도에서 신호가 걸려 차를 세우고 미령이 돌아보았다. 어두운 얼굴을 하고 있는 효진에게 그녀는 상냥하게 말해 주었다.

"나중에 입원한 병원을 가르쳐 줄게. 마음에 걸리면 찾아가 보렴."

"네! 감사해요, 선생님!"

금방 밝은 표정이 된 그녀에게 빙긋이 웃어주고 미령은 다시 차를 출발시켰다. 주로 여성 두 명이 대화를 하고 남성 두 명은 묵묵히 창밖을 바라보면서 차가 주택가에 도착했다.

집에서 가까운 도로에 효진과 승욱은 내렸다.

"감사했습니다~ 내일 봬요~"

떠나는 차의 뒤에 대고 큰 소리로 인사한 후 돌아서자 승욱은 이미 저 앞까지 걸어가고 있었다. 서둘러 뛰어가 그의 옆에 선다.

"제대로 인사를 해야죠, 여기까지 태워주셨는데."

"집으로 가는 길이었겠지. 그리고 인사했어."

"내리면서 고개 까딱했던 거요? 안 돼요, 그렇게 대충 인사를 하면. 예의를 지킨 건지 지키지 않은 건지 헷갈리잖아요."

그런 문제가 아닌 것 같지만 승욱은 굳이 대꾸하지 않았다. 아무튼 오늘은 매우 피곤하니까.

|여섯| 흔적을 좇는 두 사람의 장(章)

Burning fist

흔적을 쫓는 두 사람의 장(章)

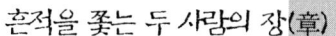

저 아이들도 같은 것을 쫓고 있잖아. 놀라운 우연이구나. 아니면 운명일까?

버닝 피스트, 사령무검의 후유증은 심각했다. 마음껏 싸우고 돌아온 그 당일 둘은 집에 도착하자마자 씻고 곧바로 취침으로 돌입했다. 다음날 지각을 겨우 면한 시간에 일어나서 비몽사몽 등교하여 다시 숙면. 보다 못한 선생이 두 명 다 양호실로 보내고, 두 명의 상태를 본 양호 선생이 간단한 치료를 한 후 조퇴서를 써주었다. 그래서 둘은 집으로 돌아가 또다시 깊은 수면으로 돌진.

그리하여 오늘에 이르러 이미 이틀이 지나 있었다.

"왠지 머리가 떵해요……."

순식간에 지나간 지난 이틀을 상기하는 효진의 목소리에는 기운이 없었다.

"음……."

대답할 힘도 없어 보이는 승욱도 마찬가지.

둘의 모습을 대회가 걱정스럽게 쳐다보고 있었다.

"둘 다 괜찮아……?"

큰 눈망울에 걱정을 가득 담고 묻는다. 효진은 동글동글한 그 볼을 콱 꼬집어주고 싶은 욕망을 탈력으로 억누르며 대답했다.

"어제보다는 나아요, 그래도. 이렇게 깨어 있는 거 보면."

실제로 후유증에서는 대충 벗어난 듯 전신에 힘은 돌고 있었다. 단지 몸이 어제의 여운을 잊지 못하고 있는 느낌이랄까. 마구마구 늘어지는 몸을 겨우 가누면서 효진이 피식하고 웃었다.

"승욱 씨는 항상 그러니까 그다지 위화감이 없네요."

언제나(?)처럼 엎드려 있는 무기력한 모습의 승욱을 돌아본다. 승욱이 팔 사이로 눈을 들어 스윽 훔쳐보고 다시 얼굴을 묻어버린다. 이틀 전과 다를 게 없는 변함없는 일상이란 느낌이라 효진은 행복하게 미소 지었다.

문득 대회가 입을 열었다.

"아참, 까먹고 있었는데, 양호 선생님이 둘 다 점심 시간에 점심 먹지 말고 오라고 하셨다고 아까 정인이 누나가 와서 전해달랬어."

"정인 언니가요?"

효진이 화장실을 간다고 잠시 자리를 비웠을 때(승욱은 여전히 자고 있었을 때)그녀가 왔다 간 모양이다. 효진은 고개를 끄덕이며 고맙다고 인사했다.

4교시가 지나고 점심 시간이 되자 효진은 자고 있는 승욱을 깨워서 양호실로 향했다. 잠이 덜 깨 비척비척 걷는 승욱을 재촉하며 도착한 양호실에서,

"안녕, 몸은 괜찮니?"

미령이 손을 흔들며 반갑게 인사했다. 그녀의 오른손에는 젓가락이, 그녀가 앉아 있는 바닥에는 도시락으로 추정되는 물건들이 놓여 있었다. 본격적으로 돗자리까지 준비해 바닥에 깔고 맞은편에는 동생인 성인도 앉아 있다.

두 명은 컬쳐쇼크를 일으키며 그 자리에서 굳어버렸다.

"자느라고 제대로 먹지도 못했을 것 같아서 만들어왔어. 앉으렴. 네 명이서 먹어도 모자라진 않으니까."

미소와 함께 손짓한다.

효진은 금방 정신을 차리고 현실에 적응했다. 승욱은 적응을 한 건지만 건지 알 수 없는 얼굴로 효진과 함께 돗자리 위에 자리를 잡았다.

"이건 뭔가… 소풍 같네요."

장소가 걸리긴 하지만 소풍 분위기의 돗자리 위에서 도시락을 놓고 네 명이 모여서 식사를 하다니. 효진은 조금은 난처한 기분으로 젓가락을 받았다.

"잘 먹겠습니다—"

발랄히 소리치면서 음식을 한 점 꿀꺽,

"맛있다! 정말 맛있어요!"

효진은 감격하며 외치고 말았다.

"야들야들한 소고기의 부드러움과 달콤한 양념이 서로 조화를 이루며 입 안에서 하나의 교향곡을 연주하는 듯한 이 기분! 굉장해요!"

"아, 아하하……."

정체 모를 과도한 반응에 미령은 살짝 얼어버렸다. 효진은 더 행복할 순 없다는 표정으로 맛있게 음식을 해치워 나갔다. 그녀의 옆에서 묵묵히 식사에 전념하고 있던 승욱도 힐끔 그녀의 얼굴을 살피고 있을 때 미령이 정신을 차렸다.

"참, 강격권부 부장이 정신을 차렸다고 오늘 아침에 연락이 왔는데 찾아가 볼 거니?"

"정말요? 당연히 찾아가야죠!"

왜 '당연히'가 붙어야 하는 걸까, 라고 속으로 의아해하고 있을 때 승욱은 초롱초롱한 시선을 느꼈다. 따가운 눈빛의 주인공은 당연히(?) 효진. 거기에 미령의 눈길도 얼떨결에 따라와 있었다.

"갈 거죠? 그저께 제대로 물어보지도 못했으니까. 물어볼 새가 없었다는 게 정확한 말이겠지만요. 그 점은 확실히 반성하고 있어요."

젓가락을 내려놓고 진지하게 승욱을 바라본다. 승욱은 묵묵히 입 안으로 음식을 집어넣으며 곰곰이 생각하는 표정을 만들었다.

"물어본다니, 강격권부 부장에게 말이니?"

미령이 의문스럽게 효진에게 물었다.

"네. 사실 용건이 있어서 강격권부에 찾아간 건데 그 사람들이 보자마자 시비를 걸더라고요. 뭐라고 해명할 틈도 없이 승욱 씨가 한 명을 해치워 버려서 결국은 그런 큰 싸움으로 번져 버린 거죠 뭐."

"그래도 두 명이서 스무 명이 넘는 상대를 쓰러뜨리다니, 학교 전체에 꽤 이슈가 되어 있다는 거 아니? 특히 효진이 네가 강격권부의 그 부장을 이겼다는 말에 학생회에서도 너를 주목하고 있는 모양이야."

"으에, 학생회에서 왜 나를요?"

"강격권부의 부장의 실력은 학생회와도 겨룰 수 있는 정도야. 그 이야기는 그저께 했었지? 그런 그를 이겼으니 당연하지 않겠니. 내년 학생회의 유력한 후보라고 거론되고 있단다, 너는. 물론 너도."

자신들을 가리키는 미령의 손가락을 효진은 멍청히 내려다보았다.

왠지 일이 굉장히 커진 듯한 느낌이 뇌리를 강타했다. 학생회가 주목을 하고 있다니, 이건 또 무슨 날벼락이야.

정신이 패닉에 빠진 그녀는 미령의 질문은 미처 듣지 못했다.

"에, 네? 뭐라고 하셨어요?"

"강격권부를 찾아간 용건 말이야. 그걸 묻다가 이야기가 엇나갔잖니?"

생긋 웃는 그녀의 얼굴을 보며 효진은 난처해했다. 용건이 있는 건 자신이 아니다. 자신은 그저 도와준다고 했을 뿐. 효진은 옆에 앉은 승욱을 훔쳐보면서 그의 다리를 쿡쿡 찔렀다. 그러나 아무 반응 없이 그는 식사만 계속할 뿐이었다.

"일단 밥부터 다 먹고 말씀드릴게요. 승욱 씨는 식사할 땐 절대 말 안 하거든요."

"어머, 그럼 용건이 있는 건 이쪽?"

효진은 고개를 끄덕였다. 승욱을 살짝 살피지만 자기 이야기를 하는데도 아무 행동도 하지 않는 그가 신기할 뿐이었다. 그녀도 그냥 두 손 들어버리고 눈앞의 음식에만 주력했다.

이윽고 점심 식사가 끝나고 자리를 정리한 후 성인이 누나의 명령으로 음료수를 사러 군말없이 나간 후에,

"이제 이야기해 줄 수 있니?"

안경을 닦고 다시 쓰며 미령이 맞은편 침대에 나란히 앉아 있는 두 명을 쳐다보았다. 그 시선에 움찔하며 효진이 승욱의 옆구리를 찔렀다. 무심하게 그 손가락을 내려다보고 승욱이 미령을 향해 입을 뗐다.

"미향이라고 아십니까?"

정중한 어투에 물음. 미령의 눈빛이 예리해진 것을 효진은 금방 눈

치 챘다.

"미향?"

"전 이곳에 온 후부터 개인적인 이유로 줄곧 그 미향을 쫓고 있었습니다. 시내를 돌아다니면서 이곳저곳을 조사하던 와중에 이번에 강격권부에서 우리를 노란다는 이야기를 들었습니다. 분명히 무언가 관계가 있을 거라고 생각되어 찾아갔던 겁니다."

최소한의 이야기만을 전하는 승욱. 효진은 옆에서 잠자코 미령의 대꾸를 기다렸다. 무언가 생각하듯 볼을 한 손으로 감싼 채 다른 쪽으로 시선을 두고 있던 미령이 고개를 돌렸다.

"그때 온몸에 상처를 입고 왔던 것도?"

"조사 중에 다툼이 있었습니다. 아마 강격권부와 관련이 있는 녀석들일 겁니다."

답을 듣고 미령은 다시 침묵했다.

한참을 기다리다 드물게도 승욱 쪽이 먼저 입을 열었다.

"강격권부 부장이 입원해 있는 병원은 어디입니까."

미령은 책상 위의 메모지를 한 장 꺼내 재빨리 무언가를 적어 그에게 건넸다.

"여기야."

메모를 확인한 승욱은 간단히 고개를 끄덕이고 일어섰다.

"점심 감사했습니다!"

서둘러 인사하고 효진도 그를 뒤따라 양호실에서 뛰어나갔다. 그들과 교차하여 양호실로 성인이 들어왔다. 그는 빈손이었다.

"들었니?"

"……응."

낮은 목소리로 대답하는 성인.

"저 애들도 같은 것을 쫓고 있었어. 놀라운 우연이구나."

가까이 다가온 동생을 올려다보며 미령은 희미하게 미소했다.

"아니면 운명일까?"

"어느 쪽이든 상관없어. 난 녀석들만 찾아내면 돼."

양쪽 주머니에 손을 찔러 넣은 채 그는 좀 전에 효진과 승욱이 앉았던 침대에 걸터앉았다. 그를 미령이 슬픈 눈으로 바라보았다.

그녀의 시선을 똑바로 보는 성인의 말은 단호했다.

"절대 용서하지 않아."

"기다려요!"

효진은 앞서가는 승욱의 앞으로 달려가 그를 막아섰다. 언젠가 이런 일이 있었던 듯한 기분도 들지만 상관하지 않고 소리친다.

"어디 가는 거예요!"

이 길로 가면 나오는 곳은 한곳뿐이다.

"만나러 가야지."

"지금 당장요? 수업은 어떡하구요!"

"상관없어."

"상관있어요! 무지무지하게 있다구요!"

씩씩거리며 효진은 승욱을 노려보았다. 이 남자, 좀 전까지의 무기력한 모습은 완전히 사라져 있다. 어쩔 수 없이 아르바이트를 하고 있다는 식으로 말했었지만 사실은 엄청 의욕 충만한 게 아닐까.

그런 생각을 하면서 효진은 교실 쪽을 향해서 검지를 척하니 가리켰다.

"교실로 돌아가 있어요. 조퇴서를 받고 갈 테니까 같이 가요."

승욱이 의아하다고 생각하는 듯한 얼굴을 만든다.

"아아, 정말. 도와준다고 했잖아요? 게다가 그 남자를 해치운 건 나라구요. 사과도 할 겸 나도 가야 하지 않겠어요?"

'불만은 접수하지 않습니다' 라는 눈빛으로 단호히 선언한다. 더 이상 승욱도 아무 말 하지 않았다.

효진은 그를 교실로 돌려보내 놓고 교무실로 향했다.

가는 길에 복도를 걷는 학생이나 선생들이 그녀의 존재를 수군거렸다. 감 좋게 그것을 감지하면서도 아무렇지 않은 듯 걷긴 하지만 여러 곳에서 쏟아지는 시선들에 효진의 발걸음도 그다지 편치는 않았다.

이거 굉장히 주목받겠는걸.

그런 시선은 교무실에 도착해서도, 담임에게 조퇴서를 받는 와중에도, 그리고 교무실에서 교실로 돌아오는 과정에서도 계속되었다.

이윽고 승욱과 교문을 빠져나와서야 효진은 크게 한숨을 늘어놓았다.

"으아아… 텔레비전에 나오는 연예인들이 이런 느낌 아닐까요? 어딜 가나 사람들의 관심을 잔뜩 받아서 왠지 엄청 불편한 느낌. 승욱 씨는 안 그랬어요?"

돌아보는 그의 얼굴엔 '뭐가 있었냐?' 라는 의문이 적혀 있었다. '아아, 됐어요, 됐어요' 라고 손을 내젓고 효진은 화제를 돌렸다.

"어느 병원이래요? 길 알아요?"

주머니를 뒤적거려 승욱은 메모지를 꺼내 건넸다. 그것을 받아 적혀 있는 내용을 확인하고 효진이 앞장섰다.

학교 앞에서 버스를 잡아타고 십여 분. 도심을 관통한 버스에서 그들이 내린 곳은 비교적 한적한 아파트 촌 부근이었다.

버스에서 내려 주변을 살피던 효진이 길 건너편을 가리켰다.

"저기 있네요."

그녀의 손가락 끝이 닿은 고층 건물. 꼭대기 쪽에 커다란 글씨로 '무림 종합 병원'이라고 적혀 있다. 저곳이 강격권부 부원들이 입원해 있는 병원이다.

메모지를 한 번 내려다보면서 피식 웃는다.

"메모지 봤을 때부터 생각했지만 저 병원 이름은 대체 누가 지었을까요?"

"글쎄."

승욱도 한차례 신음을 하고 난 다음 걷기 시작했다.

횡단보도를 건너서 곧바로 병원으로 들어갔다. 메모지에 적힌 대로 1010호실을 찾아 올라갔다.

땡—

엘리베이터가 10층에서 문을 열어주었다. 올라타는 의사에게 꾸벅 인사를 하면서 내리자 맨 먼저 눈에 들어온 것은 복도를 서성이는 교복 군단이었다.

당연히 백두고의 교복들.

효진은 침을 꿀꺽 삼키고 승욱의 옆구리를 툭 건드렸다.

"잔뜩 모여 있는데요? 어쩌죠?"

긴장한 그녀의 목소리를 무시하고 승욱은 뚜벅뚜벅 그들에게로 걸어갔다. 뒤쪽에서 그녀가 패닉을 일으키든 말든 상관하지 않고 위험한 기운을 물씬 풍기는 교복 군단을 향해 당당히 돌진했다.

그의 존재를 몇몇의 교복 군단이 눈치 챘다.

순간 복도에 험악한 분위기가 가득 찼다. 지나다니던 간호사들이 뜨악한 얼굴로 허겁지겁 자리를 떴다. 더 이상 환자들도, 의사들도 지나다니지 않았다. 승욱의 등장으로 복도 전체가 얼어붙은 듯 고요해져 버렸다.

승욱은 눈을 돌려 문에 붙은 숫자를 확인했다. 1010호실. 강격권부 부장이 입원해 있는 병실이다.

"부장을 만나도 될까?"

담담한 어조로 승욱이 문 앞의 부원에게 요청했다. 보디가드처럼 서 있던 그가 대번에 인상을 구기며 승욱을 아니꼬운 눈초리로 노려봤다.

"네놈, 여기가 어디라고 얼굴을 들이밀었냐?"

"부장을 만나러 왔을 뿐이야."

물러서지 않고 페이스를 유지하는 승욱. 그는 눈썹을 씰룩대다가 그의 뒤에 서 있는 효진을 발견했다.

"어라, 이년도 같이 왔네. 뭐냐, 또 우리 부를 엎어놓으려고? 부장이 부상당한 사이에 완전히 끝장을 내놓겠단 거냐!"

증오를 담은 목소리로 그가 고함질렀다. 정적이 내려앉은 복도에 이번엔 한파가 몰아닥쳤다. 저쪽의 간호사가 딸꾹질을 일으키는 소리가 들려온다.

효진이 어색하게 웃으며 대꾸한다.

"그… 꽃다발이 없긴 하지만 일단은 병문안인데요…….."

반응은 썩 좋질 않다.

"병문안? 헹! 병 주고 약 주고, 도랑 치고 가재 잡냐?"

'그 말은 그게 아닌데요…' 라고 속으로 생각하면서 효진은 승욱에게 눈짓했다. 주변에서 우르르 몰려든 사내들이 사나운 눈매를 과시한다. 영 적응하기 어려운 환경 속에서 효진이 승욱의 등에 바짝 붙어 경계 태세를 갖춘다. 승욱은 동요하지 않는 태도를 유지하며 조용하게 다시 요청했다.

"부장을 만나고 싶다."

한참 승욱을 꼴아보다가, 그가 어깨를 으쓱하며 항복의 제스처를 취해 보였다.

"질리는 놈. 들어가 봐, 새꺄."

승욱은 간단히 고개를 끄덕이고 병실의 문을 열었다. 그 뒤를 후닥닥 효진이 따라 들어가 문을 닫아버렸다.

고요한 독실. 창밖에서 쏟아지는 오후의 햇살이 두꺼운 커튼에 가로막혀 있었다. 여느 병실과 비슷한 곳, 창가 쪽에 자리한 침대 위에 거두인 남자가 드러누워 눈을 감고 있었다.

승욱은 침대로 가까이 다가갔다.

"물을 게 있어서 왔다."

서론이고 뭐고 잘라 버리고 본론으로 직진하는 성격이 너무나도 승욱답다고 효진은 팔짱을 끼고 탄복했다. 게다가 무턱대고 반말인 것까지.

조용히 부장 박장수의 대답을 기다린다.

오랜 시간을 들여 그의 눈이 번쩍 뜨였다. 침대에 누워서도 근육을 뽐내고 싶었던 건지 환자복도 제대로 걸치지 않은 모습으로 그가 몸을 일으켰다. 왼팔은 깁스를 한 채로 목에 매달려 있고, 환자복 사이로 보이는 가슴에도 두텁게 붕대가 감겨 있다.

장수의 눈이 둘을 훑고 효진에게서 멈췄다.

"어이, 너."

"에, 네? 저요?"

갑작스런 지명에 효진이 화들짝 놀라며 몇 걸음 물러섰다. 그녀에게 장수는 두꺼운 손을 들어 올려 손짓했다.

"물지 않으니까 가까이 와라."

'당연히 물면 곤란하다. 아니, 그전에 무는 것 자체가 이상하지만 물지 않는다고 했으니까 괜찮겠지. 아니, 지금 내가 무슨 생각을 하는 거야' 라는 범상치 않은 생각은 접어두고, 그녀가 자신없는 태도로 침대 가까이에 섰다.

장수가 천천히 그녀를 관찰했다. 하지만 그 눈빛은 이전에 경험한 불한당의 구역질나는 시선이 아니라 대등한 관계의 사람을 대하는 느낌이었다.

"내가 이런 꼬마한테 꺾였단 말이지……."

"꼬마 아니에요! 백육십은 넘는다구요, 충분히."

발끈하여 반발한다.

그는 진지한 눈을 승욱에게로 돌렸다.

"이 꼬마를 봐서 대답해 주지. 뭐가 궁금하냐?"

승욱은 지체하지 않고 물었다.

"당신이 미향을 뿌렸나?"

효진조차 뜨끔할 정도로 직구로 승부해 버리는 승욱. 효진이 위험하다고 걱정하고 있을 때 의외로 대답은 쉽게 떨어졌다.

1학년 3반 앞. 복도에서 정인이 대희를 불러냈다.

"그 둘은 어디 갔노?"

"몸이 낫질 않아서 조퇴했는데요?"

대희는 순진한 눈망울을 굴리며 대답했다. 정인은 고맙다 말하고 단숨에 양호실까지 달려가 문을 열어 젖혔다.

"샘요! 샘이 가르치 줬나요!"

업무를 보고 있던 미령이 정인의 난입에 얼떨떨한 표정으로 되물었다.

"응? 무슨 일이니?"

"그 두 녀석, 조퇴했다는데요."

정인은 성큼성큼 그녀에게 걸어갔다.

"샘이 알려줬지요! 안 그람 근마들이 갑자기 조퇴할 리가 없잖아요!"

"강격권부 부장이 입원한 병원 말이니?"

미령의 침착한 대답에 정인의 기세가 수그러들었다. 미령은 그녀에게 의자를 권하며 말했다.

"사과하고 싶다고 해서, 그래서 가르쳐 달라길래 가르쳐 줬는데 무슨 문제라도?"

"방금 선도부에서 보고가 들어왔는데요, 뭐라는 줄 아세요?"

다시 불이 붙은 어조로,

"강격권부 부실에서 미향이 발견됐대요! 그것도 이마안큼이나!"

두 손으로 과장되게 원을 그리는 정인, 그녀를 보는 미령의 눈빛이 미묘하게 바뀌었다.

"미향이……? 강격권부 부실에서?"

묘한 뉘앙스를 느낀 건지 못 느낀 건지 정인은 심각한 얼굴을 만들어 보였다.

"갸들은 지금 본거지에 쳐들어간 거나 다름읍다구요! 위험해요, 위험!"

"아니, 위험하지 않을 거라고 생각해. 부장을 그렇게 입원시킨 건 개들이잖니?"

"아, 그, 글킨 하지만……."

미령의 말에 정인은 할 말을 잃었다. 미령은 나직이 말했다.

"강격권부들도 그 정도로 당했으니까 섣불리 건드리진 못할 거야. 부장이 입원해 있는 상태인데 뭘 어떻게 하겠니. 괜찮을 거야."

"그, 그라믄 다행이지만……."

그녀의 설득에 함락당하면서도 정인은 마지막 불안을 떨치지 못하고 말꼬리를 흐렸다. 훗 하고 여유있게 웃으며 미령이 그녀의 머리를 툭툭 쓰다듬었다.

"맘에 들었구나, 그 아이들이."

"뭐, 글쵸……."

쑥스러운 듯 볼을 붉히다가 벌떡 일어서서 핸드폰을 꺼내 든다.

"일단 전화해 갖고 알리주께요!"

입력시킨 전화번호를 찾으며 정인은 속으로 소리쳤다.

'무사해라, 제발!'

"미향이 뭐지?"

선뜻 말한다. 동시에 승욱과 효진의 얼굴 근육이 꿈틀했다.

"모른다고 잡아뗄 생각이냐."

"아니, 잡아떼지 않아."

사납지만 조용한 눈빛이 승욱을 주시했다.

"우리 집안은 조폭이긴 하지만 신의를 생명으로 여긴다. 난 분명히 대답해 준다고 했고, 그것은 사실이다."

"…정말로 미향을 모른다는 거냐?"

"뭔지부터 가르쳐 주고 물어라."

승욱이 효진에게 눈짓으로 의견을 물었다. 효진이 침을 삼키고 앞으로 나섰다. 버닝했을 때는 느끼지 못했는데, 눈앞의 이 남자는 꽤 무서운 분위기를 가지고 있었다. 승욱은 전혀 느끼지 못하는 것 같지만.

"미향, 정말 모르세요?"

"정말 몰라. 나한테 물어보는 걸 보니 무슨 마약 같은 종류냐?"

의외로 자신의 정체성을 잘 알고 있다.

"비슷한 거예요. 지금 승욱 씨가 그것을 쫓고 있거든요. 에, 근데 그게……."

강격권부를 쳐들어간 이유 부분에서 어쩔 줄 모르고 막혀 버린 효진. 승욱이 그 뒤를 잇는다.

"강격권부가 관련이 있다는 정보를 들었다. 그래서 당신을 찾아갔던 거야."

"그걸 쫓는 이유는?"

"개인적인 이유다."

무뚝뚝한 승욱의 대답을 들으며 부장이 오른팔 하나로 몸을 지탱하고 베개에 몸을 기댔다.

"내가 해줄 말은 하나밖에 없어. 우리와 상관없는 일이다."

무게있는 목소리로 단언했다. 승욱과 효진은 마주 보며 입을 닫았다. 뭔가 알 거라고 생각했던 이가 이렇게까지 말하자 앞이 막막한 기분이었다.

지이잉—

그때, 효진의 주머니에서 핸드폰이 울렸다. 뒤돌아서서 조용히 핸드폰을 받는다.

"여보세요? 아, 네, 언니. 무슨⋯ 예, 지금 와 있어요. 에? 정말요? 정말인가요, 그게?"

점점 달라지는 그녀의 목소리에 승욱과 장수가 그녀에게 눈을 돌렸다. 이윽고 핸드폰에다 대고 꾸벅 인사를 한 효진이 전화를 끊고 돌아섰다.

그 눈이 장수를 직시했다.

"당신, 거짓말했군요?"

장수의 표정이 험악하게 변했다.

"뭐라구?"

"방금 선도부에서 강격권부 부실을 조사하다가 미향을 발견했대요. 그걸 알려주는 전화였어요."

승욱이 조용히 그를 쳐다보았다.

"최소한, 관련은 있었군."

"어이, 기다려 봐."

장수가 손을 들며 제지했다.

"그게 무슨 말이냐. 우리 부의 녀석들이 미향에 손을 댔다고?"

"당신이 정말로 모른다면 아마도 그럴 가능성이 가장 클 테지."

"미향의 영향은?"

"일시적인 신체 능력의 향상, 그리고 그 후 극심한 피로와 환각 증세. 과다 사용시 신체 조직이 파괴된다."

"이 개새끼들이!"

침대를 박차고 그가 문으로 달려갔다. 오른손에 매달려 있던 링거 바늘이 살갗을 찢고 혈흔을 뿌렸지만 그는 상관하지 않았다. 문을 잡

아 뜯듯이 열어젖히고,

"이 자식들아!"

갑작스런 소음에 휘둥그레 눈을 뜨고 문 앞에 서 있던 부원을 향해 다짜고짜 주먹을 날렸다. 거대한 주먹을 턱에 얻어맞고 날아간 남자가 반대 편 벽에 요란하게 부딪치며 나뒹굴었다.

"까아악!"

간호사들이 일제히 비명을 지르기 시작했다. 그 소리에 목발을 짚고 가던 환자가 넘어지고 담당이던 의사가 멀리서 달려온다. 문병 온 아이들이 큰 소리로 울음을 터뜨리고 보호자들이 아이들을 달래며 의사에게 항의를 퍼부었다. 그 항의를 감수하며 의사가 경비원을 부르고, 완전히 난장판이 된 무림 종합 병원 10층 복도에서 거대한 남자의 포효가 터졌다.

"개자식들아아! 약에 손대면 그날로 죽음이라고 말했지이!"

괴성과 함께 또다시 주먹을 뻗자 이번엔 세 명의 남자가 벽에 처박혔다.

"부, 부장! 오해입니다!"

"부장을 말려!"

부원들 몇 명이 달려들어 그의 거구를 붙잡았다. 그러나 부상을 입고 있는 사람의 힘이라고 생각할 수 없을 정도의 괴력으로 몸을 흔들자 부원들이 떨어져 나가 버렸다. 그러나 그들은 포기하지 않고 경비원과 같이 한 몸이 되어 부장 말리기에 필사적으로 힘을 쏟았다.

아수라장이 펼쳐지는 문밖의 세계를 승욱과 효진은 방관하고 있었다.

"저 반응… 뭐라고 생각해요?"

"연기, 혹은 진실."

"그러니까 어느 쪽이냐구요."

"글쎄. 넌?"

효진은 고개를 갸웃댔다.

"아마도… 진실이라고 봐요. 아, 또 날아갔다."

이번엔 의사까지 달려들었으나 장수의 주먹에 피해자만 늘어났다.

"전에 강격권부가 우리를 노리고 있다는 이야기를 들었을 때 양호 선생님께 저 남자에 대해서 들었어요. 강격권부가 비록 양아치 집단이긴 하지만 저 부장은 부원들을 진심으로 아낀다고. 그렇기 때문에 부원들도 저 사람을 따르는 거라고요. 지금 저 모습은 그 믿음을 배신당한 사람의 모습 같지 않아요? 연기로는 도저히 생각되지 않아요."

승욱은 냉철하게 바깥 풍경을 판단했다. 부장의 폭주를 드디어 멈추게 한 부원들이 부장의 사지를 하나씩 붙잡은 채 소리 지르고 있었다. '오해예요, 부장!', '약 같은 거 안 합니다!', '믿어주세요!' 등등. 씩씩대면서 분을 삭이고 있는 부장의 호흡이 여기까지 들리는 듯했다.

"일단 조금 진정한 것 같으니까—"

미처 말릴 새도 없이 효진이 총총히 장수에게로 다가가 버렸다.

"저기, 부원들의 이야기를 들어보는 게 좋지 않을까요?"

거칠게 팔을 흔들고 있던 부장이 농도 짙은 분노를 담은 눈동자를 그녀에게 돌렸다. 맹수의 사나운 눈 같은 그의 시선을 곧바로 받으면서도 효진은 물러서지 않고 히죽 웃었다.

"다른 환자 분들께도 폐가 되니까요. 너무 큰 소란은 벌이지 않은 게 좋지 않을까요?"

생긋생긋 웃는 얼굴 덕분인지 치켜 올라가 있던 장수의 팔이 서서히 내려왔다. 그 팔에 매달린 부원이 표나게 안심한 얼굴로 바닥에 발을 대고 안도의 한숨을 내쉬었다.

"뇨, 이것들아."

"아, 네! 죄송합니다!"

온몸에 붙어 있던 부원들을 떼어낸다. 소란을 정리하기 위해서 부원들을 움직이게 해놓고 맨 처음 얻어맞은 남자를 손짓으로 불렀다.

"예, 부장!"

"들어와."

장수가 다시 침대로 돌아왔다. 효진과 승욱이 살짝 자리를 비키고 성큼성큼 걸어간 그가 침대가 부서지도록 깔고 앉았다. 그 앞에 빳빳하게 긴장한 부원이 섰다.

금방이라도 물어버릴 것 같은 눈으로 부원을 노려보면서 장수가 입을 열었다.

"솔직하게 대답하지 않으면 오늘 너희 전부를 죽여 버린다. 알겠냐."

"예, 예! 알겠습니다!"

효진이 승욱에게 '하룻강아지가 범 무서워하는 모습이네요' 라고 소곤댔다.

뒤쪽 일은 깨끗이 무시한 채 장수가 묻는다.

"우리 부실에서 '미향'이라는 마약 비슷한 게 발견됐다고 한다. 뭔 일인지 설명해라."

"저희들은 절대 모르는 일입니다! 미향이라는 게 뭔지도 모릅니다! 정말입니다! 믿어주십시오, 부장!"

식은땀을 흘리며 그가 필사적으로 대답했다. 중압감 그득한 어조로 장수는 다시 한 번 입을 움직였다.

"진짜냐."

"진짭니다! 거짓말이라면 소, 손가락이라도 자르겠습니다!"

과연 조폭 아들의 부하. 효진은 멋대로 감탄했다.

"좋아. 나가서 정리나 해라."

"가, 감사합니다!"

그는 서둘러 자리를 떴다. 소리나지 않도록 신경 쓰면서도 재빨리 문을 닫고 나가는 그를 슬쩍 뒤돌아보고 효진은 장수를 쳐다보았다.

"어떻게 된 일이죠?"

"난 저 녀석들을 믿어. 약 같은 걸 할 놈들이 아냐. 그 정도로 대범하지도 못하고 말이지."

그는 단언했다.

"그럼 부실에서 나온 미향은 어떻게 설명할 셈이지?"

승욱은 의심을 지우지 않았다. 침대 위에서 양반 자세로 앉은 채 장수의 눈동자가 승욱과 효진을 훑었다.

"난 어릴 때부터 조직들 간의 항쟁을 경험하며 자랐다. 개중엔 당당하게 선전 포고하고 쳐들어오는 녀석들이 있는가 하면 비겁하게 꽁수를 쓰는 개자식들도 있었어. 뭐, 어느 쪽이든 우리 쪽에서 눌러 버렸지만."

"그래서요?"

"이런 꽁수에는 익숙하단 말이다."

"꽁수?"

그는 힘이 잔뜩 실어 말했다.

"난 내 부원들을 믿는다. 이건 꽁수야. 매우 비겁한 꽁수지."

"어떤 꽁수라는 거죠?"

"나머지는 스스로들 알아봐. 상담이라면 해주지."

장수는 이죽거리듯 웃으며 효진에게 시선을 던졌다.

"저런 쪼그만 여자한테 졌다는 것에 대한 작은 심술이다."

방에서 옷을 갈아입고 나온 효진이 입을 삐죽였다

"너무 소심하지 않아요? 무슨 일인지 알고 있는 것 같던데, 좀 가르쳐 주면 덧나는 것도 아니고 말이에요."

승욱은 이미 거실 소파에 자리를 잡고 있었다. 그녀가 부엌으로 들어가며 '주스 마실래요?' 라고 물었지만 등 뒤에서는 아무런 대답도 들려오지 않았다. 그녀는 당연한 듯이 두 잔의 오렌지 주스를 따라 거실로 들고 나왔다.

"대체 무슨 의도인 걸까요?"

"글쎄."

"글쎄가 아니잖아요. 제대로 생각하고 있는 거예요? 이건 승욱 씨일이라구요."

승욱은 대답하지 않고 입을 다물었다. 그의 반대 편에 앉으며 효진이 '후우—' 하고 길게 한숨을 내쉰다.

"뭐, 그렇다면 그건 제쳐 두고. 그 사람이 말한 '꼼수' 라는 건 뭘까요?"

"비겁한 짓."

"사전적 의미를 묻는 게 아니라구요. 진지하게 해요, 진지하게."

절로 찌푸려지는 미간을 손가락으로 꾹 누른 채 효진이 피로한 눈으로 그를 쳐다본다.

"여기서 생각하고 있는다 해서 알 수 있는 게 아냐."

"예?"

돌연 튀어나오는 그의 말에 효진이 주스 잔을 도로 내려놓았다.

"무슨 말이죠?"

"이야기를 정리해 보지."

좀 전과 전혀 달라지지 않은 표정으로 이번에는 진지한 어조로 말한다.

"이곳에 도착한 날에 난 하나의 의뢰를 해결했다. 그 후 의뢰의 발단이 된 '미향'의 존재를 알게 되고 그것을 쫓기 시작했다. 며칠 동안 파는 놈들을 조사하고 다녔지만 '상위'의 단서는 하나도 잡지 못했다. 그러던 중 지난 3월 2일 입학식 날, 그날 나와 네가 동시에 습격을 당했다. 그 다음날 니가 우리를 습격한 녀석들이 강격권부일지도 모른다는 정보를 가지고 왔다. 우린 강격권부를 찾아가 그들과 싸워 부장 등을 입원시켰다. 그리고 오늘 병원으로 찾아가서 물었으나 그들은 미향에 대해서 아무것도 모르고 있었다. 그 대신 부장은 미향이 부실에서 발견된 것이 꿍수라고 말했다."

며칠간 있었던 일련의 일들을 단번에 정리한 그는 맞은편의 효진에게 눈길을 던졌다.

"여기서 우리에게 들어온 정보는?"

"…강격권부에서 나온 미향은 강격권부와 관련이 없다는 것?"

"그래, 단지 그것뿐."

등받이에 깊게 등을 묻고 승욱은 냉철하게 판단했다.

"부장이 거짓말했을 가능성도 생각할 수 있다. 하지만 그럴 가능성은 낮지. 그렇다면 그가 한 말이 사실이라고 생각해야 옳아. 그가 말한 대로 그것이 누군가가 벌인 '비겁한 짓'이라고 한다면 강격권부 부실에서 나온 미향은 누군가가 강격권부에게 죄를 뒤집어씌우기 위해서 조작한 일이야."

"조작?"

"목적은 강격권부와 우리를 묶어서 자멸시키려는 속셈일 테지."

승욱의 눈빛이 보이지 않는 누군가의 머리를 꿰뚫는 듯 예리하게 변했다. 효진은 굳은 얼굴로 물었다.

"강격권부와 우리의 자멸?"

"'그놈들'은 강격권부와 우리를 적대한다. 공통점은 그것뿐이야."

"에……."

도저히 이야기를 따라갈 수가 없는 효진의 정신이 공황을 일으켰다. 현기증이 일어나는 머리를 꾸욱 부여잡고 있을 때 승욱의 눈이 다르게 빛났다는 사실을 눈치 챘다.

"하나 물어보겠는데, 강격권부가 우리를 노리고 있다는 건 누구한테 들었지?"

"얘기했었잖아요. 정인 언니가 대무했던 사람의 친구가 '강격권부가 우리를 노리고 있다'고 말해서 그것을 들은 정인 언니가 나에게 그 사실을 말해 줬다구요. 그리고 그 전날에 있었던 습격이 강격권부의 소행이었다는 것을 알았다고."

"거기군."

"예?"

승욱은 대뜸 한마디 던지고 소파에서 일어섰다.

"거기서부터 알아보자구. 배고프군. 저녁 줘."

맘대로 말을 내뱉고 방으로 돌아가 버리는 그의 등을 허망하게 쳐다보면서 효진은 알 수 없는 분노를 느꼈다.

다음날 등굣길. 아침이라 그럭저럭 한가한 시내를 지나가던 와중에 승욱이 돌연 입을 열었다.

"그러니까—"

"우왓!"

효진은 문자 그대로 화들짝 놀라고 말았다. 이상한 것을 쳐다보는 듯한 눈길을 효진에게 보내는 승욱.

"뭐야."

"아, 아뇨. 갑자기 말해서 놀란 것뿐이에요."

"실례야."

"실례인 게 어느 쪽인데 그래요? 평소엔 학교 도착할 때까지도 버엉 하게 걸어가는 사람이 예고도 없이 입을 여니까 그렇죠."

"실례야."

지지 않고 대꾸하는 그를 슬쩍 흘겨주고 효진은 말을 바꿨다.

"그래서, 무슨 일이에요?"

"학교로 가면 그 정인이라는 사람을 만나보자구."

"으음, 알았어요. 그런데 그 언니는 일단 선배라구요. 아무렇게나 부르면 예의에 어긋나요. 실례란 건 그런 걸 말하는 거예요."

"별로 상관없잖아."

담담히 말투에 효진은 괜히 퉁명스레 쏘아붙인다.

"왜 만나보자는 거예요?"

"물어볼 게 있어서."

효진은 그쯤에서 생각해 냈다. 지난밤 거실에서 나눈 대화를.

"알아보자고 했던 게 그거예요?"

"그래, 걸리는 게 있어서."

승욱은 다시 입을 다물었다. 평소의 등교 때는 다른(확실히 정신을 차리고 있는) 얼굴을 빤히 바라보면서 효진은 알 수 없는 두근거림을 느꼈다.

학교에 도착하여 교실에 책가방을 던져 둔 채로 승욱은 지체하지 않고 교실을 나섰다. 그 뒤를 허겁지겁 효진이 따라나섰다.

"정인 언니가 몇 반인지는 아는 거예요?"

"……."

묵묵부답. 조금 뒤에 응답한다.

"몇 반이지?"

"으휴, 따라와요."

계획성 같은 건 밥에 말아 먹으려고 해도 없을 사람이라고 구시렁대면서 효진이 앞장섰다.

한 층을 내려가서 2학년 4반 앞에 도착했다. 교실 앞문을 슬금슬금 기웃거리자 여학생 한 명이 그녀를 발견했다.

"어라? 넌……."

역시나 얼굴을 알고 있다. 금세 효진의 정체를 기억해 낸 것이다.

"강격권부를 쓸어버렸다는 그 신입생이지? 무슨 일이니?"

역시 알고 있어. 식은땀을 흘리며 효진이 어색하게 웃어 보였다.

"정인 언니 계세요?"

"정인이? 정인인… 아직 등교 전인데?"

교실을 둘러보는 낌새도 없이 그녀는 즉각 대답해 냈다.

"정인이의 등교 시간은 언제나 조례 직전 1분 사이야. 지금은 너무 이르지."

현재 시간은 8시 40분. 효진은 손목시계를 확인하면서 애매하게 고개를 끄덕였다. 조례 시간까지는 아직 10분이나 남아 있다.

도움을 준 선배에게 꾸벅 인사를 하고 효진은 돌아섰다.

뒤에 있을 그가 없다. 황급히 사방을 살피자 학생들 사이로 이미 걸어가고 있는 그의 뒷모습이 보였다. 달려간다.

"혼자 가지 마요, 제발!"

"아아, 미안."

승욱은 대충 사과했다.

"어디 가는 거예요, 또?"

"교문."

"에에, 그렇게 급할 건 없잖아요."

"빨리 해결하지 않으면 다음 의뢰가 들어오지 않아."

'대체 고등학생이 할 소리가 아냐'라고 생각하면서도 효진은 별수 없이 그와 행동을 같이했다. 아무튼 도와준다고 했으니 끝까지 책임지는 것이 올바른 무도인의 자세.

등교하는 학생들의 물결을 역행해서 교문까지 헤쳐 갔다. 가는 도중 둘을 알아보는 학생들의 시선이 쏟아졌지만 신경 쓰는 건 효진뿐이었다. 승욱은 보든 말든 자신과 관계없다는 철저한 무시로 일관, 그건 교문에 도착해서도 마찬가지였다.

"저기, 신경 안 쓰여요?"

참다 못한 효진이 옆구리를 툭 쳤다.

"뭐가."

"사람들이 다 우리를 쳐다보잖아요. 그런 거에 신경 쓸 성격은 아니겠지만."

"잘 아는군."

효진은 왠지 김새는 기분으로 교문 쪽을 살폈다.

무도인 양성 전문 학교라는 특수 목적고지만 전국의 무도인 자녀들과 일반인들이 모이기 때문에 학생 수는 일반 고등학교보다 많다.

그런 이유로 교문으로 밀려드는 무식한 사람들의 물결 속에서 하나하나 눈으로 확인하여 정인을 색출하는 작업은 꽤나 기력을 필요로 하는 일이었다.

한참을 눈 아프게 찾고 있을 때 효진의 어깨를 누군가가 톡톡 건드렸다. 왼쪽에 서 있는 승욱은 학생들을 살피고 있다. 효진은 오른쪽으로 고개를 돌렸다.

"여서 뭐 하노?"

"앗, 정인 언니! 어느새!"

"어느새고 뭐고, 너거들이 보이길래 다시 돌아왔다 아이가. 여서 뭐 하고 있는 거고?"

역시 몰려드는 몇백 명의 사람을 일일이 눈으로 확인하는 건 한계가 있었던 것이다. 지나가는 걸 발견하지 못하다니.

"뭐 하긴요, 언니를 기다리고 있… 었는데, 옷차림이 왜 그래요……."

"어? 뭐가 이상하나?"

모르겠다는 얼굴로 자신을 내려다본다. 효진이 활짝 개방되어 까무잡잡하게 탄 속살을 다 드러내고 있는 셔츠 자락을 두 손으로 붙잡았다.

"다 보이잖아요!"

"아, 치아라, 치아라. 난 잠그는 거 안 좋아한다."

"좋아하고 안 좋아하고의 문제가 아니잖아요! 다 보여진다구요, 다른 사람들에게!"

"와 그 문제가 아이고? 내가 싫다. 보든 말든 뭔 상관인데."

정말 싫은 듯 효진의 손을 떨쳐 내면서 필사적으로 그녀의 손을 방어한다. 그걸 또 보고 있을 수 없는 효진이 손을 뻗고, 둘은 옷을 붙잡고 티격태격 다퉜다.

"……."

말없이 보고 있던 승욱이 효진의 손을 덥석 잡았다. 불시의 기습을 당한 효진이 '앗!' 하면서 그를 쳐다보는 사이,

"이럴 때가 아냐."

효진은 손을 억지로 내려 버리고 정인에게로 눈을 돌렸다.

"며칠 전에 선배와 싸웠던 녀석이 누구지?"

"어… 며칠 전의 싸운 건 누굴 말하는 거고? 그동안 하도 많이 싸워 대 갖고 일일이 기억 몬한다."

구겨진 셔츠를 정리하면서 정인이 되물었다. 옆에서 효진이 승욱의 질문을 보충했다.

"그러니까, 그때 싸우고 나서 다리를 겹질렀다면서요? 그 대무를 했던 사람 말이에요."

"아아, 근마?"

정인은 그제야 기억해 냈다.

"에… 그러니까 그놈들이… 1반 아들이었던 거 같은데. 와?"

"만나고 싶은데."

승욱의 간결한 말에 정인은 순순히 앞장섰다.

"따라온나. 근데 가들은 와?"

"우릴 습격했던 사람들은 강격권부가 아니었어요. 강격권부는 미향과 아무런 관련이 없었던 거예요."

"얼래, 그럼 부실에서 찾았다는 그 미향은 어찌 된 거고?"

"미향을 알고 계셨어요?"

효진이 문득 질문을 던졌다. 어제 전화를 받았을 때부터 생각했던 의문이었다. 강격권부 부장은 미향이 무언지도 모르고 있었다. 승욱이 말해 주고 나서야 그것의 존재를 알았다. 그럼 정인은 어떻게 알고 있는 걸까.

"그거야 학생회 내에선 유명한 이야기니까."

"유명한 이야기?"

정인이 선뜻 말한 이야기의 반향은 컸다. 앞만 보고 걷고 있던 승욱마저 고개를 돌렸을 정도로.

"2년 전인가부터 나타났다고 하던데. 그거 흡입하면 이상하게 강해지고 그런다 아이가. 우리 학교 특성 때문에 강해질라는 놈들이 그런 걸 많이 썼다더라. 근데 부작용이 심해 갖고 그런 종류의 보고들이 엄청 마이 들어왔다 카더라고. 일반 학생들은 잘 모르는 이야기다. 학생회에서도 그에 관한 이야기는 철저히 막고 있고. 뭐, 일부 알고 있는 얼라들이 있을지도 모르지."

즉, 학생회라면 누구나 알고 있는 이야기라는 것이다.

"그래서 강격권부 부장도 모르고 있었던 거군요."

"약 같은 거는 절대 하지 말라고 부원들을 두들겨 패면서 가르치는 놈이니까."

끄덕이며 정인이 계단을 걸어 올라갔다.

잠깐 책상에 가방을 올려놓고 다시 나온 그녀와 함께 승욱과 효진은

1반으로 향했다.

"잠깐 기다리 봐라."

문 앞에 둘을 세워놓은 채 정인은 1반 안으로 들어갔다.

학생들이 지각하지 않기 위해 바쁘게 달려 지나간다. 그들을 위해서 복도 벽에 기대어 선 효진은 승욱이 아까부터 무언가를 계속 생각하고 있다는 사실을 깨달았다.

"뭘 그렇게 생각하고 있어요?"

"……."

대답해 주지 않는 그를 슬쩍 흘겨보고 있을 때 정인이 돌아왔다.

"우짜노. 가들 학교 아직 안 왔나본데."

"다음 시간에 다시 올 수밖에 없겠는데요?"

효진이 승욱을 돌아보면서 말했으나,

"……."

그는 여전히 딴 생각 중이었다. 효진이 팔꿈치로 그의 옆구리를 쿡 찔렀다. 이젠 아주 익숙해진 움직임이다.

"사람 말 좀 들어요. 무슨 생각 중이에요?"

"아아."

묘한 소리를 내는 승욱.

"한 가지만 묻지."

정인을 향해 묻는다.

"과거에 미향을 압수하거나 하면 어떻게 처리했지?"

"1학년 때던가… 분명히 태워뿌릿는데."

"누가?"

"일이 터지면 그 뒤처리는 선도부에서 도맡아하지."

승욱의 눈빛이 이채롭게 빛났다. 그 변화를 효진은 옆에서 분명히 감지했다.

"뭔가 안 거예요? 안 거죠?"

"확실한 건 아냐. 증거가 필요해."

효진은 어쩐지 그가 웃고 있다고 생각했다.

"도와줘."

|일곱| 마지막 싸움의 두 사람의 장(章)

Burning fist

마지막 싸움의 두 사람의 장(章)

*사람이 죽었는데
이것 때문에 사람이 죽었는데도 이 사람들은
아무런 죄책감도 없구나……*

시끄러운 게임 센터. 국내에서도 몇 손가락 안에 드는 규모라고 알려져 있는 곳이라 하루에 드나드는 사람들 수만 해도 수천은 족히 된다는 통계가 있다.

방과 후. 오늘도 수많은 사람들이 게임 센터를 떠돈다.

시끄러운 기계음과 사람들의 소음이 지배하는 게임 센터의 구석. 건 슈팅(Gun Shooting) 게임 기계들이 줄줄이 늘어서 있는 곳에 몇몇의 남자들이 무리 지어 서 있다. 구석에 쭈그리고 앉아 있는 녀석, 혹은 선 채로 벽에 기대 담배를 꼬나 물고 게임 센터 구석구석으로 수상한 시선을 날리는 녀석 등등.

특별히 게임을 하는 것 같지 않는 그들 앞으로 종업원이 후닥닥 지나갔다. 그 모습을 보며 이죽거리고 비웃는 그들 앞에 웬 작은 체구의 그림자가 드리웠다.

"엉? 뭐냐?"

쭈그려 앉아 있던 남자가 담배를 비벼 끄면서 일어섰다.

"미, 미향을 사, 사고 싶습니다만……."

자신감 부족한 목소리로 중얼거리자 주변의 소음에 금방 파묻힐 듯했다. 남자는 동료들과 눈빛을 교환하면서 실실 웃어대다가 작은 소년의 머리를 툭툭 건드렸다.

"어이, 꼬마. 여긴 너 같은 꼬마 놈이 놀러오는 데가 아니라구. 집에 가서 엄마한테 과자나 사달라고―"

"백두고 학생입니다."

남자의 말을 자르며 단호하게 내뱉었다. 남자는 고개를 숙이고 있는 소년을 내려다보다가 뒤에 서 있는 동료에게 눈짓을 보냈다. 곧 승인의 사인이 떨어진다.

"미향을 사고 싶단 말이지?"

"예."

"따라와라."

남자가 먼저 움직이고 그 뒤를 작은 소년이 뒤따른다. 그 둘을 은근히 에워싸는 형세로 나머지 동료들이 움직였다. 총 7명. 소년은 약간 겁을 먹은 모습으로 그들에게 둘러싸여 안내됐다.

맨 앞의 남자가 붐비는 사람들 사이를 헤집고 나아가 화장실 쪽으로 방향을 틀었다. 화장실이라 친절히 표시된 문을 열고 안으로 들어가고, 다른 동료들이 모두 들어오자마자 청소 용구함이라고 적힌(반쯤 지워진) 문을 거칠게 열었다.

거긴 청소 도구들이 아닌 계단이 있었다.

조명조차 없는 어둑한 계단을 천천히 걸어 내려갔다. 이윽고 빛이 보이는 듯하자 빠져나온 곳은 게임 센터 뒤쪽의 있을 리 없는 공터였다. 소년은 눈을 크게 뜨고 주위를 둘러보았다. 허공에 희미한 형광등이 붙어 있다. 게임 센터의 건물 옆의 쓰지 않는 창고쯤 되는 곳인 듯하다.

탕!

그들이 내려온 계단의 문이 닫히는 소리에 소년은 움찔 몸을 떨었다. 명백히 겁을 먹은 그 모습에 남자들이 낄낄 웃어댔다.

"자아, 그래서 얼마나 필요하지?"

소년은 떨리는 목소리를 가까스로 자제하며 대답했다.

"이, 일주일분."

"일주일?"

일순 남자들이 술렁였다. 소년은 다시 말했다.

"최소 일주일분이 필요합니다."

"어이, 잠깐. 일주일이라고? 진심이냐?"

"정말입니다."

주저없이 대답하자 남자들의 동료가 더욱 강해졌다. 서로 수군대며 이야기를 나누다가 맨 처음의 남자가 확인하듯 물었다.

"진짜냐?"

"진짜입니다. 당장 필요합니다. 없습니까?"

"젠장, 그 정도의 양을 어디다가 쓰려는 거냐?"

남자가 어디론가 전화를 하기 시작했다. 핸드폰을 꺼내서 누군가와 한참 이야기를 나누는 동안 다른 남자들이 힐끔힐끔 소년을 관찰했다. 이젠 어느 정도 분위기에 익숙해진 건지 당당하게 고개를 들고 소년은 전화하는 남자를 주시했다.

돌아서 있던 남자가 전화를 든 채 소년에게 고개를 돌렸다.

"너, 돈은 확실히 있냐?"

"충분합니다."

소년의 대답을 전화 너머의 누군가에게 전한다. 몇 마디 더 나누다가 휴대폰을 닫고 주머니에 집어넣었다.

"따라와라."

간단하게 말했다.

"엇? 뭐? 이 꼬마를 데리고 간단 말야?"

"지금까지 한 번도 그런 적 없었잖아!"

주위의 동료들이 큰 소리로 웅성대기 시작했다. 정도가 넘어서게 시끄러워지자 남자가 고함을 질러 그들의 입을 다물게 만들었다.

"시끄러워! 어차피 가지고 나온 것들을 전부 모아도 4일분이 될까 말까라고! 형님들도 이 건수를 놓치고 싶지 않아한다. 데리고 오라는 명령이야."

그의 말에 남자들의 술렁임이 대번에 사그라들었다.

"오토바이에 태워. 당장 간다."

남자들이 뒤돌아섰다. 소년은 이를 악물며 천천히 그들을 뒤따라갔다.

강제로 검은 헬멧이 씌워지고 앞이 보이지 않는 상태에서 운전하는 남자의 허리를 꽉 붙들어맸다. 여섯 대의 오토바이가 굉음을 일으키며 도로를 달렸다. 가로지르는 바람의 비명이 옷을 넘어 피부까지 전해졌다. 소년은 허리에 두른 팔에 힘을 넣었다. 잘못하면 거짓말하지 않고 죽을 것 같았다.

몇 분 후, 그가 타고 있던 오토바이가 천천히 멈췄다. 남자들의 인도

대로 오토바이에서 내려졌지만 검은 헬멧은 벗겨지지 않았다. 조금 기다리자 남자들이 양 옆에서 팔을 잡고 이끌었다. 소년은 그들이 이끄는 대로 걸어갔다.

그다지 정리되어 있지 않은, 시골길같이 울퉁불퉁한 길을 걸었다. 오토바이를 타고 온 시간만큼 그런 길을 걷자 남자들이 멈춰 섰다. 소년은 앞이 보이지 않는 헬멧 속에서 다른 감각을 곤두세웠다.

끼익.

낡은 철문이 열리는 소리와 함께 낮은 대화 소리가 들렸다. 조금 퀴퀴한 냄새도 났지만 땀 냄새와 섞여 판단하기 어려웠다.

"안으로 모셔라."

새로운 목소리가 정중하게 말했다. 그의 명령대로 소년은 '안' 으로 들어갔다. 곧 또다시 철문이 움직이는 소리가 들리고 동시에 사방이 고요해졌다.

두근대는 심장을 진정시키면서 그들의 안내대로 몇 발자국 계속 앞으로 걸었다. 그리고 소년은 소파 같은 것에 앉게 되었다.

"벗겨 드려."

"옙."

'고객' 에 대한 정중함이 담긴 목소리가 지시하자 한 남자가 헬멧을 붙잡고 천천히 벗겼다.

시야가 빛을 되찾았다. 지끈거리는 시력을 적응시키고 주위를 둘러보았다.

덜 만든 창고. 꼭 그런 느낌의 창고 비슷한 곳이었다. 한쪽에는 공사 도구로 쓰이다가 버려진 듯한 각목이 굴러다니고 여기저기 박스 같은 것들도 널브러져 있다. 소년을 데리고 온 남자들은 저 뒤편에 물러나서 박스나 허름한 철제 의자 같은 것에 제각각 자리 잡고 있었다. 다른 몇 명은 들어온 철문 앞을 지키고 있다.

소년은 눈앞의 남자들을 쳐다보았다.

한쪽은 올백 머리 스타일의 냉철하게 보이는 남자였고, 다른 한쪽은 어쩐지 선해 보이는 눈매와 화려한 셔츠가 눈에 띄는 남자였다.

"일주일분을 구입하고 싶다고 하셨습니까?"

"아, 예, 예……."

허겁지겁 대답하는 소년을 향해 이번엔 화려한 셔츠를 입은 남자가 싱긋 웃어 보였다.

"그렇게 긴장하지 않으셔도 돼요. 하나 묻고 싶은 게 있는데 괜찮습니까? 저희도 이런 큰 규모의 거래는 처음이라 조금 신경 쓰이는 구석이 있어서 말이죠."

"예… 무슨?"

"일반적으로 밖에서 거래되는 미향은 한두 시간 정도의 분량입니다. 그 정도로도 보통 십만 원 선에서 십오만 원 사이인데, 일주일분이라고 하면 계산하기 귀찮을 만큼의 가격으로 불어납니다. 이 정도의 미향을 대체 어디다 쓸 생각이신지?"

보통이라면 이런 질문은 절대 하지 않는다. 이쪽은 팔면 되는 것이고, 구매자가 미향으로 국을 끓여 먹든 팥빙수에 뿌려 먹든 상관할 바가 아니다. 그러나 그러한 전례를 깰 정도로 이번 거래는 파격적이었다. 단단히 한몫 잡을 기회인 동시에 그만큼의 위험도 내포하고 있다. 파는 입장인 그들로서도 신중을 기해야 하는 것이다.

소년은 준비해 온 멘트를 꺼냈다.

"도저히 용서하지 못하는 사람이 있습니다. 그 사람에게 복수를 하려면 이 미향이 꼭 필요합니다. 아무쪼록 꼭 팔아주십시오."

또렷한 어조와 음색으로 그렇게 말하는 소년. 두 명의 남자는 서로 눈짓으로 무언가를 교환하고 나서 뒤쪽으로 손짓을 보냈다.

건장한 체구의 남자가 일어나 소파 뒤쪽의 쓰레기 더미로 가 덮여 있던 거적들을 하나씩 덜어냈다. 소년이 힐끔 그쪽을 살폈을 때 거적이 벗겨진 사이로 노란 상자들이 보였다. 남자는 그 상자 중 하나를 가뿐히 들고 와 두 소파 사이에 내려놓았다.

안경 낀 남자가 품속에서 나이프를 꺼내 상자를 날카롭게 찢었다. 속을 드러낸 상자 안에는 소년의 주먹 크기만한 병들이 차곡차곡 줄 맞춰 나열되어 있다.

"이 병 하나가 하루분입니다."

셔츠 남자가 한 병을 꺼내 보여주었다. 소년이 두 손으로 그것을 받아 들고 유심히 관찰했다.

주먹 정도의 폭과 깊이. 안이 훤히 보이는 유리병이 코르크 마개로 봉인되어 있다. 그 안에는 마치 핏빛같이 붉은 가루들이 가득 차 있었다.

소년은 어느새 그것에 매료되어 한참 동안 붉은 가루를 쳐다보고 있었다.

주위를 잊은 듯한 그 모습에 상자를 들고 왔던 남자가 커다랗게 헛기침을 터뜨렸다. 소년은 그제야 정신을 차리고 병을 내려놓았다.

"이게 대체 더 얼마나 있는 겁니까?"

"그다지 없습니다. 이 박스 하나에 30병이 들어 있죠. 현재로는 이것까지 세 박스 정도입니다."

그걸로도 충분히 한 턱 벌고도 남을 것이다. 소년은 자신도 모르는 사이에 침을 꿀꺽 삼켰다.

셔츠남자가 미소를 지으며 말했다.

"그럼 거래를 해볼까요? 요즘 시가로는 이 한 병을 백이십만 원 정도로 받고 있습니다만 특별히 백십만 원으로 깎아드리겠습니다. 그렇다면 일곱 병에 칠백칠십만 원이 되는데, 어떻게 하시겠습니까? 거래가 큰 만큼 고객 분의 의견도 충분히 들어드릴 수 있습니다."

"아뇨, 그 정도야 가뿐합니다."

소년은 믿음직한 얼굴로 철문을 가리켰다.

"돈은 밖에 있습니다."

"밖?"

소년의 손가락이 가리키는 방향으로 모든 시선이 쏠렸을 때,

쾅—!

녹은 슬었지만 두터운 철문이 한차례 요란스럽게 진동했다. 허름한 벽과 천장에서 먼지가 우스스 떨어져 내렸다.

"뭐, 뭐야, 저거."

심상찮음을 느낀 남자들이 너저분한 자리에서 몸을 일으켰다.

쾅—!

또다시 철문이 진동했다. 철문 앞에 서 있던 남자들이 주춤주춤 물러섰다. 머리 속으로 불길한 예감이 달려갔다.

올백의 남자, 지철은 소파에 앉아 있던 작은 소년이 사라졌음을 겨우 깨달았다. 황급히 눈을 돌렸을 때 소년은 품속에서 핸드폰을 꺼내,

"들어오세요!"

쾅!

세 번째 굉음과 동시에 두꺼운 철문이 서서히 기울어졌다. 그곳의

모든 이들이 그 자리에 얼어붙어 아무런 행동도 하지 못하는 사이 철문은 불쾌한 쇳소리를 터뜨리며 바닥으로 쓰러졌다.

철문이 붙어 있던 자리가 완전히 뚫려 바깥으로 연결됐다.

그곳에 세 명의 남녀가 서 있었다. 모두 각각의 차림새와 생김새였지만 지철은 그들의 정체를 충분히 알 수 있었다.

"네, 네 녀석들은!"

"개성없는 대사예요. 게다가 그 헤어스타일도 감점."

멋대로 채점하면서 양손에 낀 검은 장갑을 조이며 걸어 들어오는 효진.

"대희야! 괜안나?"

타이트한 가죽 소재 옷으로 몸매를 뽐내며 유창한 부산 사투리로 소년(대희)을 걱정하는 정인.

"……."

조용하게 목도를 뽑아 든 채 겨누고 있는 승욱.

세 명의 남녀가 쓰러진 철문 위에 당당히 섰다.

"젠장, 당했다."

지철은 이를 악물며 패배감을 삼켰다. 옆에서 사납게 눈매를 변모시키며 셔츠남자(정현)조차 두 눈에 붉은 핏발을 세웠다.

"갑자기 이런 큰 건수가 생길 때부터 알아봤어야 하는 건데……."

효진은 빙긋이 웃으며 창고 여기저기로 시선을 보냈다.

"승욱 씨 얘기를 듣고서도 설마 했는데 정말이었을 줄이야. 정말 놀랐어요."

"내도 진짜 생각 못했는데. 너거들을 보고 안 믿을 수도 없고. 윤지철, 마정현, 정대국!"

정인의 마지막 말은 뇌리에 사무칠 정도의 분노를 담고 있었다.

"너거들이 그라고도 선도부가!"

이번 일의 모든 원흉은 바로 선도부였던 것이다. 미향을 팔았던 것도, 승욱이 미향을 쫓자 효진과 승욱을 습격한 것도, 그리고 강격권부가 승욱과 효진을 노린다는 헛소문을 퍼뜨린 것도, 강격권부 부실에서 미향이 발견된 것도, 그 전부가 선도부의 '꽁수'였던 것이다.

승욱이 '선도부'를 모든 중심에 놓게 된 것은 정인에게서 '뒷처리는 모든 선도부가 한다'라는 말을 들었을 때부터였다. 미향을 압수하게 되더라도 선도부에서 그것을 처리하기 때문에 설사 빼돌린다고 하더라도 아무도 알 수 없다. 게다가 강격권부 사건이 있은 후 그 뒤처리 또한 선도부가 했었다. 미향을 가져가 부실에서 발견했다고 덮어씌우는 일 정도는 갈중에 맥주 원샷하는 것보다 쉽다.

"그래서 우리 중에 얼굴이 알려져 있지 않은 사람을 써서 접근해 보기로 한 거죠. 이야기는 전부 핸드폰으로 모두 들었어요. 설마 대회 씨의 안주머니에 핸드폰이 연결된 채 들어 있었다고는 절대 생각 못했죠?"

건장한 남자(대국)가 험악한 눈빛으로 대회를 째려보았다. 정인의 옆에 있던 대회가 흠칫 떨면서도 지지 않고 그 눈빛을 받아냈다.

"그래 갖고 몰래 뒤를 미행해서 따라왔더만 설마 학교 안으로 들어갈 줄은 진짜 몰랐다. 너거들, 이 폐건물에 있던 양아치 놈들을 몰아내더니 너거들이 들어앉아서 이런 짓이나 하고 앉았었나!"

"씨바, 시끄러!"

대국이 고함을 질러 모든 말을 막았다.

"다 집어치워! 난 처음부터 반대했다고! 그냥 다 쓸어버리면 끝인 거야!"

한껏 열이 받은 채로 부하들에게 명령했다.

"저것들 전부 잡아! 죽여!"

그의 고함에 단번에 정신을 차린 선도부 녀석들이 세 명을 향해 달려들었다.

"지지 마세요!"

"내를 뭘로 보고! 너거나 지지 마라!"

효진의 외침에 응답하며 정인의 몸이 앞으로 쏘아져 나갔다. 무식하게 각목을 들고 대희를 향해 덤벼드는 남자의 복부에 강렬한 로우 사이드 킥(Low Side Kick)을 먹였다.

"와자아앗!"

뒤따라 달려드는 놈의 인중을 노려 손등치기를 적중시켰다. 겁없이 옆에서 기습하는 녀석의 무릎을 본능적으로 '아도옷!' 걷어차고 발을 땅에 내리자마자 옆에서부터 주먹을 끌어와 턱을 갈겼다.

"쿠엑!"

기묘한 비명 소리와 함께 남자가 바닥을 뒹굴었다. 잠시 생긴 여유에 다급히 대희를 살폈다.

대희가 작은 몸으로 체중을 실어 상대의 발차기를 두 팔로 막아냈다. 그 자세 그대로 외발을 뻗어 남자의 디딤발의 무릎 관절을 뒤에서 걷어찼다. 후려치듯이 재빨리 뻗고 돌아오는 돌려차기의 자세. 남자가 일순 휘청거리며 엎어졌다. 대희는 신중히 자세를 잡고 벽을 등지고 물러섰다.

그때 정인이 대희를 노리는 남자의 뒤통수를 사이드 킥으로 차 날리며 난입했다. 포위선이 무너진 남자들이 다시 정인을 노리는 사이 대희의 옆차기가 방심한 한 남자의 복부에 꽂혔다. 그러나 파워가 약했기에 대회는 뻗은 발을 곧바로 회수해 옆구리에 돌려차기를 먹였다. 연달아 무릎, 허리, 옆구리에 계단돌려차기를 퍼부었다. 남자가 호흡 곤란을 일으키며 앞으로 천천히 쓰러졌다.

"잘하는데!"

정인이 큰 소리로 칭찬하며 또 한 번의 사이드 킥으로 한 남자를 날려 보냈다. 방금 쓰러진 남자 위에 겹쳐져 듣기 싫은 비명을 내지르는 그의 턱을 용서없이 밟아버리며 정인은 또다시 다른 쪽을 살폈다.

옆쪽에서는 효진의 곡예 같은 무술이 펼쳐지고 있었다.

공격해 오는 남자의 옆구리를 걷어차고, 그가 고통스러워하는 사이에 그의 무릎을 차고 뛰어오른다. 그의 어깨를 밟고 뒤에서 달려들려고 하던 남자의 얼굴을 걷어차고 양쪽으로 발차기를 펼쳤다. 양 옆의 두 명이 턱을 얻어맞고 비틀거렸다. 바닥에 손을 짚은 채 다리를 뻗어 두 명의 다리를 걷어차 넘어뜨린 후 몸을 일으키며 나머지 한 사람의 턱을 밑에서부터 올려 찼다.

"컥!"

위액을 뱉으며 남자가 뒤로 무너져 내렸다.

멈추지 않고 한차례 도약하는 효진의 시야로 승욱이 들어왔다.

승욱이 가로로 목도를 베었다. 목덜미를 강타당하고 한순간에 실신하는 남자. 그를 신경 쓰지 않은 채 앞으로 재빨리 전진하며 목도를 찔러 넣었다. 또 다른 남자의 명치에 목도가 박히는 순간 궤도가 바뀌며 옆으로 하얀 빛을 뿌렸다. 순시간에 두 명의 남자가 급소를 가격당하고 뒹굴었다.

잔챙이들과의 싸움은 가볍게 끝났다. 원체 이 세 명의 실력은 출중

하기 그지없으니까(대회는 아쉽게도 포함되지 않는다).

"와자아앗!"

오른손, 오른발이 앞으로 나간 자세에게 총알처럼 단숨에 쏘아져 나가 옆차기를 내지른다!

정인의 로우 사이드 킥에 또다시 한 남자가 날아가 벽에 부딪치며 요란스럽게 상자들 위로 쓰러졌다. 나뒹구는 남자는 쳐다보지도 않고 정인이 천천히 발을 내렸다.

십여 명의 남자들이 기절한 채 널브러져 있다. 정인이 가볍게 둘러보며 휘파람과 함께 감탄했다.

"이야, 역시 학생회에서 주목하고 있는 신입생들! 실력이 장난이 아니구마."

"별거 아니에요, 이쪽이 약한 것뿐."

쓰러진 남자들을 가리키며 효진이 어깨를 으쓱댔다.

곧 세 명의 시선이 남은 세 명의 남자에게로 못 박혔다. 남자들의 얼굴에 진한 분노가 점철되어 올랐다.

"이, 이 자식들……."

입술을 부들부들 떨면서 간신히 화를 억누르고 있는 모습이었다.

"언니, 저 남자들의 실력은 어때요?"

"제대로 싸워본 적은 없어갖고 잘 모르겠는데, 너희들보다 못할 거다."

"뭐라고! 이년이! 너, 뭐라고 했냐!"

가장 성질이 급한 대국의 화가 폭발했다. 정인은 그를 향해 넌지시 비웃어주며,

"이 두 명의 실력이 느그들보다 훨 낫다고 했다. 와? 꼽나?"

"씨발! 조용히 죽어라!"

대국이 거구를 날리며 달려들었다. 그때 등 뒤에서 지철과 정현이 팔을 붙잡고 그를 제지했다.

"도발에 넘어가지 마, 이 자식아."

대국이 움찔하며 주먹을 내렸다.

그를 진정시키고 지철과 정현 또한 나란히 섰다. 세 명과 세 명의 대치. 선도부를 맡은 이래 최고의 위기라는 것을 정확히 인식하며 두 남자는 등 뒤의 상자를 힐끔 보았다.

"뭐… 어찌 되든 너희들을 완전히 갈아버리면 들킬 일은 없다는 거겠지."

그들이 품속에서 무언가를 꺼내 들었다. 손가락 한마디 정도의 작은 유리병이었다. 대희가 황급히 소리쳤다.

"저거 미향이에요!"

"그래, 미향이다."

지철은 안경을 치켜 올리며 히죽 웃었다. 섬뜩할 정도로 차가운 미소에 효진은 주먹을 굳게 쥐었다.

"그걸 마시면 어떻게 되는지 알고는 있는 거예요?"

"우린 이걸 파는 사람이야. 그 정도는 알고 있다고."

"그런데도 그걸―"

"닥쳐."

선한 이미지는 깨끗이 사라진 채 정현은 완전히 차가운 얼굴이 되어 있었다.

"어차피 부장이 돌아오면 죽는 건 마찬가지다. 그전에 너희들 정도는 불구로 만들어야 속이 시원하겠어."

이, 이 사람들 완전히 미쳤어……!

효진은 그들의 기세에 식은땀을 흘렸다. 정인이 옆에서 나직이 말해주었다.

"학생회 인사 때 선도부장 못 봤재? 근마 지금 자택 근신 중이다. 개학 직전에 큰 싸움을 일으켜 갖고 경찰에 잡혔었거든. 그때도 몇 명을 완전히 죽기 직전까지 팼나보드라. 근마 성질 졸라 드러워 갖고 같은 선도부라도 엄청 싫어한다."

"그, 그런 사람이 어떻게 선도부장을……?"

"일단은 강하니까 그 자리를 꿰어찬 거지. 회장도 별말 하지 않았고."

마른침을 삼키며 효진이 장갑을 다듬었다. 승욱에게 물었다.

"미향을 흡입하면… 어느 정도로 강해지는 거죠?"

"내가 칼의 힘을 사용할 때 정도로."

효진의 안색이 새하얗게 질려 버린다.

"그, 그럼 곤란하잖아요! 난 버닝하지도 않았는데!"

작은 소리로 기겁하는 그녀를 힐끔 쳐다보고 승욱은 목도를 들어 올렸다.

"어서 불타."

"내 맘대로 되는 게 아니라구요!"

항의했으나 그는 이미 듣지 않고 있었다. 목도를 똑바로 부여잡고 눈을 감고 있다. 효진은 그것이 어떤 모습인지 단번에 눈치 채고 슬금슬금 뒤로 물러섰다. 정인이 둘의 대화를 엿듣고 의아해하고 있을 사이 선도부 세 남자가 천천히 자신들 사이의 간격을 벌렸다.

"수군수군 다 떠들었으면 이제 죽어줄 시간인데."

동시에 세 명이 병의 마개를 열고 입구를 코에 댔다. 단숨에 '흡!' 하고 가루를 빨아들인다. 텅 빈 병을 뒤로 던져 버리고 세 명의 남자가 눈을 감았다 다시 떴다.

그들의 눈에 도는 것은 광기(狂氣) 그 이상도 그 이하도 아닌 것이었다.

머리 속에서 도망쳐야 한다고 본능이 소리쳤다.

"달아나."

현실에서도 들려온다. 드디어 환청까지 들리는구나. 효진은 혼란스러워하다가 한참 후에야 그 목소리가 승욱의 것이라는 사실을 깨달았다.

"예, 예?"

"달아나. 일단은 내가 막겠어."

또다시 목덜미에 싸늘한 한기가 느껴진다. 승욱의 왼쪽에 서 있는 효진으로선 승욱의 오른쪽 볼을 볼 수 없지만 아마도 그 상처가 또 밖으로 불거져 나와 있을 것이다. 효진은 아직 채 흡수되지 않은 검은 기운이 그의 몸 주변을 떠돌고 있는 광경을 보고 슬금 정인 쪽으로 물러났다.

"그럼—"

승욱이 목도를 세 명을 향해 겨누었다. 무거운 음성과 함께 도전적인 눈빛을 던진다.

"마지막 싸움이다."

미향을 들이마신 세 명의 남자와 승욱이 일순간 부딪치는 틈을 타 효진은 정인, 대희와 함께 창고에서 도망쳐 나왔다. 창고에서 떨어져 멀리 달려가는 순간에도 등 뒤에서 들리는 소음들에 효진은 마음을 놓을 수가 없었다.

저 세 명을 승욱이 당해낼 수 있을 리가 없다. 아무리 생각해도 이건 무리다.

그렇게 강하게 생각해 내는 순간 효진은 걸음을 멈추었다.

앞서 달리던 정인이 그녀의 이상한 반응에 돌아보며 소리쳤다.

"뭐 하노! 빨리 도망 안 가면 전마들이 쫓아올 끼다!"

"먼저 가세요."

"뭐라카노! 승욱이가 아무리 미향을 마셨다고 해도 세 명을 상대로는 무리라카이!"

"하지만 혼자 갈 수는 없다구요!"

효진의 필사적인 외침에 정인은 뻗은 손을 멈출 수밖에 없었다. 눈앞에 보이는 작은 소녀의 등이 가늘게 떨리며 그 눈이 창고를 향하고 있었다.

지금도 귀를 기울이며 창고 안에서 격렬한 격투의 소리가 들려올 것 같다. 그리고, 칼의 힘을 받아 치열하게 싸우는 승욱의 숨소리가 들려올 것 같다. 이번엔 사령의 기운을 흡수하기 위해서 충분히 시간을 들일 수도 없었다. 그렇다면 전처럼 처참한 부작용이 또 일어날 게 뻔하다.

효진은 도저히 가만히 있을 수가 없었다. 정인과 대회가 부르는 소리조차 인지하지 못하고 그녀는 달려온 길을 되돌아서 또다시 창고로 달려갔다.

정인은 금세 멀어져 가는 효진의 뒷모습을 향해 최후의 힘을 짜내 소리쳤다.

"야! 가지 말라카이!"

"괜찮아."

낯익은 여성의 목소리가 났다. 정인과 대희는 흠칫 놀라며 뒤로 돌아섰다.

황토색의 롱 코트를 걸친 미령이 생긋 웃으며 그곳에 서 있었다. 그 뒤쪽에 언제나 그렇듯 그녀의 동생 성인을 대동한 채.

"새, 샘이 어떻게 여길?"

"미향을 쫓고 있는 건 쟤들만이 아냐."

미령은 주저하지 않고 정인을 지나쳐 앞으로 나아갔다.

"성인아, 먼저 가서 도와주렴."

성인은 대답도 하지 않고 달려갔다. 미령이 잠시 멈춰 서서 그의 뒷모습을 바라보다 정인과 대희를 뒤돌아보았다.

"나와 성인이도 미향의 본거지를 쫓고 있었어. 하지만 좀처럼 마지막 꼬리가 잡히지 않아 곤란해하고 있었지. 그러던 중에 저 아이들이 먼저 이곳을 밝혀내 준 거야."

"하, 하지만 샘! 샘 동생의 실력이 어떤지는 몰라도 지금 선도부 놈들은 전부 미향을 들이마셨다고요! 오히려 당하고 말 거예요!"

"괜찮아."

미령은 간결히 단언했다. 정인은 알 수 없는 그 박력에 치밀어 오르던 말을 삼켰다.

"우리는 기다리면 돼. 남은 건 저 아이들의 몫이야."

미령의 눈이 창고를 똑바로 주시했다.

"죽어라아!"

고함과 함께 세 명의 몸이 일순간 사라졌다. 효진과 정인, 대회의 입이 멍하게 벌어지는 모습을 슬로 모션처럼 느끼며 승욱도 자리를 박찼다.

한 발 전진하여 발을 굴리며 목도를 뻗었다.

슈욱!

허공을 찢으며 목도 끝에서 약한 타격감이 일었다. 화려한 색깔의 셔츠가 한순간 눈앞에서 펄럭인 듯한 느낌을 받으며 승욱은 멈추지 않았다.

단숨에 허리를 숙여 앞으로 쏘아져 나가며 뻗은 목도를 회수, 단숨에 대각선 위로 올려 뱄다.

또다시 약한 느낌이 목도 끝에서 느껴졌다. 누군가의 옷깃이 살짝 베어졌다.

머리만으로 이해하면서 몸이 자동으로 등 뒤의 공격을 감지했다. 공중으로 뛰어올라 거꾸로 허리를 뒤집어 목도를 찔렀다.

살짝 피부를 찢어놓으며 목도가 빗나갔다. 당한 상대가 서둘러 그곳에서 벗어났다.

승욱이 바닥을 디디고 다시 자세를 잡았다. 효진을 비롯한 세 명이 창고 밖으로 필사적인 도망을 강행하고 있었다.

다시 모습을 드러낸 선도부원 세 명과 동료들 사이를 가로막았다.

목도를 자신들을 향해 겨누는 승욱을 두고 지철은 피식 웃었다.

"우리 세 명을 너 혼자서 막을 생각이냐?"

"저 새끼 좀 웃기는 구석이 있는데?"

"전혀 그렇게 안 보이는데 말이야."

제각각 떠들어대면서 비우호적인 미소를 승욱에게 보낸다. 승욱은 동요하지 않고 곁눈질로 뒤쪽을 확인했다. 예민해진 청각에 멀어지는 발자국 소리가 감지됐다.

충분히 멀어졌군. 승욱은 목도를 다시 부여잡았다.

"자아, 그렇다면 충분히 밟아드리는 게 예의지."

"암, 그렇고말고."

정현의 제안에 나머지 두 명이 고개를 끄덕이며 동의했다. 동시에 그다지 보고 싶은 않은 잔인한 미소를 그리며 세 명의 몸이 천천히 움직이기 시작했다.

몸을 풀듯이 움직이던 그들의 모습이 또다시 사라졌다.

승욱은 사령의 기운을 한 번 더 흡수하고 발을 구르며 공중으로 날아올랐다.

찰나, 그의 밑으로 세 명의 공격이 교차하여 지나갔다.

땅에 발을 붙이자마자 허리를 숙였다. 그리고 옆으로 구르면서 두 번의 찍기 공격을 피하고 일어설 새도 없이 목도로 얼굴을 방어했다.

……!

"잘도 막는군."

과도만한 나이프가 목도에 막혀 눈동자 바로 앞에서 빛을 냈다. 본격적으로 감춰뒀던 나이프를 꺼낸 것이다.

힘으로 나이프를 밀어내고 단숨에 몸을 일으켰다.

전방의 화려한 셔츠를 노리고 세 번의 찌르기를 날렸다. 급소를 꿰뚫을 만한 충분한 힘이 실린 공격은 셔츠에 무참한 구멍만을 뚫어놓았다.

포기하지 않고 오른쪽을 향해 두 차례 목도를 베어 올렸다. 살짝 베이는 느낌이 들었으나 치명타는 아니었다.

"으랏차!"

잠시 방심한 사이 대국의 무식한 발차기가 승욱의 등짝에 폭발했다. 승욱의 몸은 가볍게 허공을 날아 4미터 밖으로 뒹굴었다.

바닥을 뒹구는 사이 지철의 발차기가 승욱의 급소를 노렸다. 누운 채로 겨우겨우 목도로 방어해 내는 사이 이번엔 정현의 나이프가 허공을 찢으며 꽂혔다.

핏—

아린 느낌과 함께 왼쪽 눈 밑이 예리하게 베어져 나갔다.

나이프가 바닥에 박힌 틈을 타 팔을 붙잡고 일어서 발을 휘둘렀다. 턱을 얻어맞고 정현이 주춤하는 찰나에 완전히 몸을 일으켜 목도로 목덜미를 가격했다. 목에 닿기 직전 정현의 몸이 재빠르게 물러나며 목도를 피해냈다.

땅에 처박힌 목도를 반동을 주며 베어 올려 정현의 손에서 나이프를 쳐냈다.

나이프가 허공을 빙글빙글 날아오를 때 정현의 목젖에 정확하게 목도를 쑤셔 넣었다.

"크학!"

깨끗하게 급소를 공격당한 정현이 목을 붙잡고 쓰러졌다. 그사이 승욱은 단숨에 그들의 포위망에서 빠져나왔다.

거리를 벌린 채 서로가 서로를 경계했다.

지철이 호흡 곤란을 일으키며 안색이 하얗게 변한 정현의 어깨를 흔들었다. 캑캑 소리를 내면서 정현은 전혀 숨을 내쉬지 못하고 있었다.

"이 새애끼이가아아!"

충혈된 두 눈을 치켜뜨고 대국의 거구가 달려들었다. 순식간에 거리를 좁혀 들어와 정면에서 우람한 주먹을 날렸다. 미처 정면이라고는 생각하지 못한 승욱이 급히 목도로 방어를 했으나 그의 몸이 한꺼번에 충격으로 뒤로 날아갔다. 간신히 바닥에 발을 붙였을 때 뒤이어 대국의 펀치 세례가 날아들었다.

"선도백열귀언!"

가당찮은 이름을 사납게 외치는 대국의 주먹이 사방에서 쏟아졌다. 승욱은 필사적으로 근육과 관절을 움직여 주먹을 피하고 막았다. 간신히 피하면서 양팔을 교차하여 주먹을 막자 또다시 몇 미터를 밀려났다.

사령의 기운을 쓰지 않는다면 방어한 두 팔의 뼈가 부러졌을 정도의 파괴력이었다.

뼈를 파고드는 충격을 참아내며 승욱은 주먹을 철저하게 피해냈다.

그러나─

퍽!

모든 공격을 막아내긴 힘들었다. 최후의 최후까지 날아든 주먹이 정확하게 그의 턱에 꽂혔다. 천장이 뱅글뱅글 돌아가는 환상과 함께 그가 처절하게 땅바닥을 뒹굴었다. 금세 일어설 수도 없을 만큼의 엄청난 충격이었다.

"큭, 크……."

신음조차 제대로 흘리지 못한다. 뇌가 흔들렸다. 오감이 전부 멋대로 엉킨 듯했다. 한 가지 알 수 있는 건 목도만은 놓지 않고 있다는 사실이었다.

"승욱 씨!"

아련한 청각 사이로 그의 머리 속에 한줄기 음성이 박혔다. 그 음성을 시발점으로 그의 의식이 신속하게 회복을 찾아갔다.

안개가 걷힌 듯이 밝아지는 시야에 잡힌 건,

"승욱 씨 혼자 싸우게 두진 않겠어요!"

효진이었다.

그녀가 돌아오다니,

절대 생각지 못한 일이었다.

분명히 내가 막는 동안 도망갔어야 할 그녀인데.

흔들리는 의식 속에서 필사적으로 생각하며 승욱이 상체를 일으켰다. 간신히 두 팔을 지탱하여 몸을 들어 올리자 효진이 달려와 그의 상체를 안았다.

"괜찮아요?"

승욱은 걱정하는 그녀의 손을 치우고 스스로 일어섰다. 조금 비틀거렸으나 그는 확실히 두 발로 섰다.

"왜 돌아온 거냐."

나지막이 말한다.

역시나 그의 온몸에서 흘러내리고 있는 피가 효진의 두 손에 묻어났다. 효진은 이를 악물고 일어섰다.

"혼자 싸우게 할 수는 없다구요!"

"버닝하지 않은 넌 지금은 도움이 안 돼."

냉정하게 끊으며 그는 다시 세 명을 적대하고 자세를 잡았다. 그의 머릿속에서 미처 뱉지 못한 말이 떠돈다.

'내가 무엇 때문에 이렇게 싸우고 있는지 모르는 거냐.'

승욱은 더 이상 그녀를 쳐다보지 않았다. 세 명을 상대로 자세를 잡고 금방 터질 듯한 긴장감을 조성했다. 정현이 드디어 숨을 터뜨리고, 그를 붙잡고 있던 지철이 일어섰다. 선도부의 두 명이 승욱을 매섭게 노려보았다.

그 와중에 효진의 말소리가 들려왔다.

"승욱 씨가 뭐라고 하든 난 절대 듣지 않겠어요."

효진의 목소리는 젖어들어 있었다. 그 안에 마음 속에서부터 우러나온 진심이 녹아 있었다.

"절대 혼자 싸우게 두지 않겠어요."

승욱은 무심결에 자세를 풀고 말았다. 그녀의 말이 왠지 모르게 가슴을 뒤흔들어놓았다. 지금까지 누구도 흔들어놓지 못한 가슴이 그녀의 말 한마디에 동요해 버렸다.

그는 그 상태로 사고가 정지된 듯했다.

그 탓이었다.

"영화를 찍어라, 새끼들!"

대국의 괴성이 귀를 두들겨 정신을 돌려놨을 때, 이미 그의 거구는 눈앞으로 다가와 있었다.

등 뒤에는 효진이 있다. 피할 수 없다.

온몸의 근육을 일순 긴장시키며 기운을 불어넣었다. 사령의 기운이 근육 전체로 스며들며 인간 한계 이상의 힘을 뽑아냈다. 양팔을 교차하고 두 발로 땅을 강하게 버티며 대국의 공격을 막아내려 했다.

그 순간 효진은 작은, 그렇지만 강대한 검은 회오리를 본 듯한 착각을 일으켰다.

갑작스럽게 나타난 검은 그림자가 승욱을 향해 주먹을 날리는 대국의 텅 빈 옆구리에 발차기를 꽂아 넣었다. 방어를 할 수 있었을 리가 없는 대국의 거대한 덩치가 요란한 소리와 함께 벽까지 굴러갔다.

그리고 더욱 믿을 수 없게도 대국은 금방 벌떡 일어섰다.

"씨발! 또 뭐야, 이번엔!"

약간의 충격은 있었는지 옆구리를 부여잡고 고래고래 소리 지르는 거구의 남자. 효진은 그를 한 방에 날려 버린 주인공을 두 눈으로 확인했다.

"성인 씨!"

미령의 동생이어서 아는 사이이긴 하지만 도저히 존재감 같은 건 없었던 그가 이 자리에 나타난 것이다. 효진은 이해 한도를 넘어선 상황 전개에 혼란스러워졌다.

그러나 선도부 쪽, 지철은 빨갛게 달아오른 눈동자로 성인을 노려보았다.

"이번엔 네놈까지 등장이냐."

이미 성인을 알고 있는 듯한 그의 어조였지만 효진은 차마 물을 수 없었다.

"……."

성인은 언제나처럼 입을 다문 채 느린 움직임으로 선도부원들에게 한 번씩 시선을 던졌다. 그리고 마지막으로 효진을 돌아보며,

"누님이 도우라고 했어."

소름이 끼칠 정도로 낮은 목소리. 그러나 절대 사라지지 않고 길게 여운이 남는 음성이었다. 효진은 얼떨결에 고개를 끄덕였다.

"어이, 괜찮냐?"

몸을 일으키는 정현을 부축하면서 지철이 묻는다. 정현은 힘겨운 얼굴로 고개를 끄덕였다.

"미향을… 전부 뱉어냈어."

코로 흡입한 미향이 기도를 타고 전부 내려가기도 전에 목을 얻어맞

았다. 호흡 곤란과 함께 미향이 전신으로 퍼지지 못하고, 그 후에 위액과 기침을 토해내면서 남아 있던 미향이 모두 밖으로 쏟아져 나온 것이다.

충혈이 풀린 흰 눈동자. 지철은 부축을 거부하는 정현에게서 손을 뗐다.

"아까운 미향을 소비하게 만들었구만, 네놈들."

"오늘 네놈들 전부 묻어주겠어."

세 명은 서로 수군대며 잠깐의 논의를 거친 후 곧 결정을 내렸다.

"네놈은 나다."

승욱의 앞에 지철이 섰다. 손가락 관절에서 우두둑 소리를 내며 다가와 잠깐의 순간에 그의 모습이 사라졌다.

승욱은 즉시 그 자리를 피했다.

쾅!

지철의 발차기가 승욱의 그림자에 내리꽂혔다. 요란한 굉음을 동반한 공격을 피하며 승욱의 목도가 빛을 뿌렸다.

날카롭게 코끝을 스치며 지나가는 목도의 풍압에 지철의 코에 선혈이 맺힌다.

지철의 공격은 끊이지 않았다. 사방에서 발차기가 자유자재로 날아들어 온다. 그 공격들을 목도로 막아내고 피하면서 승욱은 냉정히 판단했다.

'…태권도인가.'

허리를 틀며 옆구리를 노리는 돌려차기의 움직임이 태권도와 흡사하다. 찬 발을 땅에 디디고 단숨에 허리를 틀어 뒤차기를 날렸다. 목도의 끝으로 발차기를 흘리면서 그의 등 뒤로 돌아 들어갔다.

목도로 어깨를 내려치고 한 호흡 만에 다섯 번을 베었다.

최초의 공격은 적중, 그 다음은 모조리 피해낸다.

잠시 떨어진 상태에서 둘의 눈빛이 맞부딪쳤다. 그 다음 순간,

승욱의 목도와 지철의 발차기가 충돌했다. 강렬한 공격을 서로 한 번씩 교환하며 물러나고 또다시 부딪친다.

발차기를 피해내며 목도를 뿌리자 그 목도를 흘리며 발차기가 옆구리를 노렸다. 몸을 비틀어 발차기를 피해 그 발을 향해 목도를 찍는다. 목도가 허공을 내려 찢고, 한차례 땅바닥을 치고 다시 날아오는 발차기가 승욱의 턱에 적중했다.

날카로운 채찍에 당한 듯한 아픔을 느끼면서도 승욱은 망설임없이 목도를 다시 쥐었다.

목도로 아래에서부터 위로 벤다. 살짝 몸을 돌려 목도를 피하는 지철의 품속으로 단숨에 파고들어 목도가 아닌 팔꿈치로 그의 턱을 갈겼다.

"큭!"

예기치 못한 일격에 그의 목이 완전히 비어버렸다.

목도를 잡은 승욱의 손에 힘이 들어갔다. 두 팔의 근육이 폭발하듯 응축된 뒤 일순간 허리를 비틀며 목도를 짧게 끊어 휘두른다!

쿵—!

근육과 신경을 타고 뇌수까지 충격이 파고들었다. 굉음으로 화한 충격이 고막을 두들기고 난 후에 그는 상황을 파악했다.

턱을 얻어맞은 충격을 숨기지 않고 그대로 받아들여 지철의 발이 아래에서부터 솟구쳐 올라와 목도를 걷어차 날린 것이다.

만만찮은 충돌로 목도가 머리 위로 들리고, 승욱의 움직임에 최초로 허점이 드러났다.

"으하아앗!"

머리 위로 올라간 발이 가속을 실어 승욱의 어깨에 꽂혔다. 뒤꿈치의 단단한 뼈가 쇄골 바로 옆의 아슬아슬한 곳에 처박힌다.

"큭!"

예기치 못한 데미지에 가까스로 한 손으로 목도를 뿌려 사정 거리에서 벗어난다. 얻어맞은 부위가 욱신거리며 고통을 호소했다.

'방심했어⋯⋯.'

태권도의 내려찍기는 그 위력이 가공하다. 게다가 미향을 흡수한 상태의 공격이라면 생각할 것도 없이 치명타.

하나 승욱도 사령의 기운을 흡수한 상태.

가늘게 떨리는 손끝을 몇 번 주먹을 쥐어 추스르며 목도를 다잡았다. 입 안으로 마른침을 삼키며 그는 히죽 웃음을 지을 듯한 표정으로 지철을 바라본다.

마치 '제대로 가볼까' 라고 하는 듯한 얼굴로.

승욱은 목도를 똑바로 세우고 깊게 호흡을 들이마셨다. 마치 양서류 같은 움직임으로 입술을 한 번 핥은 지철의 눈이 이질적으로 반짝거렸다.

"네놈⋯ 소문대로 꽤나 하는데 그래."

"흠."

승욱은 냉철한 얼굴로 목도를 뻗었다. 바람처럼 날아온 목도를 가볍게 목을 꺾어 피한 지철의 왼발이 세차게 날아왔다.

슈욱―

예리하게 사각을 찌르고 들어오는 발차기를 뻗은 목도를 그대로 손목만 돌려 막아내고 동시에 킥을 먹였다.

"큭!"

무릎 뒤쪽에 박히는 승욱의 공격에 지철이 짧은 신음을 터뜨렸다. 일순 흔들린 몸의 균형을 다른 발이 버티면서 그가 눈앞에 떠 있는 목도를 양손으로 잡아 쥐었다.

"흐아아앗!"

목도에 힘을 실은 채 남은 한 발로 뛰어올라 발차기를 날린다. 놀라운 운동 신경에 승욱은 흠칫 눈썹을 찡그리며 목도를 털어냈다. 그의 발이 가까스로 미간 앞을 스치고 지나갔다.

다시 한 번 더 발을 날려 위협을 하고 지철이 서둘러 그에게서 떨어졌다. 빨갛게 충혈된 눈동자가 승욱을 직시했다.

"씨발, 그 목도 정체가 뭐야? 왜 그리 차가워?"

두 손을 편 채 그의 눈동자가 목도를 응시하고 있었다. 승욱은 군이 대답할 필요성조차 느끼지 못하고 자세를 잡았다. 씹을 듯이 지철을 노려보며 그는 한마디만을 던졌다.

"빨리 끝내자."

이 목도가 더욱 차가워지기 전에.

그는 으스스해지는 손아귀에서 차가운 땀방울을 느꼈다.

"이 자식! 날 날려 버렸겠다!"

애초에 이미 흥분하고 있던 대국의 공격이 성인에게 쏟아졌다.

"선도백열귀언!"

승욱에게도 사용한 바 있는 기술(?)이 성인을 노렸다. 소나기처럼 쏟아지는 주먹 세례를 성인은 가볍게 몸을 움직이며 전부 피해냈다. 천천히 뒤로 물러서며 고개만 이리저리 움직이여 확실히 주먹을 피하던 와중,

슥—

뻗어진 대국의 주먹들 사이로 성인의 손이 바람처럼 스며들었다. 팔을 타고 올라가 대국의 인중에 정확하게 펀치를 먹였다. 윗입술이 움푹 파이며 피가 터져 흐른다. 뜨끈한 감각에 대국의 머리가 꼭지까지 돌기 시작했다.

"욱! 이 새끼가아!"

더 더욱 열을 받은 대국은 온몸의 체중을 실어 무식하게 주먹을 휘두르기 시작했다. 미향의 효과 때문에 그 속도와 힘이 장난이 아니었다. 파공음마저 울리며 날아드는 주먹을 성인은 무심한 눈으로 관찰하다가 행동에 나섰다.

오른쪽에서 날아드는 주먹을 슬쩍 몸을 돌려 피해냄과 동시에 팔을 뻗는다. 양손이 마치 회전하듯 그의 왼팔을 타고 올라가 어느새 성인은 대국의 등 뒤로 침입해 있었다.

"놓치지 않는다!"

대국이 곧 몸을 돌려 또다시 주먹을 휘둘렀다. 무리하게 허리를 비틀면서 날아온 두터운 주먹의 궤도를 따라 성인은 주먹의 측면을 후려쳤다.

주먹을 날린 힘에 성인의 힘이 실려 허리가 기괴한 소리를 내며 비틀렸다.

그 상태로 성인은 대국의 무릎을 뒤쪽에서 걸어찼다. 휘청하며 상체가 떨어지고 성인의 가슴께로 내려앉은 대국의 벌건 옆얼굴을 차갑게

내려다보며 성인이 한껏 허리를 비튼다. 머리 위까지 들린 주먹에서 힘줄이 돋아났다.

그의 의도를 알아챈 대국의 얼굴이 경악으로 물들었을 찰나,

퍼억—!

통쾌한 타격음과 함께 온 힘을 다 실은 성인의 주먹이 대국의 면상에 내리꽂혔다. 고개가 반대 편으로 비틀리며 대국의 거구가 바닥으로 파묻혔다. 풀썩 피어나는 먼지를 가볍게 홀쩍 뛰어 성인은 뒤편으로 피해냈다.

"크, 커, 컥……."

먼지가 걷힌 자리에서 대국이 꿈틀거리고 있었다. 온정 하나 찾아보기 힘든 승욱의 눈빛과는 또 다른 눈동자로 그것을 내려다보던 성인이 쥐었던 주먹을 움직였다. 찬찬히 관절들을 움직이고 있자 놀랍게도 몇 겹의 충격을 받았을 대국이 옷을 털며 일어섰다.

"이 자식……! 어떻게 미향을 마신 나와 대등하게?!"

대미지라고는 찾아보기 힘든 너무나 멀쩡한 얼굴로 소리쳐 대는 대국의 얼굴을 물끄러미 바라보는 성인의 눈빛. 그 눈빛이 더욱더 대국의 맘에 들지 않았다.

"이 개새끼—! 오늘이 네 제삿날이다!"

개성 빵점의 대사를 내뱉으며 한 발자국 내디뎠다.

그 순간 그의 거구가 단숨에 성인의 눈앞에 출현했다.

"죽어엇!"

기합같이 내지르면서 두꺼운 주먹 세례가 쏟아진다.

"……."

성인이 입을 뻐끔였다. 무언가 작게 읊조리듯 숨을 뱉어내고는 유유

히 몸을 흔들며 주먹의 세력권에서 벗어났다.

"이놈이—!"

세 차례의 스텝으로 벗어난 성인을 추격하며 그의 주먹이 과격하게 허공을 갈랐다.

슈우우욱!

그것을 냉정히 바라보면서 가르는 바람 소리마저도 무색할 정도로 여유있게 성인이 코트 안주머니로 손을 찔러 넣었다. 동시에 고개를 오른쪽으로 꺾으며 왼발을 걷어차 올린다. 사정없이 날아간 오른발 끝이 비어 있는 대국의 오른쪽 관자놀이에 적중했다.

"커흐억!"

기묘한 비명과 함께 대국이 드디어 휘청거렸다. 급소에 깨끗이 들어간 타격이 그의 뇌를 일순 흔들어놓았다.

발을 회수한 성인이 흐르듯이 자세를 잡았을 때 그의 왼손엔 작은 병이 들려 있었다. 손가락만으로 뚜껑을 따고 코 밑으로 병을 스친다.

"그건!"

아릿한 시야 사이로 본 것을 대국은 믿을 수 없었다.

"미향! 네놈도 미향 사용자였냐!"

성인은 생기없이 그를 바라보며 다시 마개를 닫은 병을 집어넣었다. 성인의 이마 부근에서 뿌득하고 힘줄이 솟아오른다. 전신의 근육이 팽팽하게 당겨지는 소리가 들려오는 듯했다.

미향 2차 흡입.

성인은 손을 털고 목을 꺾었다. 온기라곤 찾아볼 수 없는 눈빛으로 상대를 직시한다.

그 즈음에는 대국도 이미 충격을 털어버리고 있었다. 이쪽도 만만찮게 괴물이다.

"어쩐지… 미향이라도 없으면 우리한테 이렇게 당당히 덤빌 리가 없지. 저쪽에 저놈도 미향 사용자지 결국? 네놈 새끼들은 우리 애들 졸라 패고 다니더니 결국 자기들도 똑같은 새끼들이었잖아?"

멋대로 결론 내리면서 승욱과 성인을 번갈아 본다. 그의 입가에 비웃음이 매달렸다.

그것을 냉랭히 쳐다보던 성인이 돌연 움직임을 개시했다.

자연체로 서 있다가 곧바로 한 발 내디디면서 두 발째에 활처럼 퉁겨 나가 대국의 한 발 앞에서 오른손을 아래에서 쳐 올린다.

허리춤에 있던 손을 밀어 올리듯 강타하는 합기도의 공격.

장(掌)이 성인의 턱을 두들기기 직전!

그것을 예측한 듯 대국이 무식하게 머리를 휘둘러 손바닥에다 내려찍었다.

퍽!

만만찮은 공격성 방어를 펼치면서 대국이 성인의 장을 봉쇄한 다음 그대로 앞으로 나서며 한 번 더 이마를 박아 넣었다.

빠각—!

성인의 안면에 대국의 무식한 이마가 작렬했다.

싸움을 시작하고 처음으로 대미지를 입은 성인이 일순 균형을 잡지 못하고 휘청거렸다. 얼굴을 감싸 쥔 손 아래로 붉은 피가 흘러내렸다.

"헹! 나도 길거리에서 꽤나 논 사람이란 말이다! 우습게 보지 말라구!"

단단한 이마를 툭 치며 호탕하게 웃어댄 대국이 자신감 넘치는 미소

를 지으며 자세를 잡았다,

"계속 간다, 이 자식!"

쿵쿵쿵!

발걸음 소리를 커다랗게 올리면서 대국이 주먹을 치켜 올리고 성인에게로 달려들었다.

"씨바, 왜 내가 여자야."

정현이 투덜대자 효진이 가볍게 자세를 잡고 말했다.

"각오하지 않으면 정말 다쳐요."

툭 대사를 내뱉으며 효진의 몸이 쏜살같이 돌진했다. 단숨에 그의 앞에 당도, 발을 구르며 어깨치기를 그의 가슴에 작렬시켰다.

"우욱!"

방심한 그의 몸이 허공으로 잠깐 떠올랐을 때 지체하지 않고 몸을 회전하며 발차기를 날렸다.

발뒤꿈치가 그의 면상에 사정없이 틀어박혔다.

땅바닥을 뒹구는 그를 내려다보며 효진은 자세를 풀었다.

"미향을 팔면서 그걸 사용하는 사람들이 어떻게 될지 한 번이라도 생각해 본 적 있나요?"

"씹… 알 게 뭐야, 그 딴 거!"

뻗어 있을 순 없다고 생각한 건지 그가 대번에 일어서서 공격을 강행해 왔다.

"산 놈들이야 마시다가 죽겠지!"

그가 휘두르는 주먹을 손으로 쳐내며 효진은 잠시 뒤로 물러섰다. 그와의 거리가 벌려지자 소리쳤다.

"그런 무책임한 말이 어딨어요! 사람이 죽었다구요!"

"우리랑은 상관없어!"

효진의 미간이 잔뜩 찌푸려졌다. 그녀는 태어나서 진심으로 이렇게 분노해 본 적은 처음이라고 생각했다.

"각오해요! 절대로—"

효진은 단번에 달려나가 그의 면상을 후려갈겼다. 뒤로 넘어가는 남자의 몸을 밟고 뛰어올랐다.

"용서하지—"

3미터 위의 천장이 머리에 닿을 정도 높이까지 뛰어오른 그녀의 몸이 공중에서 한 바퀴 회전했다.

"않겠어요!"

그 회전력을 그대로 실어 발뒤꿈치를 정현의 면상에 다시 한 번 찍었다.

쿵—!

먼지를 일으키며 그녀의 킥은 아슬아슬하게 땅바닥으로 처박혔다. 한순간 정현이 몸을 비틀어 그녀의 공격을 피해낸 것이다.

데굴 구르며 효진의 사정권에서 벗어난 정현은 발딱 일어서면서 즉시 자세를 잡았다.

효진이 발을 탁탁 구르며 그를 노려보고 있었다.

"피하다니… 보통은 아니라는 거군요, 당신."

"흥, 당연하지. 우리 세 명은 부장에게 직접 선발된 거니까!"

선도부의 부장. 아직 모습을 보이지 않고 있는 이 쓰레기들의 대장. 효진의 머리 속에는 그렇게 인식되어 있었다.

그런 느낌 때문에 효진은 잘 짓지 않는 조소를 띤 채 말했다.

"어차피 당신들의 두목쯤이나 되는 사람이니 별로 신통치 않은 사람 아닌가요? 결국 수준 미달의 사람일 테죠."

"웃기지 마, 이 계집애!"

정현이 좀 전과는 사뭇 다른 기세로 버럭 소리를 질렀다.

"부장한테 걸리면 너 같은 년은 주먹 한 방에 KO야!"

효진은 흠칫 놀라서 표정을 무너뜨렸지만 곧 평정을 되찾았다. 이런 곳에서 말싸움 따위로 밀리면 안 될 말이다.

"시답잖은 무술을 쓰면서 걸렁대는 양아치겠죠, 결국. 수준 이하예요, 그런 사람은. 상대할 가치도 없어요."

남의 흉을 보는 일이 거의 없는 그녀로서는 최선을 다해 어휘를 생각해 낸 말이었다. 평소엔 쓰지도 않는 것들이라 입 밖으로 내고 나니 영 껄끄러워 참을 수가 없었지만 그녀는 애써 이죽대면서 그를 도발했다.

그리고 그것만으로도 효과는 있었는지 정현은 양쪽 눈에 핏발을 세우면서 소리쳤다.

"이 뭣 같은 년이?! 부장의 열인권법(熱印拳法)은 무적이야! 하, 학생회장도 사, 상대가 안 된다구!"

"그럼 학생회장 하면 되잖아요."

피식 웃는 얼굴로 효진은 선선히 내뱉었다. 정현의 얼굴이 일그러진다.

"그, 그건……."

백두고는 실력순으로 학생회가 정해진다. 당연히 회장보다 약하기 때문에 선도부장이나 하고 있는 것이다. 반박 같은 것을 할 수 있을 리가 없다.

"결국 그 밑에 있는 당신도 수준은 거기서 거기일 거 아니에요."

마지막 한마디.

"덤벼요. 한 수 가르쳐 드릴 테니까."

그 말이 완벽하게 정현의 신경을 끊어놓았다.

"각오해라앗!"

정현은 벌겋게 달아오른 얼굴로 주먹을 휘둘렀다. 흥분한 것치고는 꽤 제대로 방향을 잡고 있는 것을 보고 효진은 내심 감탄했다. 하지만 그것도 잠시,

"핫!"

짧게 숨을 지르며 그의 오른 주먹이 날아오는 궤도 밑으로 몸을 수 그려 파고들었다. 훤히 비어버린 겨드랑이를 향해 반 줌의 왼손을 온 줌으로 바꿔 쥐며 비틀어 찔러 넣는다!

약한 늑골로 충격이 스며들어 척추까지 내달렸다.

"큭!"

근육의 경련과 함께 정현이 지체하지 않고 뻗은 팔을 밑으로 떨어뜨렸다.

그의 팔꿈치 공격을 옆으로 잽싸게 빠지며 피한다. 효진의 몸체가 세 발 뒤를 밟고서 곧바로 용수철처럼 그의 품 안으로 파고들었다.

효진이 날린 주먹의 충격이 아직 풀리기 전에 재차 추가 타!

왼발부터 땅을 강하게 디디고 뒤이어 붙은 오른발을 정현의 바로 정면에 놓는다. 몸이 달려온 관성력과 허리에서부터 끌어올린 회전력, 그리고 내지르는 힘까지 모두 더해 그녀의 권이 측면으로 쏘아져 터진다!

퍼억—!

강렬한 공격이 정현의 명치를 사정없이 꿰뚫었다.

그의 가슴이 옷과 함께 움푹 패이며 뒤로 나자빠졌다. 강한 힘을 가지지 않은 그녀라 할지라도 몇 개의 힘을 요령껏 합치면 사내 한 명 정도는 땅바닥을 구르게 만들 수 있었다.

두 바퀴를 굴러 쿨럭대는 그를 내려다보며 효진이 자세를 되돌렸다. 양손을 천천히 흔들면서 그녀는 긴장을 늦추지 않고 그를 주시했다.

맹렬히 기침을 해대며 숨을 되돌린 정현이 다리를 후들거리며 일어났다. 그의 안색이 창백했다.

"…무리하지 않는 게 어때요?"

여전히 건방진 말투를 고수하면서 효진이 성의를 담아 말해 주었다. 정현은 콧방귀를 뀌면서 입꼬리를 비틀었다.

"홍… 이렇게 당해놓고… 참을 수 있겠냐, 너 같으면?"

효진은 고개를 저을까 하다가 그만두었다. 정현의 눈동자가 예사롭지 않게 빛나고 있었기 때문이다.

"아직 완벽하지 않지만… 어쩔 수 없지. 너는 이걸로 상대해 주지."

그가 두 차례의 기침을 터뜨리고는 짧은 새에 안색을 상당히 회복시켰다. 놀랄 만한 회복력과 함께 그는 두 주먹을 불끈 쥐었다. 그리고는 왼 주먹을 얼굴께로 들어 올리고 오른 주먹은 안쪽을 위로 향한 채로 허리 앞에 붙였다. 양발을 어깨 넓이보다 조금 넓게 벌린 채 몸의 중심을 낮춘 그 자세에서 형용할 수 없는 기운이 피어올랐다.

정현은 예리한 눈빛으로 효진을 쏘아보았다.

"부장에게서 배운 '열인권법'이다. 맘껏 견뎌봐."

사악하게 웃음 짓는 그의 얼굴에서 효진은 느꼈다.

싸움은 이제 시작이다.

숨막히는 대치.

그것을 깬 것은 승욱의 목도였다. 서로 빈틈없이 서로의 빈틈을 찾다가 약간 '간격'이 긴 승욱이 먼저 공격을 개시했다.

목도를 단숨에 찔러 넣는다. 그 진행 선상에 있던 지철의 미간이 잔상만을 남기고 사라졌다. 측면으로 순식간에 이동한 그가 채찍처럼 주먹을 뻗어왔다.

슈욱!

흠칫, 본능만으로 알아차리고 다리와 허리에 힘을 넣는다. 고개를 꺾는 순간 지철의 주먹이 볼 바로 앞을 때리고 사라졌다. 강한 풍압이 피부를 두들겼다.

고개를 꺾으며 손목도 함께 비틀었다. 이끌려 온 목도가 포물선 궤적을 그리며 지철의 어깨 위로 떨어져 내렸다.

지철은 숨을 들이키며 오른팔을 잽싸게 들어 올렸다. 목도가 팔뚝에 무지막지하게 박혀 들어갔으나 지철은 꿈쩍도 하지 않고 재빨리 손목을 감아 목도를 잡았다. 잡은 목도를 간격 안으로 잡아당기면서 그의 왼발이 날아올랐다.

퍼벅!

얼굴을 노려 돌려차기, 그리고 연속으로 반대 편에서 후려차기!

순식간에 얼굴 양 옆으로 두 번의 발차기를 얻어맞은 승욱의 입술이 찢어지며 선혈이 튀었다.

"하앗!"

디딘 발을 구르며 지철의 발차기가 다시 한 번 승욱의 목덜미에 틀어박혔다.

"큭……!"

더 이상 균형을 잡지 못하고 승욱의 몸이 무너졌다. 넘어질 뻔한 자세를 목도로 지탱하여 버티고 날쌔게 일으켜 지철과 다시 대치한다.

지철은 썩은 미소를 띤 채 승욱의 재기를 관조하고 있었다.

"꽤 버티는구만. 방금 그걸로 적어도 몇 초 정도는 비틀거릴 줄 알았는데."

승욱은 속으로만 지그시 미소 지었다. 이 정도의 충격은 사령의 기운을 흡수하지 않아도 얼마든지 버텨낼 수 있다. 그런 수련을 해왔으니까.

침착한 승욱의 얼굴을 보던 지철은 다시 오른발을 물리고 주먹을 쥐더니 왼손을 펴 까딱거렸다.

도발.

승욱은 기꺼이 응했다.

목도를 떨군 채 단숨에 돌진, 지철의 시야 앞으로 쇄도한다. 지철의 주먹이 재빠르게 반응하며 치고 나왔다. 세차게 날아온 주먹을 피할 생각도 하지 않고 승욱은 놀랍게도 목도에서 왼손을 뗐다.

왼손이 날아오던 주먹의 밑으로 스며들어 궤도 자체를 바꾸었다.

"……!"

지철이 그것을 눈치 챈 순간 승욱은 오른손에 힘을 넣었다. 오른발로 땅을 구르며 단번에 허리를 돌려 목도로 지철의 목덜미를 후려갈긴다.

빽—!

둔탁한 느낌이 목도에서 느껴졌다. 거기서 지체하지 않고 승욱은 왼손을 목도로 되돌려 단숨에 왼쪽 어깨에서부터 대각선으로 사정없이 베어 내렸다.

"커헉……!"

지철의 입에서 핏덩이가 터져 나왔다. '베지 않았다!' 지철이 뱉어낸 핏덩이는 내장이 손상되어 터져 나온 것이었다.

"컥, 큭… 이, 이 자식……!"

공격 중에 목도에서 손을 빼버리다니, 무슨 이런 망발(?)이?!

목구멍을 치고 오르는 역겨운 피 냄새와 가슴을 가르는 고통 속에서도 지철은 욕지거리를 내뱉었다.

"이 개새……! 무슨 짓을……!"

승욱은 목도를 거두어 빈틈없이 자세를 잡은 상태로 지철을 노려보았다.

"당학류 해검도 한손베기. 기본이지."

담담하게 내뱉는 그 말투가 지철의 신경을 짓밟아 걸어찼다.

"이 자시이이익!"

피를 내뱉으며 지철이 소리친다. 쩌렁쩌렁 발산하는 그 목소리는 도저히 방금 피를 뱉어낸 사람의 것이라고는 생각되지 않았다. 승욱은 피부를 찌르는 악의를 온몸으로 받아내면서 호흡을 가다듬었다.

'출혈이…….'

침을 삼킨다.

그사이 지철이 주머니를 뒤졌다. 몇 개의 병이 튀어나왔다. 모두 다 손가락보다 작은 사이즈의 것들.

미향들.

승욱이 반응할 새도 없이 지철이 그중 하나의 마개를 빼고 들이켰다. 승욱의 가라앉은 눈이 처음으로 일그러졌다.

"캐, 캑캑! 으하하하핫!"

처음의 냉철한 이미지는 온데간데없이 사라지고 승욱의 앞에 서 있는 것은 광기에 사로잡힌 광인(狂人)이었다.

"크카하하핫! 이 느낌이야! 바로 이 느낌이라구!"

피부가 떨릴 정도의 광기였다.

승욱은 손바닥으로 흐르는 식은땀을 느꼈다. 어쩌면 상대하기 껄끄러운 최악의 적과 만난 것일지도 모른다.

목도를 단단히 붙잡는다.

격한 숨을 몰아쉬면서 완전히 새빨갛게 물들어 버린 눈으로 금방이라도 폭발할 것처럼 전신을 꿈틀대고 있는 남자를 쳐다보면서 승욱은 잠시 눈을 돌렸다, 효진에게로.

그것이 허점.

무언가 훅하고 다가왔다는 것을 느꼈을 때 승욱은 이미 허공을 날아 벽으로 처박히고 있었다.

쿠웅—!

낡은 벽에서 숱한 가루들이 떨어져 내려 벽을 들이받고 널브러져 뒹구는 승욱의 몸 위로 쏟아졌다.

'…욱 씨!'

아련한 청각으로 그녀의 목소리가 들려온 것 같았다.

"승욱 씨!"

싸우다 말고 다른 쪽으로 눈을 돌려 버린 효진의 빈 옆구리에 정현의 훅이 꽂혔다. 효진이 표정을 일그러뜨리며 서둘러 그와의 거리를 벌렸다.

"헹… 저쪽을 신경 쓰고 있을 때가 아니지 않냐?"

지철은 한차례 손을 털고 재차 주먹을 쥐었다.

얻어맞은 옆구리를 신경 쓰면서 효진도 자세를 잡았지만 지금 더욱 신경이 쓰이는 곳은 정현의 뒤쪽으로 비치는 모습이었다.

싸우느라 제대로 보지 못했지만 어느 순간 승욱이 상대에게 얻어맞고 벽으로 날아가 처박혔다. 족히 3미터는 떨어져 있는 벽으로, 문자 그대로 '처박힌' 것이다.

'…괴물? 대체 무슨 일이 있었던 거야?'

모를 일이었다. 원래라면 승욱에게는 별 상대도 되지 않아야 마땅한데.

이해할 수 없다는 얼굴을 한 효진을 보면서 정현이 뒤를 슬쩍 살폈다. 심상치 않은 분위기로 지철이 쓰러진 승욱에게 한 발씩 다가가고 있다. 또 다른 쪽에서는 대국과 성인이 일전을 벌이고 있었다.

"또 미향을 마신 거야."

"…뭐라구요?"

그녀의 의문을 풀어주기라도 하려는 듯 정현은 미소를 지으며 친절히 답했다.

"2차로 미향을 또 흡입한 거라고. 효과는 두 배 이상이지."

"저, 저게……?"

효진은 믿을 수 없었다. 미향을 마신 후 그 효력이 사라지기도 전에 또 마신 거란 말인가……?

"승욱 씨!"

그의 이름을 외쳐 불렀다. 정현이 소리 내어 그녀를 비웃으며 발랄하게 지껄였다.

"헷, 지철이가 저 짓을 벌인 이상 저 자식에게 이길 가망성은 없어. 안타깝게 됐구만그랴~"

"그럴 리 없어요!"

효진이 빽 소리를 질렀다. 그 기세에 눌려 정현이 입을 다문다.

"승욱 씨가, 승욱 씨가 저런 것에게 당할 리가 없어요!"

"자신감이 대단한데 그래……."

"당연하죠! 저 사람은, 저 남자는—!"

그러다 말이 막힌다.

뭐더라?

말문이 막혀 버린다. 내가 무슨 말을 하려고 했지? 저 남자는 뭐지? 저 남자가 뭐지?

무언가 분명히 '알고 있었다'. 그렇다고 생각했다. 하지만 말로 할 수가 없다. 머리 속에는 있지만 말로 '구현' 할 수가 없다.

그것은 그녀에게 있어서 매우 기묘한 감각이었다.

말을 더듬고 우물쭈물하는 그녀가 답답해 정현이 인상을 구기며 재촉했다.

"저 남자가 뭐? 네 남자 친구니까?"

"아니에요!"

대번에 부정한다.

"그럼 뭔데?"

"그, 그게, 그러니까……."

결국 또 대답하지 못한다. 효진은 왜 이렇게 난처한 기분이 되어야 하는 건지 모르겠다는 얼굴로 결국 되려 화를 내기 시작했다.

"에잇! 아무튼 승욱 씨는 지지 않는다구요! 아무렴요! 절대!"

"…뭔 화를 내는 건지."

정현은 김빠진 얼굴을 만들었다가 다시 정색했다.

"어쨌든… 지금 우리에게 중요한 건 저것들이 아니잖아? 당장 눈앞에 있는 사람이나 제껴야지 뭘 하든가 하지. 안 그래?"

"과연… 그렇군요."

긴장시킨 얼굴로 효진은 고개를 끄덕였다. 정현이 경쾌한 미소를 지으면서 열인권법의 준비 자세를 잡았다. 효진도 딱히 정해져 있지 않은 무형류의 자세를 잡은 채 머리 속으로 몇 번의 공방을 떠올렸다.

열인권법이라는 것은 그다지 발은 사용하지 않는 모양이다. 지금까지 나온 공격은 모두 권. 각은 보법(步法)만을 위주로 하는 것일까.

효진은 정현을 관찰했다.

왼 주먹을 앞으로 내밀고 오른 주먹은 단단히 허리 옆에 붙이고 있다. 굳건하게 땅을 디딘 저 발은 사실 꽤 유연하게 움직이면서 이리저리 주먹을 날려온다. 이를테면 복싱에 가까운 무술이었다.

'좋아.'

판단을 내린 순간 정현의 몸이 빠르게 쏘아져 들어왔다. 오른발을 굴리는 것만으로도 근접한 그의 오른쪽 어깨가 일순 흔들리더니 세 번의 주먹이 허공을 갈랐다.

오른쪽 뒤로 스텝을 밟아 피한 효진이 마찬가지로 땅을 박찼다.

가벼운 체중을 이용, 한순간에 쇄도해 정현의 측면으로 파고들어 간다. 그것을 눈치 챈 정현이 잽싸게 발을 빼고 한순간에 그쪽으로 몸을 돌렸다.

효진은 한 번 더 땅을 차고 움직였다.

타다닥!

세 차례의 발소리와 함께 효진의 모습이 정현의 시야에서 사라졌다.

'왼쪽? 오른쪽?'

사방으로 몸을 흔들다 사라진 그녀가 나타난 곳은,

'…아래!'

어깨가 바닥에서 20센티미터 높이에 있었다. 그곳에서 곧바로 양손을 바닥에 짚고 온몸을 회전시키며 브레이크 댄스를 추듯이 두 발을 휘감아 올렸다.

퍼버벅—!

양손을 붙잡고 회전력을 더해 두 발이 극히 짧은 순간 정현의 머리에 네 차례의 발차기를 날렸다. 모두 적중.

예상치 못한 공격에 정현이 균형을 무너뜨리며 옆으로 자빠졌다.

텀블링하듯 일어선 효진이 용서도 없이 발을 들어 올려 정현을 향해 내리찍었다!

아픔을 느끼며 뒹굴 새도 없이 정현은 황급히 옆으로 굴러 몸을 구부정히 일으켰다.

대국의 주먹이 오른편에서부터 날아들었다. 2차까지 미향을 흡입한 성인에게 그것은 너무나 익숙한 감각이었다.

왼쪽으로 몸을 빼며 날아오는 주먹의 측면으로 팔을 뻗는다. 힘에 반항하지 않고 그것을 끌어안듯 양팔로 감싸 쥔 채 힘의 방향 그대로 그 팔을 잡아 던져 버렸다.

"으허억?!"

기묘한 소리와 함께 대국의 거구가 어이없을 정도로 쉽게 공중 회전을 돌며 땅바닥에 면상부터 처박았다.

합기도의 일종이었다.

먼지를 일으키며 처박힌 대국의 뒤에서 성인이 천천히 거리를 벌리자 대국이 벌떡 일어서서 성인을 찾아 뒤를 돌았다.

그 얼굴에서 붉은 쌍코피가 흘러내린다.

"이, 이 자식이!"

손으로 흘러내리는 피를 닦아낸다. 멈추지 않고 흘러내리는 코피. 성인은 탁한 눈으로 그것을 물끄러미 바라보고 있었다.

그 반응없음에 대국은 고함과 함께 코피를 흩날리며 덮쳐 들었다.

"우오오오오!"

덩치로 제압하듯이 시야를 가득 메우고 달려와 양손을 뻗었다. 어깨가 붙잡히기 직전에 성인은 양손을 수도로 변환해 대국의 두 손목을 올려쳤다.

찌릿한 고통이 내달리자 대국이 움찔하며 손을 떨어뜨렸다.

그 순간 성인의 주먹이 호를 그리며 대국의 안면에 쑤셔 박혔다.

퍼억!

긴 여운과 함께 대국의 코가 완전히 함몰되어 얼굴 밑으로 잠겼다. 그것에서 그치지 않고 성인은 검은 코트를 휘돌리며 똑같은 타점에 돌려차기를 선사했다.

픽!

"크헉!"

공중으로 붉은 피를 분수처럼 뿜어내면서 대국이 넘어지지 않기 위해 안간힘을 써댄다. 그것을 곧바로 따라가 복부에 앞차기를 가격, 그와 함께 대국의 두 발이 꼬이면서 그가 완전히 뒤로 널브러지고—

"캑?!"

"캭?!"

정현이 일어서려는 그 뒤에서 대국의 거구가 넘어지며 두 남자는 완전히 엉켜서 엉망진창으로 쓰러졌다. 두 명의 사내가 뒤엉켜 바닥으로 나자빠진 그 사이로 효진과 성인의 눈빛이 공중에서 부딪쳤다.

'이 남자는 미향을 마셨을 저 남자를 어떻게 상대하고 있지?'라는 의문이 들기도 전에 대국의 거구가 튀어 오르듯이 일어났다(덩달아 코피가 날아오른다).

"이 새까아! 왜 뒤에서 잡아채고 지랄이야?!"

"누, 누가 할 소리를 이 자식이?! 니가 깔아뭉갰잖나!"

"이 씹……!"

재차 욕지거리가 터져 나오려고 하는 순간 둘은 가라앉은 공기를 직감했다. 양 사방으로 둘러싼 공기들이 비명을 지르고, 그것을 느꼈을 때는 이미 모든 것이 늦어 있었다.

양쪽에서 효진, 성인이 동시에 돌격했다.

멍이 들고 피가 흘러내리는 얼굴로 정현과 대국이 등을 맞댄 상태로 입을 벌린다.

그 입에서 절규가 솟아오르기도 전에 효진이 리드미컬하게 스텝을 밟으며 단숨에 공중으로 날아올랐다. 한 바퀴 몸을 회전하며 기다란 다리를 봉처럼 휘두른다.

강하게 땅을 밟으며 돌진한 성인이 자세를 낮추고 대국의 바로 앞에서 뒤로 돌아 아래에서부터 발을 뻗어, 동시에 양쪽에서 걷어찬다!

쿠웅—!

정현의 면상에 효진의 발뒤꿈치가 강렬하게 꽂힌다.

대국의 복부 아래, 국부에 성인의 뒤차기가 힘차게 박힌다.

두 명의 사내는 나란히 양쪽에서 날아온 공격을 방어도 하지 못한 채 거품을 물고 그 자리에서 실신해 버렸다. 특히 대국 쪽은 가랑이를 붙잡고 꿈틀꿈틀대는 것이 무척이나 애처로웠다.

"…너무 불쌍한 걸요……."

효진은 진심으로 애도하고 싶어졌다. 성인은 아무 대답도 없이 정현과 대국을 한 차례씩 툭툭 차 확인한 후에 몸을 돌렸다.

마지막 남은 것은 한 명, 두 번의 미향 흡입까지 한 남자.

효진은 눈을 돌렸다. 어느새 일어선 승욱이 힘겹게 남자와 대치하고 있었다. 남자는 눈에 보이지도 않는 움직임으로 승욱을 몰아붙였다. 효진으로서는 가끔 나타나는 흐릿한 잔상 정도밖에 남자를 확인할 수 없었다.

'…버닝만 한다면……!'

하지만 버닝 피스트는 마음대로 되는 것이 아니다. 싸우는 도중 흥분 상태에서 자연스럽게 발현되는 것.

효진은 이를 악물었다.

그때 승욱이 목도를 붙잡고 뒤로 뒹굴었다. 네 바퀴를 뒹굴고 가까스로 다시 버티고 일어서려 한다.

"승욱 씨……!"

라고 소리치는 찰나, 옆에서 검은 바람이 스쳐 지나갔다.

성인이 폭풍처럼 달려가 승욱의 앞, 아무것도 없었던 허공을 그대로 후려챘다!

무엇인가가 그의 공격을 얻어맞고 요란하게 벽으로 처박혔다.

"승욱 씨!"

그사이 효진은 승욱에게로 달려갔다. 무릎을 꿇은 채 목도로 간신히 상체를 지탱하고 있던 그의 곁으로 가 주저앉아서 그를 살핀다.

"괜찮아요?! 살아 있어요?!"

"……그래."

힘없이 대답한다. 효진은 울상을 지었다.

"상처가 이렇게 심한데 괜찮아요? 정말 괜찮은 거예요?!"

귀가 울리는군… 하고 말할 힘도 없는 게 솔직한 심정이었다. 온몸이 화끈거리며 나른하다. 이미 출혈이 심했다. 목도의 차가움이 한계에 다다라 있었다. 여러 모로 보나 이미 한계에 치달아 있는 현재.

그때 눈앞으로 지철이 떨어져 내렸다.

"커흐어……"

지철은 바닥을 구르다가 벌떡 일어섰다. 효진과 승욱의 바로 앞에서 등을 돌리고 그를 노려보고 서 있는 것은 성인. 언제나와 마찬가지로 세상 다 산 눈동자로 그를 쳐다보다가 한순간 그가 시야에서 사라졌다.

다음 순간 지철의 허리가 오른쪽으로 꺾이며 왼쪽으로 나뒹굴었다. 그가 서 있던 그 자리에 이번엔 성인이 가볍게 착지한다.

'대, 대체 어디서……?'

그제야 효진은 본격적으로 의심하기 시작했다. 이 남자, 양호 선생님의 동생인 강성인이라는 이 남자는 어째서 이렇게 대등하게 싸울 수가 있는 거지?

지철이 비척비척 일어섰다. 어깨로 숨을 쉬며 더 이상 인간이라고 하기에도 미안한 모습으로 입을 벌리고 있었다. 그 입에선 침이 뚝뚝 흘러내려 도저히 민망해서 보기도 힘들 지경이었다.

효진이 그 모습을 보고 인상을 마구 찌푸리고 있을 때,

"중독됐어… 저 남자."

"중독… 이요?"

"그래… 미향에… 말이지. 연달아 두 번이나 마셨으니…… 급성으로 부작용을 일으킨 거야. 앞으로 몇 분 내에 미향을 뱉게 만들지 않으면… 인격이 붕괴된다."

무서운 말이었다. 효진이 눈을 부릅뜨고 지철을 쳐다보았다. 힘없이 흐느적거리면서 쉴 새 없이 격하게 숨을 내뱉는다. 효진은 절박하게 그 모습을 보다 눈앞의 성인을 올려다보았다.

"목을 강하게 때리면 돼요! 기침을 하게 만들어요!"

성인은 무언의 긍정을 보낸 후 지철을 향해 뛰었다. 일순 그의 앞에 나타나서 주먹을 명치 밑에 후려갈긴다!

퍽!

지체하지 않고 이번에 수도를 세워 목젖 아래를 가격!

그리고 마지막으로 다시 한 번 명치에 무릎차기를 박아 넣었다.

10분의 1초라고 하기에도 무색한 찰나의 찰나. 효진이 그 공격을 차마 읽지도 못했을 때 모든 것은 끝나 있었다.

"커, 쿨럭! 컥! 커억! 쿨럭!"

지철이 얼굴을 땅바닥에 처박으며 격렬히 기침을 터뜨리기 시작했다. 천식 환자처럼 피까지 뱉어내면서 한참 동안이나 기침을 해댄 그가 이윽고 잦은 기침과 함께 상체를 일으켜 세웠다.

여전히 그 눈빛은 세 명을 노려보고 있었다.

"…부작용… 만 아니었다면 지지 않았어……!"

집념과 같이 소리쳤다. 그리고는 다시 기침을 터뜨린다. 효진은 더

할 수 없이 열이 받아 고함쳤다.

"그게 할 말이에요?!"

벌떡 일어서 비틀대는 지철을 향해 성큼성큼 걸어간다.

"이렇게 고통을 받고 있으면서! 그런데도 마지막까지 그런 말밖에 못하냐구요! 당신들이 판 미향을 쓴 사람들이 어떤 고통을 받았는지! 이쯤 되면 알 거 아니에요!"

무시무시한 효진의 눈초리에도 지철은 전혀 지지 않고 조소를 띠었다.

"헤… 웃기지 마, 아가씨……. 그놈들이 쓰다가 무슨 짓을 당하든… 알 바 없어……. 산 놈들도… 그걸 각오하고 산 거 아냐? 앙? 내 말이 틀려……?"

"다, 당신이란 사람은……!"

효진은 지철의 멱살을 잡아 올렸다. 엉망이 되어 초췌한 얼굴의 눈이 그녀를 무료하게 올려다보고 있었다.

"…당신들은 최악이에요! 이 세상에서 가장 최악의 인간들이에요!"

주먹을 들어 올린다. 치켜 올라간 주먹에 힘을 주고 심호흡으로 커다랗게 내뱉는다.

"당신들을 절대로 용서하지 않겠어요!"

지철은 끝까지 조소를 지우지 않고 그녀의 주먹을 받아들였다.

지철, 완전 기절.

성인은 쌓여 있는 두 명의 남자들로 시선을 돌렸다. 사령의 기운을 되돌려 출혈을 멈춘 승욱만이 힘없이 손을 늘어뜨린 효진의 뒷모습을 조용히 바라보고 있었다.

승욱과 성인이 세 명의 남자들을 한곳에 처박아두고 효진에게로 다가왔다. 성인이 멀찌감치 떨어져 뻥 뚫린 문 쪽을 살피고 있을 때 승욱은 천천히 효진의 옆으로 다가와 앉았다.

"…우는 거냐."

효진은 울고 있었다. 두 눈에서 눈물이 한 방울 주르륵 흘러 볼을 타고 떨어져 내렸다. 가늘게 떨리는 어깨를 바라보며 승욱은 아무 말도 하지 않았다.

한참을 흐느끼던 효진이 눈물을 닦아내며 말했다.

"이 사람… 끝까지 반성하지 않았어요. 자기들이 무슨 잘못을 했는지조차 몰랐다구요."

분한 마음에 또다시 눈물이 불거져 나온다. 억지로 참아내며 말을 이었다.

"사람이 죽었는데, 이것 때문에 사람이 죽었는데도 이 사람들은 아무런 죄책감도 없다니……."

결국은 또다시 울음을 터뜨리고 말았다.

승욱은 눈앞에서 울고 있는 소녀를 내려다보며 뭘 어떻게 해야 좋을지 모를 기분이 되었다. 뭐라고 말을 해줘야 할지, 혹은 어떠한 행동을 해야 할지 전혀 모를 기분이었다.

그냥, 어떻게 해야 할지 몰라서 그냥 승욱은 손을 뻗어 그녀의 머리를 쓰다듬었다.

"…흑……."

신기하게도 효진의 울음이 잦아들었다. 승욱은 계속, 천천히 쓰다듬기를 계속했다. 그녀의 흐느낌이 잦아들고 없어질 때까지, 아무런 말도 하지 않고 그냥 그렇게 있어주고 싶었다.

이윽고 그녀가 눈물을 닦고 고개를 들었다.

"고마워요. 괜찮아요, 이제."

"으, 응."

왠지 겸연쩍은 기분이 들어 승욱은 얼른 손을 떼고 몸을 돌렸다.

때마침 창고의 문으로 피신했던 정인과 대회가 들어오고 있었다. 물론 미령도 같이. 성인을 발견한 미령은 동생의 몸을 어루만지며 걱정의 말을 전하고 있었다.

정인이 허겁지겁 달려와 효진의 안위를 걱정했다.

"괜안나? 어디 안 다쳤나?"

"예, 괜찮아요."

효진은 언제 울었냐는 듯 밝게 웃으면서 손가락으로 브이를 그렸다.

"나보다 승욱 씨가 더 급해요. 또 전처럼 피를 흘리고 있잖아요."

성인의 상태를 보던 미령이 급히 승욱에게로 와 진맥을 했다. 잠시 눈을 감고 맥을 느끼던 그녀가 눈을 뜨고 급히 말했다.

"또 전과 같은 상태로구나. 이야기는 집으로 가서 하자."

모두 미령의 의견에 찬성했다.

|여덟| 남은 이야기의 두 사람의 장(章)

Burning fist

남은 이야기의 두 사람의 장(章)

언젠가 말했었잖아요?
우리는 한 집에 살고 있으니 친해질 수 있는 환경은
충분히 마련되어 있다는 이야기

효진과 승욱의 집.

승욱의 응급 처치를 한 후 모두가 거실에 모였다. 승욱의 상처는 여전히 응급 처치만으로 모든 흔적을 없앴다.

"우리에게 묻고 싶은 게 많으리라고 생각하는데."

정인이 학생회장에게 보고하기 위해서 전화를 하러 나간 사이 미령이 먼저 말을 꺼냈다. 효진은 승욱을 슬쩍 쳐다보고 입을 열었다.

"오늘… 어떻게 찾아오신 거죠?"

미령은 싱긋이 웃었다.

"정인이나 대회에겐 말했지만 미향을 쫓고 있는 건 너희들뿐만이 아니었단다."

"어, 그럼 선생님도 선도부를 쫓고 있었단 건가요?"

"응, 우리도 조금 사정이 있어서."

미령의 눈길이 조심스럽게 옆자리의 성인을 향했다. 성인은 여전히 아무런 감정도 읽을 수 없는 얼굴로 무표정하게 미령을 마주 보았다. 대체 두 눈빛 사이에서 어떤 이야기가 오고 간 건지, 미령은 약한 미소와 함께 고개를 돌렸다.

"아무튼 우리도 사정이 있어서 미향을 쫓고 있었단다. 그런데 그게 우연히 너희들과 겹쳐 버린 거지."

"선도부가 성인 씨를 알고 있던 것도 그런 이유 때문이었군요?"

"응, 그렇단다."

효진은 이해한 듯 고개를 끄덕였다. 그러다 다시 의아한 점을 발견했다.

"어라, 그럼 미리 말씀해 주셨으면 저희가 도울 수도 있었잖아요!"

"우리 쪽에서는 추적이 막혀 버렸거든. 그래서 잠시 중단하고 있던 사이에 너희들이 나타난 거란다. 너희들이 미향을 쫓는다는 사실도 어제야 알았잖니? 함부로 말할 수 있는 이야기가 아니니까."

"으, 으음……."

미령의 대답에 효진은 그만 수긍해 버리고 말았다.

"미향을 쫓는 이유는 말씀해 주실 수 없으신가요?"

약간 심술이 섞인 효진의 질문에 미령은 동생을 힐끔 쳐다보고 난처한 듯 미소 지었다. 효진은 '예, 예, 알았습니다' 하고 고개를 끄덕였다.

"그럼 질문을 바꿀게요. 성인 씨가 어떻게 미향 사용자와 대등하게 싸울 수가 있는 거죠?"

그 물음에 미령은 동생과 한차례 눈길을 마주쳤다. 그것만으로 이해했는지 성인은 안주머니에서 무언가를 꺼내 들었다. 테이블에 내려놓은 그 물건에 모두의 시선이 모였다.

"이, 이건!"

효진이 기겁해 소리친다. 승욱과 대희도 마찬가지의 기분이었다.

미령은 살짝 머금은 웃음으로 대답했다.

"성인이도… 미향을 사용한단다."

그녀는 손가락보다 작은 그 병을 살짝 들어 올렸다.

"우리도 많이 가지고 있는 건 아니야. 어떤 일 때문에 이것을 얻은 것이고, 그리고 그건 미향을 쫓는 이유와 관련이 되기 때문에 이야기해 줄 수는 없겠구나. 미안해."

아무도 입을 열지는 않았다.

"하지만 말할 수 있는 건, 우린 그 선도부들처럼 미향으로 무엇을 하려는 게 아니야. 단지 이것을 사용하는 편이 더 수월하게 할 일을 할 수 있지 않을까 생각해서 사용하는 것뿐이니까."

"부작용 같은 건… 어쩌시고요?"

"괜찮아. 한 번 마실 때마다 아주 극소량으로만 흡입하니까. 그리고 혹시 모를 사태를 대비해서…… 이렇게."

미령이 성인의 장발을 귀 뒤로 넘겨 오른쪽 귀를 보이게 만들었다. 그 귓불에 광택없는 검은색의 피어스가 매달려 있었다.

"그건……?"

"피어스처럼 만든 침이야. 미향을 흡입했을 때 부작용이 생길 것을 대비하여 의도적으로 혈을 막아놓은 거랄까."

천천히 말을 하다가 성인의 얼굴을 보면서 미령의 표정이 조금 어두 워졌다.

"이미… 부작용이라면 부작용일 수도 있는 건 나타났지만."

세 명으로서는 이해할 수 없는 말이었지만 차마 물어볼 용기가 나지 않았다. 미령은 슬퍼 보이는 미소를 살짝 짓고는 성인에게 미향 병을 되돌려주었다.

그 탓에 그들 사이로 얕은 침묵이 흘러 버렸다. 효진은 답답해하면서도 차마 뭐라고 입을 열지 못하고 있었다.

그때, 베란다에 나가 있던 정인이 들어와 소파에 앉았다. 거실의 분위기를 깨닫지 못한 그녀가 쾌활하게 입을 열어버려서 덕분에 어색한 침묵은 간단하게 쓸려 날아가 버렸다.

"보고 끝! 그 창고에서 다른 미향들도 발견했고마, 선도부 녀석들 모조리 자택 근신에 사회 봉사 처분이 내려질 기다. 아마도 충분히 몇 년은 썩어야 할 끄다."

정인은 즐거운지 싱글벙글 웃어댔다. 효진이 내어온 주스를 내밀면서 히죽 웃음 지었다.

"그렇게 좋아요?"

"하모, 당근이지. 정의를 지키는 건 언제나 즐거운 거 아이가."

효진은 주스를 마시면서 맞장구치듯 웃다가 그들 사이로 얕은 침묵이 흘러버렸다. 효진은 답답해하면서 준비하고 있던 물음을 던졌다.

"그 미향들, 대체 어디서 난 거래요?"

단숨에 벌컥벌컥 주스를 원샷한 정인이 '카아~' 하고 아저씨 탁한 소리를 내더니 입을 열었다.

"글쎄, 그것들이 그걸 안 분다드라. 회장이 지금 정보부를 풀어서 조사는 해본다고 하는데, 그것들이 대체 그걸 어디서 얻었을꼬?"

"그렇게 많았는데… 그 출처를 모른다구요?"

기묘한 일이었다. 그 양을 생각해 보면 분명히 어느 정도의 흔적이 남았을 터. 그런데도 그것을 찾기가 힘들단 말인가.

"뭐… 정보부가 움직이니까 아마 오늘내일 내로 다 밝혀질 끼다. 걱정 안 해도 된다. 그나저나—"

정인은 히죽히죽 웃어대다가 갑자기 정색을 하고 돌아앉았다. 그녀의 눈이 향하는 곳은 반대편에 앉아 있는 승욱이었다.

"정식으로 인사해야지. 고맙다, 의뢰를 끝까지 지켜줘서."

그녀는 이마가 테이블에 닿을 정도로 그에게 고개를 숙였다.

"에?"

효진이 멍청한 반응을 내비쳤다. 미령과 대희도 무슨 말인지 이해하지 못하고 있자 정인이 어색한 웃음을 터뜨렸다.

"아하하, 그게 그러니까, 승욱이는 내 의뢰로 미향을 쫓았던 거거든."

승욱은 긍정의 표시로 작게 주억댔다.

"으에? 에? 그게 정인 언니였어요?!"

효진은 진심으로 놀라고 말았다.

"그럼 처음부터 둘이 알고 있던 사이였단 거예요?!"

"어… 뭐, 그랬다는 거지. 아니면 내가 강격권부 부실에서 미향이 발견됐다는 소식을 일부러 니한테 와 전했겠노."

그러고 보니 그랬다. 승욱의 아르바이트는 기본적으로 비밀이기 때문에 알고 있는 사람은 여기선 효진뿐이어야 할 것이다. 그런데도 그날 정인은 전화로 그 사실을 알려주었다. 왜 그걸 이상하게 생각하지 않았던 걸까. 효진은 멍청한 자신의 머리를 저주했다.

효진이 머리를 붙잡고 속으로 중얼대며 한탄하고 있을 때 정인은 계속 말을 잇고 있었다.

"그렇대도 설마 니하고 같이 살고 있을 줄은 몰랐제. 그건 진짜 우연이다."

힘없는 눈으로 효진이 고개를 들었다.

"그럼 미향으로 죽었다는 게······?"

"응, 뭐, 내 남자 친구."

"푸웁!"

대회가 잘 마시던 주스를 갑자기 뿜어냈다. 테이블 위에 노란 오렌지 주스가 뿌려지고 한순간 분위기가 얼어붙는다. 효진이 얼른 테이블 밑의 휴지를 꺼내주자 대회는 난처해하면서 열심히 주스를 닦아냈다.

어쩐지 그 모습을 따뜻한 눈으로 쳐다보면서 정인이 히죽 웃었다.

"지금은 지나간 이야기다. 일도 잘 끝났고, 달리 좋아하는 사람도 생겼으니까네."

"어? 누구예요? 누구?"

"누구긴 누구겠노!"

정인이 자리를 박차고 벌떡 일어나 반대 편으로 손을 쭉 뻗었다.

"대회야!"

"으, 으에엣!"

효진은 '승욱의 의뢰주가 정인이었다' 라는 사실을 알게 되었을 때보다 두 배 더 화들짝 놀라 버렸다.

"어, 어느새!"

"대회 누나인 소희가 내 절친한 친구거든. 점심 시간마다 같이 밥 먹는데 이번에 대회를 만나고서 첫눈에 반했다 아이가!"

"어, 언니, 설마!"

얼굴이 새빨개져 엄청 부끄러워하고 있는 대회를 가슴에 안은 채 비

비적대면서 정인이 '응? 와?' 라고 되물었다. 효진은 차마 말로 하지
못하고 '아니에요…' 라며 기운없이 소파에 온몸을 묻었다.

'정인 언니는… 소년 취향이었구나……'

참고로, 전문 용어로는 '쇼타콤' 이라 한다.

"저기 말이야, 질문이 있는데."

정인은 대회를 껴안고 난리를 부리고 있고, 효진은 혼자서 멋대로
의기소침해 있고, 승욱과 성인은 자기와는 상관없는 일이라는 듯이 주
스만 홀짝홀짝 마시고 있다. 그런 난장판인 환경에서 미령이 조심스레
입을 열자 모두의 시선이 그녀에게로 집중됐다.

그녀는 빙그레 웃음 지으며 말했다.

"의뢰라니, 무슨 이야기니?"

효진과 승욱의 가슴이 뜨끔하고 놀라는 소리를 들을 수 있는 사람은
아무도 없었다.

그 후 효진은 승욱이 '그냥 부탁받은 일을 처리해 주는 평범한 일'
을 아르바이트로 하고 있다는 사실을 필사적으로 그녀에게 이해시켜야
했다.

탁.

승건은 핸드폰을 끊고 다시 컴퓨터 모니터로 눈을 돌렸다. 방금 전
에 정보부에서 보고가 올라온 것이었다. 오늘 저녁에 일어난 선도부
사건 관련의. 하얀 커서를 움직여 써둔 내용을 잠시 확인하고 그 뒤를
계속 잇는다.

문득 노크 소리가 들린다.

"들어와."

부드럽게 말하며 고개를 돌리자 혜란이 쟁반을 들고 방 안으로 들어왔다. 조용히 문을 닫고 그의 책상으로 다가와 그의 앞에 홍차를 놓았다. 은은한 향기가 서재 내로 감돌기 시작했다.

"들었지? 정보부장에게."

승건의 물음에 혜란은 쟁반을 가슴에 안고 대답했다.

"예. 현재 정보부 측에서 일을 처리하고 있습니다."

"그래, 잘해주고 있어."

쓰고 있던 서류를 저장시키고 프로그램을 닫았다. 모니터를 끄고 일어서자 곧 컴퓨터가 절전 모드로 들어간다.

의자를 빙글 돌려 승건이 혜란을 올려다보았다. 흐릿한 미소를 걸친 채.

"승욱이 녀석… 꽤 애를 먹었다던데 말이야. 5년 동안 수련한다고 밖으로 나간 게 전혀 의미가 없었던 걸까?"

"…아닙니다."

조용한 어투로 혜란은 성실히 대답했다.

"회장님을 보좌한 지 이제 3년째이기 때문에 5년 전의 아우님께서 어떤 실력을 지니고 계셨는지는 알 수 없습니다. 하지만 오늘 들어온 정보를 보면 미향 사용자 세 명과도 뒤지지 않고 싸울 수 있으셨다고 합니다."

"그래?"

책상 위에 놓인 서류철을 한 번 훌쩍 훑으면서 승건은 묘하게 여유로운 미소를 지어 보였다.

"5년의 시간이 헛되지는 않았다는 건가……."

"예."

그가 혼잣말로 중얼거린 소리에도 혜란은 착실하게 답을 붙였다. 그런 그녀를 올려다보던 그가 문득 장난스런 미소를 지으면서 일어섰다. 예상치 못한 반응에 혜란이 살짝 동요했다는 사실은 오로지 승건만이 알 수 있었다.

"또 굳어 있군. 내 앞에서는 편하게 하라니까 그래."

"…죄송합니다, 회장님."

"이름을 불러."

"…승건님."

그는 만족스러운 듯 미소를 지었다.

"얼마나 향상되어서 돌아왔는지 확인해 봐야겠지?"

"……예."

띄엄띄엄 맥이 끊어진 그의 말에도 혜란은 언제나 그랬듯이 그의 말에 충실히 응답했다.

승건은 믿음직스럽게 고개를 끄덕이곤 그녀의 짧은 커트 머리를 쓰다듬으며 아주 다정한 목소리로 귓가에 속삭였다.

"오늘은 자고 가."

"그러… 겠습니다."

혜란이 그 대답을 하기에는 깊은 호흡이 필요했다.

모두가 돌아가고 난 후 효진은 베란다에 서 있었다. 겨울용 잠옷과 가벼운 재킷을 걸치고 서늘한 봄의 밤바람을 즐기고 있었다. 여기저기 산재해 있는 상처가 바람과 함께 치유되는 기분도 들었다.

자기 위해서 양치질을 하고 거실로 나온 승욱이 그녀를 발견하고 베란다 창문을 똑똑 두드렸다.

그녀가 뒤돌아본다. 승욱이 서 있는 것을 보고 그녀는 빙긋 웃으며 손짓했다. 승욱은 베란다로 나섰다.

서늘한 밤바람이 트레이닝복 사이로 스며들었지만 그다지 춥지는 않았다.

"상처들은 괜찮아요?"

"응."

간단한 문답.

"아까 전에 큰일이었죠. 선생님이 도통 받아들여 주질 않아서."

"그랬지."

둘은 밤하늘을 보고 있었다.

"선도부, 어떻게 생각해요? 미향은 어디서 난 걸까요?"

"아마 그동안 선도부에서 단속으로 압수한 것들을 자신들이 삼킨 것일 테지."

승욱은 간단히 분석을 늘어놓았다. 효진은 수긍했는지 입을 다물었다.

그리고 그녀는 오래도록 아무 말도 하지 않았다.

그러나 승욱은 재촉하지 않고 그녀의 옆에 서서 그녀와 같이 밤바람을 즐겼다.

뭐랄까, 지난 며칠간의 사건에 비하면 너무나 평화로운 밤이었다. 모든 일이 해결된 후라서 그런지 승욱은 안심해선 안 될 것 같은 불안감마저 들었다.

그 순간,

"나, 앞으로도 승욱 씨 도울게요."

선뜻 말하는 효진. 승욱이 눈을 돌렸을 때 그녀가 자신을 보며 웃고 있었다.

"언젠가 말했었죠? 우리는 한 집에 살고 있으니 친해질 수 있는 환경은 충분히 마련되어 있다는 이야기."

승욱은 한차례 고개를 끄덕였다. 효진은 다시 마당으로 눈을 돌리며 말했다.

"지난 며칠간 일을 겪으면서 나 스스로는 승욱 씨와 많이 친해졌다고 생각하고 있어요. 승욱 씨는 어떻게 생각해요?"

그는 진지하게 대답하기로 했다.

"맞아."

간결한 말이지만 효진은 이제 그 짧은 말속에 들은 그의 기분조차 알 수 있을 것 같은 생각이 들었다.

"앞으로도 더 더욱 승욱 씨와 친해지고 싶어요."

"……."

다시 승욱을 보며 효진이 밝은 미소를 지었다.

"그러니까, 또 내가 도울 수 있는 일이 생기면 주저하지 말고 부탁해요. 알았죠?"

승욱은 즉각 답할 수 없었다. 그래서 한참 후 그녀가 고개를 돌리고 난 후에야 천천히 손을 들어 그녀의 머리를 쓰다듬기 시작했다.

효진은 승욱의 손을 피하지 않았다.

승욱은 묘한 기분을 느끼면서도 손을 떼지 않았다.

서늘하지만 따뜻한 봄의 밤이 지나가고 있었다.

나가는 막(幕)

"왜 그래?"

그는 수련을 하다 말고 멍하니 서쪽 하늘을 쳐다보고 있는 그녀에게 말을 걸었다. 석양이 지는 붉은 하늘에서 시선을 떼지 않고 효진은 중얼거리듯 대답했다.

"예쁘네요……."

목도를 거두고 승욱이 그녀 옆으로 다가가 시선을 같이한다.

"이렇게 보고 있으니까… 뭐랄까, 조금 슬퍼지는걸요."

"뭐가?"

그녀는 어쩐지 쓸쓸한 미소를 지으며,

"지금 하늘 밑의 우리는 절망으로 달려가고 있는데 저 하늘은 그대로잖아요. 땅 위에서 무슨 일이 일어나는지 전혀 상관없이 자신의 모습을 그대로 지켜가고 있어요. 그게 왠지… 문득 슬프네요."

그는 묵묵히 그녀의 말을 들으며 이윽고 작게 끄덕였다.

잠시 둘은 석양을 바라보고 섰다. 아무도 없는 수련장. 어제 벌어졌던 일본의 닌자들과의 싸움에서 잃은 수많은 영혼들을 떠올리게 만드는 석양. 그렇지만 그 붉은 빛이 대지를 감싸며 오히려 평온하게 그들을 축복해 주고 있었다.

그는 말했다.

"석양은 끝이 아니라더군."

그녀가 올려다보는 시선이 느껴진다. 그는 붉은 그림자를 지그시 바라보며 이야기를 계속했다.

"석양이 지고 나면 곧 달이 떠올라 땅을 비추고 그 달이 지고 새벽을 지나 태양이 떠오르면 다시 환한 낮이 되지. 그래서 석양은 끝이 아냐. 단지 지나가는 과정일 뿐."

그녀는 슬그머니 미소를 지었다. 좀 전의 쓸쓸한 미소가 아닌 은은히 묻어나는 행복의 웃음.

"그렇네요."

시선을 내린 그가 그녀와 눈빛을 마주한다. 생긋 웃는 그녀를 보다가 그는 언제나처럼 손을 들어 그녀의 머리를 쓰다듬기 시작했다.

부드러운 긴 머리칼을 흩뜨리며 천천히, 천천히—

살짝 어깨를 움츠리며 그녀는 그 감촉을 즐겼다.

저물어가는 태양의 환성 속에서, 그 붉은 커튼 사이로 둘의 모습이 언제까지고 그렇게 이어질 것 같았다.

〈제1권 끝〉

◆ 덧붙이는 막(幕)

자까: 버피 후기에 어서 오세요~♡

효진: …허락받지 않은 패러디는 위험해요, 당신. 그건 그렇고(주위를 둘러보며) 여기 어디예요, 대체?

자까: 어디긴 어디야. 권 말 후기지.

효진: 권 말 후기? 벌써 권 말이에요?

자까: 나가는 막까지 전부 썼으니까 후기인 게 당연하지. 그렇다면 중기나 전기라도 바랐던 거냐?

효진: 그냥 해본 말이에요. 설마 주인공이 그런 걸 모를까.

자까: …너, 성격이 좀 다르구나.

효진: 쓴 사람이 그런 말 해봤자…….

자까: 뭐, 여튼 결국 여기는 후기라는 곳이고, 후기라는 것은 한 권을 정리해야 하는 자리라는 이야기지.

효진: 그렇네요. 그래서 어떻게 정리할 생각이에요?

자까: …….

효진: …설마 아무 생각도 안 한 거예요?

자까: 달이 밝구만.

효진: 새벽 다섯시에 커튼을 쳐놓은 창문 밖으로 잘도 달이 보이겠네요.

자까: …흑흑, 너무해(석양을 향해 달아난다)!

효진: 이번엔 왜 또 석양이야……. 어서 돌아와서 권 말 마무리나 지어요. 그러고 보니 물어보고 싶은 게 있었는데, 괜찮을까요?

자까: (어느새 돌아와서)음, 얼마든지.

효진: 들어가는 막과 나가는 막에 나오는 남녀가 승욱 씨와 나의 전생인 건가요?

자까: 거기에 대해선 노코멘트.

효진: 어라, 왜요. 어째서요?

자까: 글쎄, 난 기본적으로 환생이라든지 전생 같은 것이 있다고 절대적으로 믿고 있기는 하지만 굳이 너희들을 전생이라고 싸잡아서 몰아붙일 생각은 없거든.

효진: 그럼 저 들어가고 나가는 막의 정체는 뭐예요.

자까: 으음— 독자들의 상상력에 맡깁니다, 라는 걸까나.

효진: 한마디로 대충대충이라는 거군요.

자까: 그렇게 정리해 버릴 건 없잖아……. 뭐, 결국 그렇다는 이야기야. 또 다른 질문은?

효진: 예, 있어요. …꼭 버닝 피스트여야 했어요?

자까: 뭐야, 나의 네이밍 센스가 불만인 거냐?

효진: 이렇게 여린 소녀에게 불타는 주먹이라는 이미지가 어울릴 거라고 생각하고 지은 거예요, 설마?

자까: 몸무게 두 배의 근육질 거구를 발로 차서 날리는 주제에 여리다라…….

효진: 아무튼요.

자까: 버닝 피스트, 이미지가 확 박히잖아, 머리 속에. 어감도 좋고. 원래 맨 처음 설정했을 때 효진이 네 능력에는 아무런 이름도 없었어. 그저 이극명에 딸린 옵션 같은 느낌의 능력이니까 대충 나중에 짓지 뭐~ 하고 생각하고 있다가 제목을 저걸로 확정해 버리고 나자

왠지 엄청 끌리더라고. 필을 받았다고나 할까. 그래서 제목과 능력
명으로 확정.

효진 : 아아, 역시 대충대충이야…….

자까 : 냅두셔. 버피는 널널하게 쓰기로 마음먹고 쓴 거란 말이다.

효진 : 으으, 더 이상 대꾸하기도 질려 버렸어……. 마지막으로 감
상 한마디나 하시고 끝내죠, 이거.

자까 : 니 맘대로냐…….

효진 : 얼른요.

자까 : …에에, 아무튼 이렇게 버닝 피스트 1권이 나왔습니다. 전작
인 『In The Book』에서부터 거의 2년이 흘러가는군요. 지금에 와
서는 거의 이름도 잊혀졌겠지… 라고도 생각했는데, 연재를 시작했
을 때 제법 많은 분들이 기억을 해주고 계셔서 행복했습니다. 생각해
보면 『카드 마스터』를 출판했을 때가 이 글의 주인공들과 같은 고등
학교 1학년의 나이였었군요. 벌써 3년. 아련한 기억입니다아.

효진 : 빨리 좀 끝내요.

자까 : 좀 기다려. 뭐가 그리 바쁜 거냐. 으흠. 그때부터 3년. 이번
에 제 이름을 단 세 번째 책이 나왔습니다. 자까라는 명칭은 아직 그
대로, 어쩌면 평생, 영원히 그대로일지도 모릅니다만 부족한 글이라도
재미나게 읽어주시면 감사하겠습니다. 여기까지 읽고 계시다면 뒤의
2권, 3권도 집어주실 거라고 믿어 의심치 않겠습니다. 감사합니다.

효진 : 좋아요, 잘하셨어요.

자까 : 이거 은근히 긴장되네.

효진 : 자자, 그럼 안녕히 계세요!

자까 : 다음 권에서!

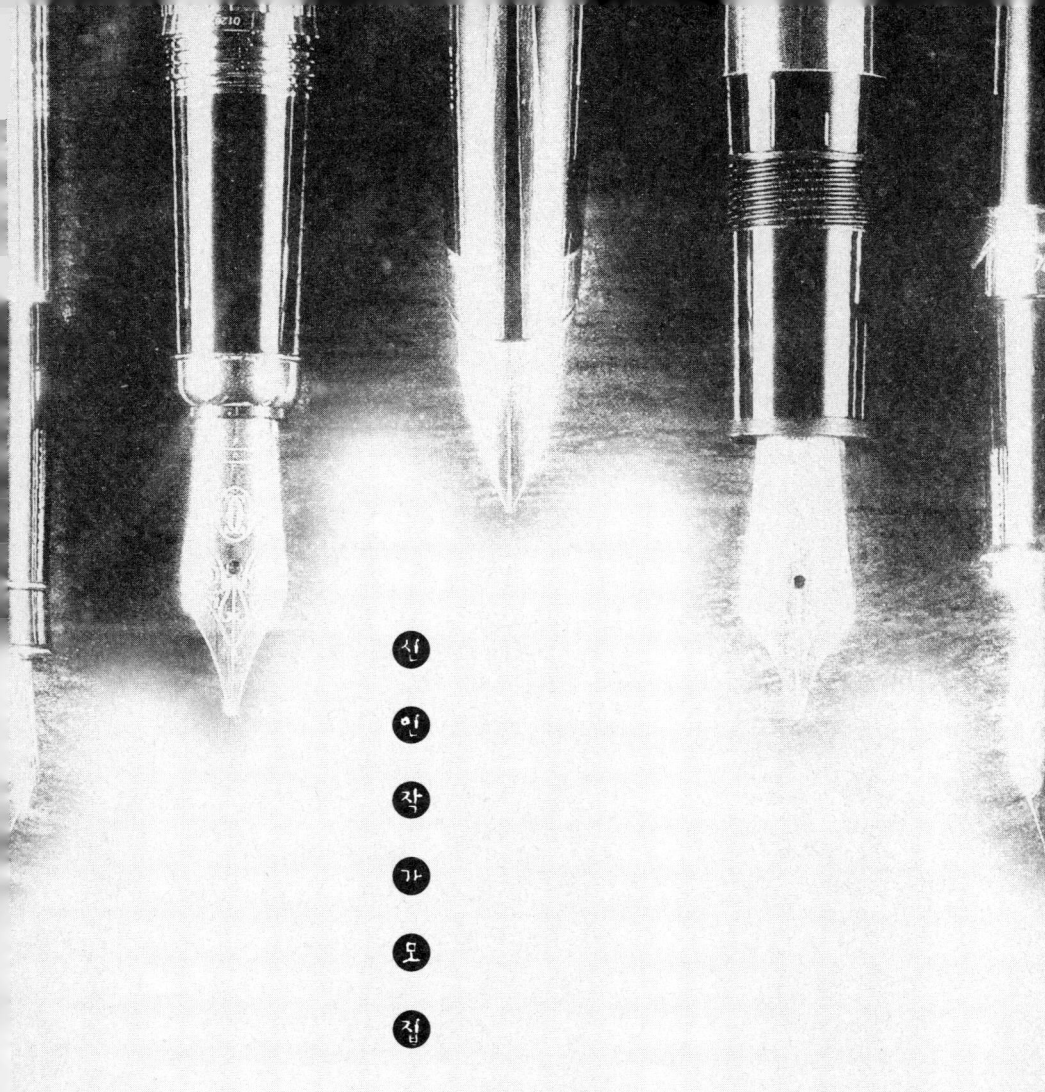

신

인

작

가

모

집

시작이 반이라고 했습니다.
작가의 길에 대한 보이지 않는 벽을 과감히 깨뜨리십시오!
청어람은 작가 지망생 여러분들의
멋진 방향타가 되어드리겠습니다.

저희 도서출판 청어람에서는
소설 신인 작가분들을 모집합니다.
판타지와 무협을 사랑하시는 분들의 많은 참여를 바랍니다.
소정의 원고(A4용지 150매)를 메일이나 우편으로 보내주시면
검토 후 출판 여부를 알려드리겠습니다.

주소:경기도 부천시 원미구 심곡1동 350-1 남성B/D 3F 우편번호420-011
TEL:032-656-4452 ·**FAX**:032-656-4453
http://**www.chungeoram.com**
e-mail:chungeoram@chungeoram.com